FOLIO SCIENCE-FICTION

Stéphane Beauverger

LA TRILOGIE CHROMOZONE, II

# Les noctivores

Gallimard

Né en 1969 en Bretagne, Stéphane Beauverger commence à écrire pour la presse régionale, le cinéma (il scénarise un court-métrage) et l'industrie du jeu vidéo, avant de publier son premier roman, *Chromozone*, qui obtient d'excellentes critiques et fait de lui l'un des jeunes auteurs à suivre de la science-fiction française. Viennent ensuite *Les noctivores* et *La cité nymphale*, qui concluent *La trilogie Chromozone*. Il se consacre aujourd'hui exclusivement à l'écriture, y compris pour la bande dessinée (*Nécrolympia* et *Quartier M*). *Le déchronologue*, son quatrième roman, très attendu, a paru en 2008, toujours aux Éditions La Volte.

Merci — encore et toujours — à Corinne pour son soutien et son formidable travail sur les couvertures et les illustrations. Merci, bien entendu, aux courageux bêta-testeurs qui se sont frottés aux versions provisoires du manuscrit. Merci, enfin, à toute l'équipe de La Volte pour leurs précieux commentaires.

Total respect pour Michel Vibert et ses plongées méthodiques dans les entrailles de mon PC, pour en extraire les fragments électroniques du roman, pulvérisé par une attaque du Chromozone.

S. B.

*Et je prierai le Père et il vous donnera un autre Paraclet,*
*pour qu'il soit avec vous à jamais, l'Esprit de Vérité,*
*que le monde ne peut pas recevoir,*
*parce qu'il ne le voit pas ni ne le reconnaît.*

[JEAN 14,16-17]

*Si triompher des hérétiques par le feu était un grand art, alors les bourreaux seraient les plus savants des docteurs.*

[MARTIN LUTHER]

# REMBOBINAGE RAPIDE

« Prenez place, dit Claire, entrez dans le cercle... Faites silence, maintenant, l'histoire va commencer... »

Chargement frontal. Routines mécaniques contraintes. Péniblement, le levier de réception soulève l'épais bouclier opaque. En écho à ses grincements laborieux, deux pointes s'enfoncent sèchement au voisinage des bobines pour débloquer leur verrou. Cliquetis usé. Latence. Dans les entrailles obscures de la cassette, les centaines de mètres de Mylar sagement enroulés attendent de cracher leurs informations. Puis, lentement, les axes de rotation entament leur dévidage aveugle. À chaque seconde, sept centimètres de code magnétique frôlent les têtes de lecture. Crachin faiblard, le temps que le tambour trouve les premières données satisfaisantes.

Écran noir poussiéreux, souffle de bruit blanc.

Sur un fond neutre apparaît un visage féminin mal cadré. L'image est médiocre, striée de traits rouges baveux : mauvaise qualité d'origine, aggravée par les méticuleuses copies de copies de copies de copies que ce précieux document a suscitées depuis un quart de siècle.

Redéfini à chaque soixantième de seconde, le regard de la femme est calme et concentré. Engoncée dans une veste de treillis défraîchie, elle fixe l'objectif sans bouger, semble attendre un signe. Il est inutile de monter le son au maximum, on n'entend pas ce que lui disent les individus situés hors champ. Des dizaines de spécialistes s'y sont employés depuis vingt-trois ans, en vain. Jamais on ne saura ce que les complices de Laurie Deane lui ont dit à l'instant de prononcer son allocution. Voilà, c'est maintenant : reconstituée en cinq cent vingt-cinq lignes de couleur, l'image de son visage sérieux s'anime. La voix est posée. Convaincue. Elle s'adresse à la planète en français :

*« Il y a deux heures, notre groupe a libéré le Chromozone sur les principales places financières. Ce virus électronique militaire va continuer de se répandre. Par cet acte, nous entendons rendre à chaque individu sa place et sa dignité au sein de* [bouillie sonore — l'image saute une première fois pendant quatre secondes et dix-sept centièmes avant de revenir, piquée de parasites]… *exploitent les ressources sans* [deuxième coupure, qui dure treize secondes et quatre-vingt-trois centièmes, accompagnée d'un effet de mosaïque colorée et d'une distorsion des sons qui tendraient à prouver que Laurie et ses comparses disposaient d'un système de codeur-brouilleur sophistiqué donnant du fil à retordre au virus, lequel ne s'en prenait déjà pas moins à leur propre réseau de transmission]… *reprendre le contrôle des…* » À cet instant, l'image clignote, faiblit et disparaît en même temps

que monte un sifflement suraigu qui dure pendant environ quinze minutes. Puis c'est le silence. Le ruban de Mylar ne propose plus qu'une neige magnétique vierge de toute interruption. Claquement sec des têtes de lecture qui se désengagent. Dans le ventre de l'antique magnétoscope, les mâchoires, les axes de rotation et les leviers poussifs attendent l'ordre suivant. Qui ne vient pas.

Claire s'adresse aux ombres embusquées au-delà de chandelles : « Voilà, c'est tout. Ce court extrait constitue le plus long témoignage du pire fléau ayant frappé l'humanité. Il a été obtenu en montant patiemment des dizaines d'enregistrements de l'intervention des terroristes, collectés à travers le monde. Malgré son état morcelé, il n'en existe pas de plus complet. Même pas une minute exploitable. Presque rien. Un os à ronger. Pourtant, c'est à partir de cette version que les plus fins analystes ont tenté d'identifier les responsables. Au terme de toutes leurs recherches, un seul nom, celui de la femme apparaissant à l'écran : Laurie Deane.

« Il n'était même pas certain que ce fût son vrai nom. Les hommes avaient dans l'immédiat autre chose à faire que s'intéresser à l'identité de la responsable de la catastrophe. Des choses comme se protéger des pillards et des profiteurs, barricader le quartier et trouver au plus vite une arme efficace. Juste au cas où… Quelques mois plus tard, lorsque le pire fut passé et que les premières communautés postvirales s'établirent sur chaque continent, certains trouvèrent enfin le temps de chercher à punir les coupables. La réponse fut trouvée à Londres, dans les archives abandonnées du 85 Vauxhall Cross, sous la forme de classeurs répertoriant quelques fiches d'identités d'individus placés sous haute surveillance par le MI6. Entre autres informations aussi confidentielles qu'obsolètes, ils recelaient la photo d'une certaine jeune femme assise à la terrasse d'un café parisien. Bien que le cliché fût légèrement flou, la ressemblance était frappante. Enfin, cette truie malsaine au ventre vérolé était identifiée ! Laurie Deane, donc. Disposant enfin de son nom, l'humanité se sentait déjà mieux. On allait voir ce qu'on allait voir. Tous ensemble pour traquer et faire payer l'infâme fossoyeuse de la civilisation ! Sauf que jamais elle ne fut retrouvée…

« Après dix ans d'enquête infructueuse, seules quelques poignées d'acharnés poursuivaient encore leur fantasme de vengeance. La page était tournée. D'autres soucis, d'autres conflits, d'autres priorités avaient éclos. Apparu seulement quelques secondes, le visage de cette femme devint une icône, un symbole, un mythe. Le plus amusant, peut-être, dans toute cette histoire, c'est qu'elle et ses complices avaient si bien préparé leur coup qu'il se retourna presque contre eux : leur séance de revendication audiovisuelle, qui devait signer leur sabotage, ne fut finalement captée que par très peu de spectateurs. Le Chromozone, qu'ils avaient lâché sur le monde, était tellement affamé qu'il avait aussitôt shunté le réseau de diffusion de ses libérateurs. L'arroseur arrosé, version terrorisme de masse. Réjouissant, non ? »

Claire marque une pause. Elle joue un instant avec ses mèches folles, du bout des doigts, dans le grésillement des flammèches qui l'entourent.

« Mais l'essentiel est ailleurs. Vous vous souvenez du long sifflement suraigu qui conclut la cassette ? Les quinze longues minutes de miaulement déplaisant qui polluent la bande jusqu'à la fin, au point que personne ne la regarde jusqu'au bout. Eh bien, ces tonalités ne sont rien d'autre qu'une version latente du Chromozone. Oh, pas le virus dans son entier, non. Plutôt une racine, un rhizome, un segment, appelez-ça comme vous voulez. Le codage, répété près de deux cents fois, des instructions primaires permettant au virus de se multiplier et de se dupliquer. En attendant de trouver un support plus approprié à son épanouissement.

« Il aurait suffi, par exemple, que vous téléphoniez en même temps que vous regardiez la cassette sur votre téléviseur, pour que le sifflement jailli des haut-parleurs se répercute chez votre correspondant. Ou que vous fassiez à votre tour une copie de la cassette pour un ami curieux... Comment ? Vous n'auriez jamais pris ce risque ? Allons, sérieusement : si vous, par le plus grand des hasards, étiez effectivement prudent et responsable, combien croyez-vous qu'il y ait d'imbéciles et de jean-foutre, seulement motivés par leur satisfaction personnelle, qui auraient passé outre ces mesures de sécurité ? Sinon nous n'en serions sûrement pas là aujourd'hui.

« Car pendant tout le temps passé à traquer Laurie Deane et ses amis, on en a un peu oublié les véritables inventeurs du Chromozone, ceux qui avaient un jour émis l'hypothèse que ça serait rudement bien de pouvoir réduire à néant toute la quincaillerie informatique des potentiels ennemis d'en face : *Messieurs les savants, trouvez-nous quelque chose de radical, un truc vraiment efficace, vicieux, tenace, qui leur foute la pagaille grave pendant qu'on s'amène leur botter le cul!* Le virus informatique adaptatif Chromozone, donc, commandé sur catalogue par quelques militaires et autres stratèges sans âme, auxquels quelques révolutionnaires avaient finalement dérobé le jouet dans un but plus personnel. Une aubaine, pour les véritables géniteurs du virus: grâce à la prestation vidéo de Laurie Deane, on disposait d'un bouc émissaire pur sucre, vilaine fille qu'on finirait bien par saisir au collet avant de lui arracher les orteils au canif. Avec la bénédiction et le concours de l'armée, qui vous salue bien. Édifiant? Pourtant, il y a plus grave.»

Claire se tait pour mâchonner un ongle d'un air pensif. Un tic nerveux fait trembler sa joue gauche quand elle reprend : «Quinze ans après les ravages du Chromozone, l'espoir revint. La société Karmax, fondée par le brillant Peter Lerner, avait trouvé le moyen de rendre à l'humanité accablée ses outils de communication. Son procédé, basé sur le codage chimique de phéromones organiques, était si efficace et révolutionnaire que de nombreuses firmes vassales achetèrent ses brevets pour croquer une part du nouveau gâteau. Ça fleurait bon les royalties et le retour du pain bénit. C'est alors que, pour rogner sur les marges et accroître les bénéfices, quelques subtils gestionnaires de portefeuilles eurent l'idée d'améliorer le ruineux procédé de fabrication des phéromones artificielles. Pas franchement étouffés par les scrupules, ils utilisèrent des molécules d'origine humaine. Il suffisait de se servir: la matière première ne manquait pas si on restait discret. Prix de revient quasi nul Bénéfices flirtant avec l'infini. Avec juste un petit détail pas prévu au programme : quelque part dans l'interface de codage des informations, tout au fond du tube à essai, au cœur des interactions électriques primales de la vie, *quelque chose* changea. Une brèche apparut, une fois forcés les verrous de sécurité biologiques. Une brèche que la nature adaptative du Chromozone trouva aussitôt un moyen d'exploiter. Le virus militaire se propagea directement aux humains, générant un nouveau schisme entre individus infectés et individus sains. Une dislocation de l'espèce au niveau moléculaire. Juste pour avoir voulu augmenter encore un peu plus la marge bénéficiaire. C'est bon ? La nausée monte lentement ? Ne vous inquiétez pas, vous avez encore le temps d'atteindre les toilettes. »

Dans la grande salle redevenue silencieuse, les innombrables visages dessinés sur les murs semblent réfléchir aux paroles solitaires de la folle solitaire.

Fin de la bande.
Déblocage des verrous de lecture.
Rembobinage rapide.
Mise en veille.

LIVRE UN

# CENDRE

## *La justice des faibles ne connaît pas la compassion*

C'était trop épuisant de dormir. Malgré l'épaisse couverture de laine, le froid transformait le sommeil en une laborieuse lutte contre la réalité qui faisait de chaque partie de son corps une sentinelle hagarde. Surtout ne pas bouger, sous peine de briser le fragile équilibre. Dans son semi-éveil, Cendre se concentrait confusément pour préserver sa chaleur. Tout angle formé par son corps était une brèche offerte aux morsures extérieures. Il fallait trouver la forme parfaite, ronde et lisse, qui le protégerait jusqu'au jour. Et cet effort de chaque seconde le fatiguait trop pour vraiment fermer l'œil. Il fallait tenir jusqu'au matin. Tenir jusqu'à la promesse de réchauffement, portée par les lointains chants d'oiseaux et la rumeur montante de la cité. Postés devant la porte de sa cellule et veillant sur sa nuit, Joao et Tacio enduraient la même pénitence. Leur amour pour le garçon aidait celui-ci à égrener les minutes élastiques l'éloignant encore de la délivrance. La cité allait mal. Il était juste que son Sauveur endurât ce qu'elle souffrait. Ainsi l'avaient voulu le Seigneur et les Maîtres. Cendre se soumettait humblement à leur volonté. Ses pensées glissèrent vers le ventre de sa maîtresse, ses parfaites courbes musclées et recouvertes de juste ce qu'il fallait de rondeur confortable. Il lui tardait de retrouver la couche d'Andréa, l'odeur sucrée de sa peau brune, la saveur de son sexe. L'apaisement procuré par leur union. En attendant, si Cendre voulait survivre à cette nuit, il devait devenir une femme, bannir les arêtes masculines de son corps, atteindre la perfection circulaire du fœtus concentré sur la perception de l'univers indomptable. Bref : il crevait de froid.

Quand Joao lui pressa l'épaule pour l'éveiller, Cendre se rendit compte que l'épuisement avait finalement eu raison de lui. Combien de temps avait-il dormi ? Difficile à dire. Par le soupirail du plafond, un fin trait de lumière dévoilait le ballet des poussières dans sa cellule. Il faisait jour, loué soit le Seigneur. Appuyé contre le mur humide de la pièce, Tacio sourit à son jeune maître et protégé :

— Enfant, l'heure du miracle approche.

Cendre se releva, retint une première quinte de toux, sourit à son tour :

— J'ai faim.

— Plus tard. Les marchands sont aux portes du domaine, nos éclaireurs les ont repérés.

— Le peuple a foi en toi, assura Joao.

— Car le Seigneur marche avec moi, murmura Cendre. Ma mère est là ?

Joao lui tendit sa tunique du jour, brodée par les femmes et les filles de la cité. Aidé par son frère, il ajusta le vêtement sacré sur les épaules malingres de leur Sauveur incarné avant de répondre :

— Elle sera sur les remparts.

— Tous seront là, renchérit paisiblement Tacio.

La deuxième quinte monta sans prévenir, qui lui déchira la poitrine de son feu gras. Cendre endura l'épreuve, remercia d'une prière le Seigneur pour son amour et ses bienfaits répétés. Joao lui essuya la bouche du revers de sa manche, le repeigna du bout des doigts :

— Allons-y.

Le trio quitta le cachot humide en silence. À travers la roche complice, Cendre percevait le venin glacé du gave tout proche. L'eau était sœur de la pierre, il savait ça depuis longtemps : molle, inerte et condamnée à l'abaissement. L'eau, comme la pierre, ne savait s'élever seule ; elle ne savait que tomber et descendre toujours plus bas sous le ciel. Mais bénite, l'eau était digne d'éloge en cela qu'elle accomplissait sa transfiguration par la volonté du Seigneur ; et cette métamorphose était à l'image de l'homme, indigne mais pourtant révélé dans le souffle de Dieu. Cendre savait cela, les Maîtres le lui avaient enseigné. Chaque marche gravie vers la surface était là pour le lui rappeler, pendant son retour rituel à la vie.

Au moment de regagner la lumière, Tacio se retourna vers son protégé, chercha son approbation muette. Cendre lui saisit l'avant-bras et le serra avec ferveur. Il percevait déjà le ressac des vagues d'amour que lui lançait la cité au-delà du puits obscur. Dieu l'avait préservé de la nuit et du froid, il lui tardait de se noyer dans sa Passion. Tacio s'écarta pour le laisser passer, avant de redescendre les marches avec son frère. Leur tâche était achevée : Cendre devait maintenant marcher seul jusqu'à l'esplanade où l'attendait Andréa.

L'enfant entra dans la lumière au rythme des sanglots de joie de la foule venue assister au miracle. Il ne la voyait pas, masse compacte et suppliante maintenue au-delà de l'esplanade par un simple ruban que nul n'osait franchir. Il n'avait d'yeux que pour la belle Andréa, seule et fière au milieu de la place, qui allait le guider à travers la cité jusqu'au lieu de l'accomplissement. Les marchands étaient proches, maintenant. Ils allaient être punis.

— Bonjour mon amour, murmura Cendre en approchant de son aimée.

Elle avait coiffé ses longs cheveux noirs en deux nattes parfaites encadrant son visage de reine farouche. À sa ceinture, sa lame préférée luisait dangereusement. Elle était magnifique.

— Souris, ils sont là pour toi, répondit-elle en lui tendant la main.

Cendre la saisit en tremblant. Une clameur joyeuse salua leur union.

L'unique sortie de l'esplanade laissait entrevoir le long parcours sinueux que le couple allait emprunter à travers la ville pour gagner la frontière. Rue Sainte-Madeleine. Rue des Pyrénées. Rue de la Grotte. Les carrefours succédaient aux carrefours. Les façades aux façades. Les cris et les pleurs des suppliants gorgeaient de bonheur le cœur du garçon. Il était là pour eux. Ils étaient là pour lui. Il était leur enfant. Ainsi en avait décidé le Seigneur. Au-delà des toits, la silhouette écorchée du château fort couvait la ville de sa masse ronronnante. C'était la partie la plus désagréable du trajet. Andréa sentit sa hâte, le retint de la main pour lui imposer la cadence convenable :

— Tes parents seront là, reste calme. Tout ira bien.

Il y avait pourtant d'autres manières d'accéder au boulevard de la Grotte, mais les Maîtres du château réclamaient leur dû. Ils avaient offert Cendre à la cité, l'avaient nourri et révélé pour le salut de tous. Pour seul paiement, l'enfant devait les saluer à chacun de ses voyages, rappeler à tous leur sagacité. Il détestait cela. Il avait fini par se convaincre que les Maîtres du château ne l'avaient cédé qu'à contrecœur. Aux pires instants de doute, il les suspectait même d'être sourds à la voix du Seigneur. Dans ces moments-là, seules les paroles réconfortantes de sa mère l'aidaient à dompter les douleurs qui lui déchiraient le corps.

Tout le temps que Cendre marcha dans l'ombre du château, la foule psalmodia une litanie de circonstance. Le garçon y puisait la force de poursuivre sans faillir. Levant la tête vers les remparts restaurés, il aperçut les silhouettes des Maîtres encadrant celles, plus petites, de sa mère et de son père. Ce dernier lui adressa un léger salut de la main en guise d'encouragement. Il était discret, assumant modestement son rôle toujours en retrait. De sa mère, nul geste mais un océan d'amour cascadant le long de la montagne depuis les remparts pour baiser son front brûlant. « Je t'aime, mon fils », crut-il entendre à travers les chants qui rebondissaient de façade en façade. Merveilleuse mère, dont l'enfant avait été sacrifié, condamnée à ne le voir que depuis le balcon de sa citadelle, puisqu'il devait vivre au sein de la ville, parmi les humbles et les faibles qu'il avait la charge de protéger. Ainsi en avaient décidé les Maîtres. Cendre sentit son cœur bondir dans sa poitrine. Il adressa une prière au Ciel pour qu'il lui donne la force de protéger tous les siens de la menace des marchands. Tandis que le château disparaissait derrière son épaule, en même temps qu'ils entamaient la dernière partie de leur périple vers la frontière, il serra un peu plus la main d'Andréa :

— Nous irons dans ma chambre, après ?

Elle sourit sans cesser de surveiller la route :

— Je ne crois pas. Je vais être très occupée.

Cendre fit une grimace boudeuse.

— Allez, s'il te plaît. J'ai envie.

Elle ne répondit pas. Il se retint tout juste de pleurnicher, ralentit le pas le temps d'une dernière tentative :

— S'il te plaît, dit-il, en traînant les voyelles.

— On verra… Et prépare-toi, maintenant.

Ils avaient atteint le pont. Cendre aperçut les guérites des sentinelles surveillant la vallée, le long ruban d'asphalte zigzaguant entre les premières ruines des faubourgs, les flammes des braseros délimitant le territoire des Maîtres du château. Le garçon bloqua sa respiration pour repousser une nouvelle quinte de toux. Andréa lui lâcha la main, dégaina sa courte lame d'acier, redevint la fulgurante garde du corps dont chacun en ville craignait les débordements. Derrière eux, regroupés le long de la rive protégée du gave, les citadins firent silence pour prier. C'était maintenant que le miracle allait peut-être s'accomplir. Si leur foi était pure. Si le Seigneur les avait gardés pour une journée encore dans sa bienveillance. Si l'enfant soutenait l'épreuve sans faillir. Les premiers cris des marchands maraudeurs retentissaient, portés par le vent descendant des montagnes. Alors Cendre marcha seul vers leur promesse de mort, agneau sacrifié pour le bien de tous.

Comme à chaque fois, ils avaient erré sans but depuis les grandes villes abandonnées des alentours, cherchant toujours plus loin à apaiser leur soif de violence. Et, comme à chaque fois, ils avaient fini par approcher de la cité, comme attirés malgré eux par la sainteté du lieu. Cendre les haïssait et les aimait en même temps, pauvres créatures consumées par l'envie de répandre leurs méfaits sur Terre. Outils du Malin. Les enseignements les désignaient comme ceux qui avaient causé la perte du monde d'avant. En son temps, le Seigneur Jésus lui-même les avait chassés du Temple, marchands impies seulement satisfaits et mus par le profit. Maintenant que leur rouerie était connue et révélée, ils ne cherchaient rien d'autre que l'expression brute du mal qui les rongeait. Tarbes était tombée. Pampelune était tombée. Loin dans le Nord, on disait que Bordeaux aussi était tombée. Mais Lourdes résistait. La cité, berceau de la foi sans faille, avait engendré un nouveau saint que consumait la volonté de Dieu.

Cendre ôta ses sandales pour ressentir sous ses pieds la morsure du sol encore gelé. Devant lui, les ruines de la cité extérieure étalaient de gauche à droite leurs dentelles de murs abrasés par le temps et les intempéries, au-delà desquels les éclaireurs avaient repéré les premiers marchands. Le garçon eut une prière émue pour ceux qui allaient mourir par sa volonté. Il n'aimait pas tuer. Il n'aimait pas entendre les gémissements de ses victimes terrassées par la colère de Dieu. Et c'était mieux ainsi, car c'eût été un bien sinistre péché que de se réjouir des châtiments qu'il infligeait. Sa mère le lui répétait depuis son plus jeune âge : « Tu n'es que l'instrument de Sa volonté, remercie le Seigneur de t'avoir épargné le poids de la responsabilité. »

Loin derrière lui, Andréa s'était arrêtée et attendait. Elle ne pouvait rien faire de plus en cet instant. La foule poursuivait ses prières silencieuses. Cendre marcha encore un peu vers les ennemis. Puis il vit le premier : une femme d'âge indéterminé portant de riches vêtements, fruits de sa malignité et sources de sa damnation. Ils ne possédaient pas tous d'aussi dispendieuses tenues. Certains se contentaient de guenilles, d'autres allaient même nus par tous les temps. Celle-ci devait avoir conservé un peu de dignité. Elle s'arrêta en le voyant, peut-être un peu surprise mais déjà ravie de sa découverte. Dans sa main, l'éclat sombre d'un court fusil parfaitement entretenu. Au-delà, Cendre distingua les autres marchands cachés parmi les ruines. Pas moins d'une trentaine, courbés, menaçants, qui l'observaient en se dandinant. Ces abominations avaient tout de la bête, jusque dans leur gaucherie abjecte. Ils n'étaient que des simulacres d'hommes, des agents du démon qu'il fallait balayer !

— Seigneur, donne-moi la force, murmura le garçon en tendant les bras.

Craignant un piège, la mégère fit un petit bond de côté, puis ricana en constatant que le garçon n'avait pas d'arme. Elle prit le temps de le viser consciencieusement. Cendre ferma les yeux. Il ne voulait pas sentir la balle. Il ne voulait pas entendre la détonation. Il ne voulait pas mourir déjà. Contre ses paupières closes, un tourbillon de lumières rouges palpitait au rythme des pulsations martelant ses tempes raidies. Fugitive sensation de plénitude quand ses douleurs respiratoires atteignirent leur paroxysme. Plus de pensée cohérente sous ses cheveux trempés de sueur. Juste un vertige, qui allait s'amplifiant en même temps que s'affaissait sa nuque incapable de supporter le poids de sa tête. Plus de force. Derrière lui, le rugissement de la foule le libéra de sa terreur. Il ouvrit les yeux et tomba à genoux sur le sol durci. La marchande gisait sur le sol, frappée par la colère révélée de Dieu. Et au-delà de son corps, les autres créatures avaient été fauchées de même par une grande main invisible.

— Le Seigneur est mon berger, bredouilla-t-il en sanglotant.

Face à lui, la femme le regardait, muette et tétanisée. Stupéfaite par ce mystère. La mort ne tarderait plus. Cendre eut une prière pour qu'elle trouvât la lumière au moment du trépas. Andréa s'était approchée de lui. Elle s'accroupit près de lui, lui pressa les épaules avec ferveur. Comme à chaque fois qu'elle assistait au miracle, la tueuse frissonnait. Cendre lui saisit les mains sans la regarder. Le reste ne le concernait pas. Il ne voulait pas voir ça. Joyeux et farouches, les habitants de la cité couraient vers leur Sauveur.

— Emmène-moi vite, gémit Cendre.

— Appuie-toi sur moi.

Les plus fervents parcoururent les derniers mètres sur les genoux, le visage baigné de larmes d'extase. Une femme était allongée en croix sur le sol, le visage plaqué contre la terre gelée. Andréa repoussa quelques mains tendues vers l'enfant.

— Laissez-le, rugit-elle, laissez-le passer.

Un homme se détacha de la masse compacte des fidèles, subjugué par ce miracle dont il venait d'être témoin. Cendre le connaissait : c'était un artisan qui tenait boutique dans une rue voisine de sa propre maison ; un honnête travailleur et pieux chrétien. L'homme le dévisageait, transporté d'adoration. Puis tout se passa très vite. De sous son épaisse veste de laine, il saisit une lame et la brandit vers le ciel avant de la plonger dans son ventre. Cendre serra les paupières. Le sang chaud gicla sur sa tunique. Une clameur d'extase retentit pour saluer le sacrifice. La main d'Andréa le poussa dans le dos pour l'inciter à agir :

— Ne t'arrête pas, ça les excite encore plus.

Cendre rouvrit les yeux, posa la main sur le front de l'homme en regardant l'arme qu'il serrait encore entre ses doigts poisseux : un simple outil de cordonnier, forgé pour percer le cuir et non les chairs. Il prononça les paroles rituelles :

— Ceci est mon sang, ceci est la coupe de mon sang, le sang de la nouvelle et éternelle alliance.

La foule acquiesça en grondant. Sur un geste d'Andréa, deux porteurs soulevèrent le martyr pour l'amener se faire recoudre. Avec un peu de chance, il survivrait. Les fidèles s'écartèrent pour le laisser passer. Aucun autre exalté ne se manifesta. Cendre titubait. La cérémonie était finie. Dans ses membres raidis par l'effort, la présence du Seigneur refluait peu à peu. La sinistre conclusion allait pouvoir se dérouler sans lui. Déjà, les plus hardis s'étaient rapprochés avec des ricanements satisfaits de la marchande terrassée. Ils avaient vécu dans la peur pendant des jours, au fur et à mesure que les rapports des avant-postes s'étaient faits plus alarmants. Maintenant que le danger avait été chassé, ils allaient exprimer leur courroux. La justice des faibles ne connaît pas la compassion. Le crâne de la femme éclata sous l'avalanche de coups vengeurs. Cendre regretta de ne pas s'éloigner plus vite. Heureusement il n'entendit pas les autres mises à mort ; seulement les cris de joie saluant chaque nouveau cadavre. Pendant encore un long quart d'heure, les hurlements de victoire des citadins montèrent vers le ciel serein des Pyrénées. Quant à leur Sauveur, sa tâche accomplie, il rentrait chez lui au bras de son aimée, à travers les rues désertes de la cité qu'il avait une fois encore défendue.

*

Modeste, la maison de Cendre était située en périphérie de la cité, avenue de la Gare. D'abord, parce que ainsi il évitait de croiser la masse des fidèles dès qu'il sortait. Ensuite — surtout — parce que, de ses fenêtres, il avait une vue imprenable sur la gare abandonnée.

Malgré le parfum d'interdit qui planait sur les vestiges de l'établissement marchand, Cendre était amoureux de cet endroit. À chaque fois qu'il en avait la possibilité, il entraînait Joao et Tacio dans de longues missions d'exploration, s'abandonnait au plaisir coupable de déambuler de voie en voie au hasard des aiguillages et embranchements rouillés. Parfois, pendant que ses deux serviteurs surveillaient prudemment les alentours, il allait même jusqu'à s'agenouiller sur le ballast pour coller son oreille contre les rails, dans l'espoir de saisir une lointaine vibration laissant espérer qu'il y avait encore du trafic, quelque part sur ce réseau mystérieux qui tirait ses lignes au-delà de l'horizon. Mais rien de plus, jamais, que le bruissement des herbes hautes entre les traverses, le crissement des pierres sous ses sandales. Pour l'endormir quand il était enfant, sa mère lui racontait les courses des interminables trains, lancés sur leurs fragiles échelles d'acier et de bois ; les grappes de voyageurs qui se pressaient sur les quais ; l'impatience et l'enthousiasme précédant les départs et les arrivées. Elle avait eu la chance de connaître ça, dans sa jeunesse. Cendre imaginait la chaleur, le bruit, l'excitation de ce monde en mouvement. Il aurait donné beaucoup pour monter ne serait-ce qu'une fois à bord d'un luxueux wagon, observer le paysage défilant derrière les vitres cristallines plus vite qu'un cheval au galop, écouter les yeux clos la rumeur des autres passagers lancés comme lui vers l'inconnu. Si seulement un train avait pu rester ici, en gare de Lourdes, le jour où cette merveilleuse mécanique *ferroviaire* — Cendre adorait ce mot — s'était grippée. Hélas, le Seigneur en avait décidé autrement : il n'était resté que la carcasse, depuis longtemps désossée par les ferrailleurs, d'un wagon-plateau sur sa voie de garage. Alors, en guise de secret hommage à cet empire défunt de l'acier et de la vitesse, il avait exigé de s'installer dans cette petite maison de la périphérie, à l'écart des artères plus actives de la cité. Certes, ce choix avait demandé la mise en place de mesures de sécurité accrues, mais Cendre aimait à penser que ces dépenses et sacrifices supplémentaires étaient une punition méritée pour ceux qui avaient livré trop tôt aux flammes ces vestiges d'autrefois. Ne lui restait que les souvenirs de sa mère. Et ses pèlerinages déguisés le long des voies silencieuses.

Au retour de la cérémonie, Andréa aida Cendre à passer la porte de sa demeure. Le garçon commençait seulement à se remettre. Entre la nuit passée à grelotter dans le cachot humide et l'éruption de violence expiatoire qui concluait chacun de ses prodiges, le pauvre avait besoin de plusieurs heures de repos. Pour être tout à fait honnête, elle devait admettre que depuis quelque temps, il s'était dangereusement affaibli. Quant à l'intensité de ce qui s'emparait de son corps lorsque la volonté divine s'y manifestait, elle préférait ne pas y penser. L'enfant souffrait le martyre. Chacun en avait conscience. Mais c'était son destin, sa nature et son fardeau. Il n'était pas venu en ce monde pour autre chose.

Agité d'un frisson nerveux, Cendre retira sa tunique rituelle tachée de sang sacrificiel et la jeta mollement contre le mur du couloir d'entrée. Joao et Tacio étaient passés pendant leur absence : des vêtements propres l'attendaient, soigneusement pliés sur un tabouret. Un feu vif flamboyait dans la grande cheminée de la pièce principale, la seule que Cendre avait véritablement aménagée, en n'accordant aux autres qu'un vague rôle de stockage. Mais dans ce séjour, qui était son domaine privé, tout était fait pour son confort. Partout sur le sol des peaux de vaches, au poil aussi doux que celui d'un chat, composaient un patchwork invitant à se déchausser au plus vite. Contre les plinthes, posées selon un principe de classement qui échappait à tous sauf à

Cendre, s'étalaient des piles de registres récapitulant les trajets de trains de marchandises, recensant par date, nature du fret, destination de départ ou d'arrivée les milliers de convois ferroviaires qui avaient un jour roulé en France. C'était un cadeau d'Andréa, qu'elle avait fait acheminer spécialement — et par des moyens détournés — depuis Toulouse à l'occasion d'une mission diplomatique effectuée quelques mois auparavant. Et même s'il ne savait pas lire, Cendre les compulsait pendant des heures, cherchant des ressemblances et des corrélations entre les mots soigneusement alignés sous ses yeux. C'était son trésor.

Nu, le garçon s'installa devant la cheminée pour contempler le ballet des flammes mordant la pierre. Andréa fit rapidement le tour des pièces voisines, vérifia l'intégrité de ses pièges et alarmes avant de venir le rejoindre. Elle retira à son tour sa chemise et son pantalon de toile, s'assit derrière lui pour caresser son dos. Elle faisait ça du bout des ongles, traçant de grands cercles qui couraient de ses omoplates à ses reins. Sous la peau blanche, elle sentait d'incroyables nœuds de tension, des frémissements soudains, comme si de minuscules explosions nucléaires dévastaient ses muscles sans que rien de plus que des spasmes ne signalassent en surface cette guerre secrète. La marque de Dieu. Andréa frissonna. Ses mains passèrent devant pour lui masser la poitrine et le ventre. Le corps du garçon affichait un mélange de mollesse enfantine et de raideur. Un organisme contraint à grandir trop vite pour masquer son âge. Elle se colla à lui pour embrasser sa nuque. Cendre eut un gémissement douloureux. Elle le serra un peu plus fort. Posa ses lèvres contre son oreille gauche :

— Tu as été parfait.

Il ne répondit pas.

Elle joua avec son nombril en silence, compta jusqu'à vingt avant de se lancer :

— Tu devrais essayer de dormir.

Cendre marmonna une protestation aussi boudeuse qu'amusée :

— Tu avais promis.

— Tu as rendez-vous, ce soir. Je te veux en forme.

Il tourna la tête vers elle, posa sa nuque contre son épaule :

— Rendez-vous ?

— Au château.

Voilà, c'était dit. Cendre eut un réflexe de recul mais s'abandonna finalement au confort de leur câlin. Elle lui caressa les cheveux :

— Tacio m'en a parlé hier soir. Les Maîtres ont quelque chose à te demander. Quelque chose d'important.

Cendre ferma les yeux et fit la moue. Sa main droite remonta vers la poitrine de sa maîtresse, qu'il agaça du revers des doigts en minaudant :

— On verra.

— Cendre !

Il fit celui qui s'endormait, la voix déjà assoupie :

— Hum ?

— Joao et Tacio passeront en fin d'après-midi pour t'emmener. Tu dois te préparer. Et être en forme.

— Ça va être encore pour un banquet et un sermon, présagea-t-il, vaguement contrarié. Ma mère sera là, tu crois ?

— Ce sera plus qu'un sermon. Tu as rendez-vous dans le donjon.

Il ouvrit les paupières, se retourna et la dévisagea d'un air inquiet, attendant la suite. Andréa secoua la tête :

— Je n'en sais pas plus. Je sais seulement que quelque chose de gros se prépare.

Elle lui caressa la joue en souriant :

— Donc, je veux que tu dormes, maintenant ! Et que tu observes et écoutes attentivement tout ce qui sera dit ce soir. Compris ?

Cendre haussa les épaules, se laissa retomber sur les moelleuses peaux de bêtes pour contempler le bleu clair du plafond, les mains jointes sous sa nuque :

— D'accord… Mais je vais avoir besoin d'un petit quelque chose pour m'endormir.

Andréa fit lentement glisser sa main droite entre les cuisses de son jeune amant en souriant :

— Tais-toi et profite…

## *Le mensonge d'un fils dispense une part d'amour*

Il faisait presque nuit quand Joao et Tacio se présentèrent à la porte de la maison. Les deux serviteurs avaient revêtu leur livrée brodée aux couleurs des Maîtres : une croix noire à liseré blanc sur fond pourpre. Andréa les accueillit avec une grimace d'agacement : ainsi habillés, ils s'étaient forcément fait remarquer par tout ce que la ville comptait comme pipelettes et cagots. Pour une raison qui restait à découvrir, c'est sûrement ce que le château souhaitait, mais ce n'était pas eux qui allaient devoir traverser la ville en guettant tout geste suspect.

Cendre s'était réveillé une heure plus tôt. S'il n'avait pas encore totalement récupéré, au moins le repos lui avait-il donné un meilleur teint, effacé un peu des cernes qui lui creusaient les joues. Andréa sortit la première, tandis que Joao ajustait le col de la chemise du garçon. Assis sur le bitume craquelé de l'avenue, une dizaine de fidèles guettaient la sortie de leur Sauveur. Ils entamèrent un chant enflammé dès qu'il apparut à la porte. La traversée pouvait commencer. Une femme s'approcha prudemment, tendit à Cendre une corbeille en osier remplie de pâtisseries.

— Merci, murmura le garçon en passant l'offrande à Tacio.

— Le Seigneur est mon berger, psalmodia la fidèle extasiée.

Andréa répondit en montrant les dents :

— Nous sommes pressés, on avance !

Elle fit signe à Cendre de se mettre en marche. S'ils ne devaient rencontrer plus âpre résistance, la promenade ne serait pas trop pénible. Ces gens n'étaient pas malintentionnés, juste terrifiés. Tout le temps. À propos de tout. Peur de manquer dc protection. Peur de manquer de soutien, de guide ou de ressources. Peur d'être dépossédés de leur trésor vivant. Et la peur aveugle engendrait la violence aveugle. Andréa savait ça depuis qu'elle était toute petite. Au point que ces pauvres cloches considéraient sa violence contenue comme un rocher et un tuteur. La garantie d'une autorité rassurante et responsable qui ferait que tout se passerait bien. La flatterie du berger envers le troupeau.

Cendre surprit le sourire discret d'Andréa qui l'observait. Il haussa les épaules sans comprendre, renifla pour se donner une attitude. Derrière lui, Joao et Tacio fermaient la marche sans se presser. Leur petit groupe avait bien entamé son circuit dans les rues paisibles. Après les excès de la journée, un calme réparateur s'était abattu sur les foyers et les cœurs des hommes. Bien entendu, personne n'ignorait quel convoi se dirigeait en cet instant vers le château, mais les réactions avaient été étonnamment isolées : seulement la poignée de curieux devant sa porte. Sans doute le contrecoup des émotions de la matinée. Cendre ne pouvait que s'en réjouir. Il allait déjà avoir suffisamment à faire dans quelques minutes, il préférait franchement pouvoir s'épargner les désagréments périphériques.

Levant les yeux, il aperçut la masse épaisse du château planté dans la cité. Même à cette distance, il distinguait le puissant donjon dominant les toits, rappelant à tous que, du haut de leur citadelle, les Maîtres veillaient. Par le passé, quelques années avant la naissance de Cendre, Lourdes avait été ravagée par des marchands venus de Navarre. Ils avaient saccagé tous les lieux consacrés, jusqu'à la très sainte Grotte. Seul le château avait résisté au pillage, le temps que les secours dépêchés par la Nouvelle Inquisition traversent les Pyrénées pour châtier les criminels. C'est à cette époque que les Maîtres avaient imposé leur dogme et réaffirmé leur credo, promis que le Seigneur entendrait ses enfants et sauverait les vrais chrétiens. Ceux qui y avaient cru, ceux qui avaient su conserver la vraie foi et étaient restés dans la cité ne furent pas déçus : Cendre vint au monde au cœur du tourment, quand les hordes de marchands ravageaient la région. Et le Seigneur parla à travers lui, et tous furent épargnés. Pour toutes ces raisons, parce qu'ils avaient vu juste et gardé vivace la lumière de la foi en cette terre consacrée, les Maîtres avaient la gratitude de la population. Mais pour autant, la crainte des mauvais jours n'avait pas été extirpée. Et ils veillaient jalousement sur leur acquis : même si ce dernier était comme eux de chair et de sang. Cendre appartenait à la ville. Il lui avait été offert et on ne reprend pas un cadeau !

— Stop !

L'ordre d'Andréa tira Cendre de sa rêverie maussade. Derrière lui, Joao et Tacio se figèrent, en alerte. La rue était pourtant calme. La plupart des volets étaient fermés pour la nuit, personne aux portes pour épier leur petit groupe. Une bagarre de chats, invisible et sifflante, éclata sur leur droite. Cendre s'approcha de son aimée :

— Quoi ?

Elle ne quittait pas le bout de la rue des yeux.

— Nous sommes attendus.

Cendre fixa la direction indiquée par la jeune femme, ne distingua rien de plus que les façades familières, décorées de bannières sacrées flottant dans la légère brise nocturne. Mais il n'avait pas l'instinct infaillible de la gardienne.

— Ce sont peut-être des gardes venus du château ?

— Ils ne prendraient pas ce risque, ricana Andréa. Non : ce sont tes fidèles.

— Alors je vais leur parler.

Derrière eux, Tacio eut un petit bruit de bouche désapprobateur. Andréa continuait à scruter le carrefour silencieux.

— Je suppose que ça pourrait être une solution, soupira-t-elle.

— Ils ont seulement peur.

— C'est bien ce qui m'inquiète.

— Ils sont mon troupeau. Ils ne me feront pas de mal.

Andréa hocha à peine la tête, le laissa la dépasser sans protester.

Cendre s'avança prudemment vers le bout de la rue. Les angles usés de la roche nue soutenant le château luisaient dans l'obscurité. Massés dans l'ombre au pied du chemin montant jusqu'à la poterne, les Lourdais lui barraient le chemin. Il commença à distinguer des visages fermés, des yeux vrillés par la fatigue et l'attente. Beaucoup étaient à genoux et priaient en silence. Le garçon marcha vers eux sans hésiter, du pas mesuré de l'ami qui veut faire durer le plaisir avant de prendre ses frères dans ses bras. Quelques mains s'approchèrent. Quelques doigts s'accrochèrent. Cendre leur sourit. Puis il vit les larmes dans leurs yeux, la valse ancienne des craintes en spirale des gens de rien, que le destin finirait de toute façon par broyer : le sentiment creux de ne pas pouvoir exprimer cette angoisse qui vous broyait le cœur à en crever ; la certitude de ne jamais rien faire de bon, le besoin de *savoir*, de se raccrocher, oh, pas à une vérité, non, mais à une promesse, au moins. Cendre en eut le vertige. Il saisit les mains tendues, les plaqua contre sa poitrine douloureuse.

— N'ayez plus peur, murmura-t-il.

Au comble de l'émotion, une femme jaillit de la masse pour le serrer contre elle comme on serre un fils retrouvé. Elle sentait le feu de bois et la laine humide. Cendre embrassa ses doigts tremblants, la repoussa gentiment pour contempler son visage fatigué :

— Restez ici. Attendez mon retour. Nous chanterons ensemble.

La femme tordit ses doigts de bonheur. Ses lèvres sèches s'agitèrent :

— Je renonce pour toujours à Satan, à ses pompes et à ses œuvres, jura-t-elle avec un fort accent espagnol.

Autour d'eux, les silhouettes rassemblées saluèrent sa profession. Leurs voix brisées par la joie de l'instant montèrent à l'unisson vers le ciel. Cendre se joignit au chœur :

— Je proteste que je veux désormais, comme votre véritable esclave, chercher votre honneur et vous obéir en toutes choses.

Dans l'obscurité, les regards étaient un peu apaisés par ces litanies familières. Il profita du silence revenu pour répéter son message :

— N'ayez plus peur, je reviendrai vite.

Derrière lui, Andréa, Joao et Tacio remontaient la rue à leur tour. Nulle réaction à leur approche. Tous les quatre, ils se frayèrent un passage à travers la foule vers le château. Au moment où ils s'arrachaient au barrage vivant, un solide bras nu en jaillit pour retenir Cendre par la manche. La lame d'Andréa brilla sous la lune, trouva la gorge du fautif et le tint en respect. C'était un guetteur, un de ceux qui surveillaient les routes menant à la cité. Cendre le connaissait un peu : Pascal, une forte tête et un doux bagarreur. L'homme soutint la menace du couteau, conserva une voix assurée :

— Je vais rester vigilant.

Andréa ricana :

— T'as raison, on compte tous sur toi !

L'intéressé fronça les sourcils :

— Ça pue, là-haut. Des accommodements et des manœuvres, depuis des jours. J'ai tout vu. Qu'est-ce qu'ils préparent ? Pourquoi y aller quand il fait nuit, hein ?

Andréa abaissa son bras lentement. Pascal n'était pas méchant, même s'il passait son temps à se plaindre. Elle rangea son arme, poussa Cendre devant elle pour le forcer à marcher. Elle tournait déjà le dos au grand gaillard quand elle lui répondit. Son ton amusé n'échappa à personne :

— Non, tu n'as rien vu, pauvre con. Tu as entendu ce que tout le monde répète ici chaque jour, mais t'as rien vu du tout.

— Ils vont le tuer, Andréa !

— Pas tant que je serai là, Pascal.

Une fois qu'ils furent suffisamment éloignés de la masse des fidèles, Cendre s'en prit à voix basse à sa gardienne :

— C'était pas la peine d'être aussi méchante !

— Ils m'énervent ! C'est à chaque fois la même chose. Dès qu'un changement dérange leur quotidien, c'est le chœur des pleureuses !

— J'aime bien Pascal.

— C'est juste un agitateur de quartier, trop content d'avoir sa petite cour. Cendre, tu dois être plus vigilant !

Il ne répondit pas, mais l'engueulade lui fit monter le rouge aux joues. Il dut lutter quelques secondes contre l'envie pressante de bouder très fort. Tacio lança un avertissement :

— On arrive.

Les grilles du château étaient levées, personne ne se tenait à la poterne pour les accueillir. Les Maîtres savaient que nul n'oserait franchir leur muraille sans y avoir été invité. Dès lors, pourquoi vivre barricadés ? Sur les remparts, les museaux ternis des sentinelles surveillaient la cité sans broncher. Cendre crut voir l'une d'entre elles tourner la tête vers eux avant de reprendre sa garde silencieuse. Le garçon détestait les sentinelles, leur silence fanatique était effrayant. Elles ressemblaient à des fauves, avec leur casque au museau profilé pointant vers l'horizon. La cour aussi était vide. Une porte s'ouvrit en grinçant sur leur droite, libérant un rectangle de lumière pisseuse où se découpa une maigre silhouette. Le serviteur fit quelques pas vers eux, les invita de la main à s'approcher. Joao et Tacio marchèrent jusqu'à lui pour obtenir de nouveaux ordres. Andréa profita de leur éloignement momentané pour parler discrètement à son protégé :

— Ne fais confiance à personne, là-dedans. C'est bien compris ?

Cendre allait lever la tête vers elle mais elle le rappela à l'ordre :

— Regarde devant toi ! Ne bouge pas la tête.

Les deux serviteurs revenaient déjà.

Cendre parla très vite :

— Que se passe-t-il ?

— Je ne sais pas trop. Reste prudent.

Tacio souriait à pleine dents :

— Le Sauveur est attendu dans le donjon. Andréa, tu peux rester ici.

C'était de bonne guerre. Depuis qu'ils avaient franchi la muraille, elle n'avait plus aucun droit sur l'enfant. C'était maintenant à eux deux qu'incombait la tâche de le protéger. Rien de personnel, juste le respect des lois. Elle sourit méchamment :

— Merci, je voudrais pas retomber seule sur Pascal et sa bande, suis pas sûre de me retenir une deuxième fois.

Joao acquiesça en prenant la main du garçon :

— Ça peut durer un moment…

Elle haussa les épaules, inspira profondément :

— Je ne suis pas pressée.

— Tu peux passer à l'office demander un repas, conclut Tacio en lui tournant le dos.

La jeune femme se chercha un angle abrité dans la cour et se blottit contre le mur. Le froid nocturne se fit soudain plus mordant. Après tout, elle ferait peut-être mieux d'aller jusqu'aux cuisines. Même si elle n'avalait rien qui ait été préparé ici, au moins profiterait-elle de la chaleur des cheminées. Et puis, il était parfois judicieux d'accepter de petites entorses au code, pour ne pas déroger à ses grands principes. Son maître le lui avait tellement répété…

*

La lente ascension jusqu'au sommet du donjon était pénible, parce que c'est dans ce but qu'elle avait été conçue. À chaque palier, Tacio et Joao lui accordaient un peu de repos, le temps d'une courte supplique devant le petit autel placé là à cet usage. Pendant qu'il confiait ses pensées à Dieu, Cendre s'emplissait des échos lancinants du *Veni Sancte Spiritus*, de plus en plus audibles au fur et à mesure de la montée. Clamée par des dizaines de gorges exaltées, la prière emplissait son esprit et ses membres. Les vibrations du chant faisaient résonner la pierre des marches, s'entrechoquer ses dents. Reptilienne, la mélancolie était méthodiquement chassée hors de son corps au rythme de la progression jusqu'au sommet. Les voix récitaient :

*Sine Tuo numine,*
*Nihil est in homine,*
*Nihil est innoxium.*

Cendre tremblait, s'appuyait contre le mur pour ne pas céder et abandonner l'effort. Gravées en lettres de feu dans son esprit, les paroles sacrées apprises par cœur l'emplissaient d'une saine terreur, entre prémonition de l'abandon et promesse de salut.

*Flecte quod est rigidum,*
*Fove quod est frigidum,*
*Rege quod est devium.*

Le chant emplissait l'espace maintenant, comptant ses pas avant d'asséner le couplet suivant. Ses infrasons rudoyaient son libre arbitre, faisaient courir des frissons extatiques entre ses omoplates raidies par l'espoir d'une libération proche. Puis, les ultimes marches apparurent au détour du dernier coude. Métamorphosé par son parcours, Cendre ferma les yeux au moment d'entendre les lancinantes dernières syllabes de la prière :

*Amen*
*Alleluia.*

Puis, quand retomba le silence, il entra dans la lumière des Maîtres, rassemblés en leur domaine pour l'entendre et l'instruire.

— Bienvenue Cendre, bienvenue dans la lumière du Christ.

Brillant et toxique, l'éclairage transperçait l'enfant de sa simple vérité. À genoux face aux Maîtres, baignant dans leur amour sans faille, il tremblait et se gorgeait de leur sagesse. Joao et Tacio avaient disparu sans qu'il s'en aperçoive. Seuls comptaient maintenant la chaleur bénéfique des Maîtres, le plaisir douloureux de se réchauffer à l'infaillibilité et la justesse de leur foi. Depuis les puits d'ombre des capuchons qui dissimulaient leurs visages, les Maîtres allaient jauger sa sincérité. Sans bouger, du haut de leurs silhouettes identiques, les Maîtres allaient l'entourer de leur amour dévorant. Rien d'autre n'avait plus d'importance.

— Gloire à Dieu au plus haut des cieux, murmura le garçon.

— Il t'entend et t'accueille, toi, pécheur et fils de pécheurs, car il est Dieu de Miséricorde.

Libéré par la vérité des mots, quelque chose céda en lui. Le poids des épreuves accumulées, le mépris et la haine des marchands, le dégoût des autres et de lui-même, tout le mal qu'exhalait l'existence se concentra en une boule douloureuse qui se dissipa, non pas comme la neige fondrait au soleil, mais comme si une main avait plongé jusqu'à son cœur pour le presser afin d'en extraire le poison. Sans douceur aucune, mais avec une infinie compassion. La lumière s'éteignit. Il avait été pardonné. Les Maîtres s'éclipsèrent.

Alors ses paupières s'ouvrirent d'elles-mêmes et, à la lueur tremblotante des torches de la grande salle carrée, il aperçut sa mère qui lui souriait, seule au centre de la grande pièce, assise dignement sur la haute chaise sculptée que lui conférait son rang.

— Maman !

Elle tendit la main vers lui. Il se précipita dans ses bras.

— Mon petit. Mon tout-petit.

Elle l'embrassa sur le front, lui caressa la joue, le serra très fort contre elle.

— Comme tu m'as manqué.

— Toi aussi, maman.

— Fais-moi voir tes mains.

Elle lui ouvrit les poings, frotta ses paumes contre les siennes, baisa joyeusement ses poignets fragiles.

— Tu as l'air fatigué. Est-ce que tu dors bien ?

Il sourit béatement sans répondre. Sa mère était là, contre lui, le pressant de questions qu'il laissait sans réponses, le sommant de lui en dire plus sur sa vie hors du château. Comment aurait-elle pu comprendre ? Il y avait bien longtemps qu'il avait cessé de tenter de lui expliquer ce que c'était que de vivre dehors, de devoir veiller constamment à la sécurité de son troupeau, de vivre dans la crainte permanente que Dieu l'abandonnât à l'instant de l'épreuve. Comment aurait-elle pu seulement appréhender ce que cela signifiait au quotidien, lorsqu'elle vivait dans la lumière et le confort du donjon, à l'abri des besoins et des dangers du monde ? Cendre se devait de l'épargner et de ne rien lui dévoiler de l'ignoble réalité, comme elle avait su le protéger quand il était petit. Le mensonge d'un fils dispense aussi une part d'amour. C'était ce que lui avaient enseigné Joao et Tacio. Cela lui semblait juste.

Alors il mentit :

— Tout va très bien.

Et ce fut tout. Sa mère n'insista pas. Elle le fit asseoir devant elle sur les dalles luisantes de la grande pièce vide, attendit qu'il fût confortablement installé et attentif. Son doux visage avait retrouvé la sérénité de l'image officielle de la *mère*, telle qu'elle apparaissait aux habitants de la cité lors des rares événements publics : le regard sage et la tête légèrement inclinée, nimbée de toute la patience des icônes. Interpellé par la pose, Cendre essaya de se concentrer.

— Les Maîtres ont une mission à te confier, mon fils. Une mission très importante pour nous tous. Une mission qui pourrait changer notre vie et nous mettre enfin à l'abri.

Cendre sentit une pointe d'angoisse serrer ses intestins. Mais il ne broncha pas. Reste vigilant, lui avait dit Andréa. Il écouta la suite en plissant les yeux.

— Tu as peut-être entendu parler des émissaires qui ont tenté de gagner la Parispapauté ?

Il hocha lentement la tête.

— Réjouis-toi, mon fils : le pape a entendu notre requête. Ses cardinaux ont accepté de te rencontrer afin de te mettre à l'épreuve et d'admettre ton don.

— Le pape ?

Cendre en resta abasourdi. Il avait beaucoup entendu parler du pape Michel. C'était un homme cruel et méchant, qui avait trahi la parole de Dieu pour établir un royaume terrestre corrompu. Comment pouvait-on se réjouir de cette invitation ? Il répéta mot pour mot l'enseignement de Tacio à propos du pape de Paris et de ses fidèles :

— Mais... Ce sont des hérétiques ! Leur interprétation des Évangiles est blasphématoire et partisane.

— Cendre !

La voix de sa mère tonna à ses oreilles. Stupéfait, il remarqua ses sourcils froncés, sa bouche pincée, la froideur de son regard. Rouge de honte, il comprit soudain sa faute et balbutia :

— Je te demande pardon, maman.

Mais sa mère était trop mécontente. Ses traits paisibles de madone prirent des plis mauvais. La réprimande se poursuivit sur le même ton cassant :

— Sais-tu ce qu'ont enduré les braves qui se sont efforcés de rallier les terres du Nord pour établir ce contact ? Sais-tu combien sont morts en chemin ?

— Pardon, souffla-t-il en baissant les yeux, maté.

— Crois-tu mieux savoir que les Maîtres ce qui est bon pour nous ? Réponds !

— Non…

— À genoux, mon garçon !

Cendre obéit prestement, se raidit dans l'attente de la gifle. Le coup lui chauffa la joue gauche plus qu'il ne lui fit vraiment mal. Sa mère avait toujours su l'épargner. Il la remercia mentalement pour sa clémence, reprit sa position initiale.

— Tu partiras cette nuit.

Le visage de sa mère se radoucit. Elle lui caressa le front du bout des doigts, sourit gentiment à la chair de sa chair :

— Tu vas faire un beau voyage, mon fils.

Cendre n'écoutait plus. Ses oreilles bourdonnaient sous le choc de la nouvelle. Les cardinaux n'allaient pas venir jusqu'ici. C'est lui qui allait *voyager*. Abandonner la cité, ses amis, sa mère… Il allait voyager ! Bouleversé, il chercha à rassembler ses pensées. Reste vigilant, lui avait dit Andréa.

— Et vous ? Qu'est-ce que vous ferez ?

Elle soupira, saisit ses mains et les serra très fort.

— Je t'attendrai. Nous t'attendrons tous.

Instant de silence, puis :

— Cette rencontre pourrait changer notre existence à tous. Si la Parispapauté reconnaît ta nature unique, nous briserons enfin l'isolement de notre cité. Le pape Michel est très puissant. Ce serait un allié de choix.

— Mais vous pourriez être attaqués pendant que je ne serai pas là.

— Ce que tu as réalisé ce matin nous accordera le répit nécessaire. Ne t'inquiète pas.

Bien sûr ! Les Maîtres ne se seraient pas permis de prendre un aussi grand risque sans avoir pris la mesure exacte du danger. Cendre se tut un instant. Il y avait tant d'idées qui se bousculaient dans sa tête. L'excitation et l'inquiétude mêlées le rendaient nerveux. Sa mère lui leva le menton pour le forcer à être encore un peu attentif :

— Tu vas découvrir tout ce que tu n'as jamais vu. Traverser des lieux et parler à des gens très différents de ceux que tu connais ici. N'oublie jamais que tu es Cendre, l'enfant préféré du Seigneur et le Sauveur de cette cité… Et que je t'aime.

— Moi aussi je t'aime, maman.

Une dernière fois, elle enlaça son fils tendrement pour lui dire au revoir :

— Tes amis t'attendent en bas. À bientôt, mon chéri. Bon voyage.

— À bientôt, maman.

Il recula de quelques pas sans la quitter du regard, sainte paisible dans son grand fauteuil sculpté. Arrivé à la porte, il lui fit un petit signe de la main avant de se retourner pour descendre les escaliers, la tête emplie des récits d'aventures et des descriptions de merveilles lointaines que lui racontait sa mère quand il était petit. Il allait voyager ! C'était fantastique, il avait hâte d'en parler à Andréa !

Exultant, Cendre allait dévaler les premières marches du donjon quand retentirent les premières notes du chant de départ. L'influence de la prière fut immédiate. Son esprit se figea, ses gestes se firent plus lents. Rappelé à l'ordre par la force des mots et du rythme, le garçon eut un instant de vertige. Puis le rituel hypnotique reprit possession de son esprit agité pour l'entraîner dans la spirale doucereuse de l'oubli et de la contemplation.

## Interface #1

Sphères du non-monde. Ralentissement organique. Lente révolution des orbes de guidage roulant contre la masse pensante de l'univers. Au-delà des horizons multiples, le faisceau de la conscience s'éveille sous la forme d'une aube vermillon. Silence empathique seulement troublé par l'écho doppler d'un autre cheminement de pensée, passant plus loin et plus vite dans le temps variable du non-monde.

— Cendre approche, Cendre est en route, pulsent les orbes ravis de cette visite.

Un relais de gratification se matérialise sous l'amplitude de la nouvelle, jouit en corolle avant de répandre sa vague grouillante de pus fertile jusque sous le derme du non-monde soudainement féminin.

— Nous sommes satisfaits, tonne la conscience.

Les orbes en rougissent d'aise.

## *Le fret reste toujours à sa place*

Penché à la fenêtre de sa chambre, Cendre regardait la mer maussade étalée en contrebas de la villa. Le spectacle était d'un ennui à mourir, d'une mort lente et indolore à force de contempler l'exhibition nauséabonde des vagues venues baver sur les rochers. En séchant, la mousse jaunâtre de leur écume grésillait comme un tapis d'insectes empoisonnés. Associé à l'odeur de pourriture salée, ça donnait envie de vomir.

Décidément, dans ce voyage, rien ne se passait comme il l'espérait.

Plus tôt dans la journée, comme tous les matins depuis presque une semaine, Joao et Tacio avaient quitté la villa Belza pour gagner la capitainerie, dans l'espoir de trouver un navire. La cloche du port avait déjà sonné midi, mais ils n'étaient pas encore revenus. Cendre imaginait sans peine leur figure faussement réjouie au moment de lui annoncer qu'il faudrait attendre jusqu'au lendemain. Attendre, encore, qu'un des rares navires qui mouillaient à Biarritz acceptât de prendre la délégation des Lourdais à son bord. Cendre comprenait mal que les choses n'aient pas été mieux préparées avant leur départ. Joao lui avait expliqué que c'était un imprévu, un incident de parcours à cause d'un conflit local. Une misérable dispute au sujet de l'eau, justement, cet inutile océan qui s'étendait à perte de vue depuis les hautes fenêtres de la villa. Cendre n'arrivait pas à croire que l'on se disputât le droit d'y naviguer. C'était trop ridicule.

Et puis, incident de parcours ou pas, c'était lui qui se retrouvait seul à arpenter les étages de cette sinistre villa isolée, perchée au-dessus des flots, pendant que ses deux compagnons avaient la liberté de visiter un peu la ville. De toute façon, ils ne le laissaient rien faire : son voyage jusqu'ici s'était fait sous escorte, dans un chariot bâché, avec interdiction de regarder dehors. Charmant !

Une mouette criarde passa au ras de la façade, faisant sursauter le garçon. Il recula prudemment vers le milieu de sa chambre. Sale bête ! Heureusement que personne ne l'avait vu. Il avait reçu des consignes strictes : interdiction de se présenter aux fenêtres. Interdiction de se montrer. Nuit et jour, cinq sentinelles se relayaient pour garantir sa sécurité. Silencieuses et fades comme la mer bordant la grande maison. Cendre soupira en retournant s'allonger sur le lit moelleux installé là spécialement pour lui.

« Seigneur, quel ennui... » se dit-il.

La cloche de la capitainerie eut le temps de décompter encore quatre bonnes heures dans le silence collant de la journée avant que le claquement familier de la porte d'entrée ne tirât Cendre de sa torpeur. Il se dépêcha de se lever, sortit de sa chambre et dévala les escaliers sous le regard glacé des sentinelles postées sur son parcours.

— Alors ? On part quand ?

Encore engoncés dans leurs épais cirés jaunes, Tacio et Joao l'accueillirent en souriant :

— Tiens, un petit cadeau...

Pressentant la minable manœuvre de diversion, Cendre se retint de bouder tout de suite. Il saisit le petit paquet informe, en déchira l'épais papier coloré pour en extirper une étrange sphère transparente, remplie d'eau, dans laquelle folâtraient des grains brillants. Fixée sur le socle à l'intérieur, on apercevait une petite flèche sombre à quatre pieds, plantée devant un décor effacé par le temps. C'était rudement joli.

— C'est quoi ?

— Une clef secrète.

— Ça ressemble pas à une clef.

— C'est pour ça qu'elle est secrète.

Tacio prit la boule, l'agita pour faire tourbillonner les particules scintillantes et la rendit au garçon :

— Quand tu verras la même tour que celle-ci, mais mille fois plus grande, se tendre vers le ciel au-dessus des toits, c'est que nous serons arrivés au terme de notre voyage.

— Mille fois plus grande ? Ça n'existe pas.

Tacio rit de bon cœur :

— Ah bon ? Tu crois ?

Stupéfait, Cendre ne prit même pas le temps de se vexer. Il agita la boule près de son visage, observa le ballet des grains de mica papillonnant autour de la flèche miniature. S'il en existait quelque part une version géante, il exigeait de voir cette merveille de ses propres yeux. Ce serait quelque chose, ça oui ! Fasciné par le spectacle du cadeau, il allait remonter l'examiner avec soin dans sa chambre quand Joao l'interpella au milieu de l'escalier :

— Cendre…

— Hum ?

— Fais-toi beau pour ce soir, tu es invité.

La boule en plastique retomba immédiatement dans les abysses des gadgets passés de mode. Le garçon redescendit deux marches, piqué au vif :

— Où ça ?

— En ville, stupide petite crevette, sourit Tacio ravi de leur effet.

— Un capitaine est d'accord pour nous embarquer, il veut seulement voir la clientèle avant le départ.

Le cœur de Cendre bondit dans sa poitrine.

— On s'en va ?

Tacio et Joao se regardèrent, amusés :

— Oui, mais…

— … Seulement s'il trouve la marchandise à sa convenance.

— Alors, frotte bien derrière les oreilles !

*

Assis sur une chaise trop haute, Cendre se dandinait maladroitement, comme si cette gymnastique fessière pouvait suffire à faire disparaître le bol posé devant lui. Son contenu était visqueux et épais, Dieu seul savait ce qu'il pouvait y avoir sous la surface marron. Sur sa droite et en face de lui, ses deux amis avalaient l'infâme brouet sans broncher. Sur sa gauche… Sur sa gauche, le plus malodorant des individus que Cendre ait jamais approché d'aussi près en était à son troisième bol, copieusement arrosé de rasades de vin noir qu'il répandait en grosses gouttes un peu partout à chaque fois que ses gros doigts ramenaient le verre à sa bouche. L'homme était grand, gras et, pire que tout, imprévisible. Ses bras moulinaient, s'agitaient, partaient soudain à la recherche d'un morceau de pain sur la table, d'un bouton infecté sur sa joue, d'une bouteille fraîche ou du postérieur de la serveuse. Pour sentir aussi mauvais, il devait avoir été depuis son enfance exclusivement nourri de cette mixture écœurante. Au début du repas, il avait insisté pour que Cendre prenne place à son côté. Régulièrement, le garçon sentait son regard globuleux se poser sur lui par-dessous les épais sourcils et, à ces instants, il aurait bien aimé pouvoir ordonner à sa bouche d'avaler courageusement ne serait-ce qu'une cuillerée. Pour faire plaisir au monsieur. Mais c'était au-dessus de ses forces. Et vomir pendant le repas serait sûrement plus mal venu qu'être incapable de faire honneur à leurs hôtes, non ? Non ? Le colosse éructa, avala une énième goulée de vinasse.

— I'mange pas beaucoup, vot' loustic, grommela-t-il. Va pas nous coûter cher en frais de bouche.

Cendre émit une vive pensée d'effroi à destination de Tacio assis à sa droite : dis-moi que nous embarquerons nos propres repas préparés avec des ingrédients décents ? Non, mieux : dis-moi que nous attendrons encore quelques jours dans cette villa, finalement très agréable, qu'un autre navire accepte de nous emmener ? Tacio ne fut sans doute pas très réceptif à la salve mentale de son jeune protégé quand il répondit :

— Cendre, tu devrais au moins goûter la soupe aux algues, elle est délicieuse.

La grosse voix partit d'un rire gras :

— Bah, laissez-le, il mangera mieux demain.

Ces paroles mystérieuses furent aussitôt suivies par un ébouriffage en règle des cheveux de Cendre, qui se figea. Quelques minutes plus tôt, il avait *vu* ces doigts aux ongles sales crever sans vergogne des pustules blanchâtres cachées sous la barbe. C'était répugnant.

— Tacio, je peux quitter la table ?

— Non !

Cendre regarda son ami. La réponse avait été sèche et sévère, appuyée d'un regard furieux. Le garçon s'en ratatina de honte sur sa chaise. Tous les visages étaient braqués sur lui maintenant : Tacio, Joao, le capitaine, la poignée de marins aux visages épais qui partageaient leur table dans cette gargote, jusqu'à la petite serveuse qui se faufilait à toute vitesse entre les bancs pour veiller au confort de ses clients. Le capitaine rigola grassement, saisit le bol de Cendre pour le vider goulûment :

— Écoute toujours d'où vient le vent, mousse, faut apprendre à éviter le retour de bôme.

Cendre ne voyait pas ce que les onguents et cataplasmes avaient à voir avec le sens du vent, mais si ce genre d'élucubrations pouvait accélérer la disparition du brouet de sous ses narines, il était prêt à en entendre davantage.

— Bon…

Rot sonore, puis :

— Vous serez combien à embarquer ?

Tacio fit mine de réfléchir quelques secondes, avala une autre cuillerée avant de répondre :

— Huit.

— Huit, hein ?

Le capitaine reposa le bol :

— Ça fait beaucoup de fret.

Joao hocha la tête, conscient du problème qu'ils posaient à l'équipage :

— Nous saurons être discrets. Et rester à notre place.

La voix du capitaine se fit plus douce que celle du boucher à la porte de l'abattoir :

— Le fret reste *toujours* à sa place.

Cendre eut envie de poser une question simple, puis se ravisa. Les regards s'étaient détournés de sa personne, autant éviter qu'ils reviennent s'y poser.

— Sinon, ce n'est plus du fret. Et il risque alors des... pénalités.

— Je comprends, temporisa Tacio. Nous saurons obéir.

— Tant mieux pour vous !

— Pouvons-nous considérer que nous avons un accord ?

Le capitaine se tut, le temps de se gratter le cou avec intérêt. Puis :

— Qui sont les cinq autres ?

— Les gardes de l'enfant.

Le gros homme grogna, s'essuya les doigts sur sa veste puante et accorda à Cendre toute son attention :

— Hum... C'est toi le trésor, alors, p'tit mousse ?

— Oui, monsieur.

— Tu sais ce que ça veut dire, embarquer avec la confrérie des Pêcheurs de l'Atlantique ?

— Non, monsieur.

Et voilà : tout le monde le regardait de nouveau. Le silence s'était fait dans la grande salle, chacun écoutait le dialogue entre l'ogre et l'enfant. En face de lui, Cendre sentait l'inquiétude de Joao. Pas le moment de commettre un impair. Pour autant, il ne baissa pas les yeux et affronta son examinateur avec tout ce qu'il lui restait de courage. Le capitaine poursuivit :

— Ça veut dire que nous serons payés d'avance et que rien ne nous empêchera de vous balancer aux crabes une fois en mer. T'en dis quoi ?

— Que ça ne peut pas être pire que la soupe aux algues, monsieur.

Un immense éclat de rire explosa dans la cantine enfumée, qui balaya les tensions, les craintes et les méfiances. Hilare, le capitaine s'était retourné pour montrer le môme à la cantonade d'un air satisfait. Un marin gloussait en frappant la table de son quart en métal empli de mauvais vin. Un autre s'étouffa avec son tabac malodorant. Les visages fatigués par les voyages, brûlés par le sel, grimaçaient de joie à en découvrir leurs gencives rongées. Cendre eut une bouffée d'amour pour ces hommes rudes qui allaient l'emmener sur l'ignoble océan. Rien ne lui arriverait. Il était l'un des leurs, maintenant. Cette pensée le réchauffa. La voix de Joao se fit entendre au-dessus du tumulte, un peu pressée :

— Nous avons un accord ?

Le capitaine reprit sa place, saisit cérémonieusement son bol vide et le retourna violemment contre la table. Autour de lui, l'équipage fit lentement de même. Quand tous les récipients commencèrent à baver leur fond de soupe sur le bois usé, le capitaine tendit la main vers Joao impassible.

— Vote favorable. Vous embarquez à la prochaine marée.

— Merci, capitaine.

— Ouais, ouais. Paiement à l'embarquement.

Sur un signe de leur chef, les marins se levèrent avec lui puis ils quittèrent tous la cantine sans ajouter un mot. Une fois l'équipage parti, il ne restait dans la grande salle qu'une poignée de poivrots et d'anciens, ancrés à leur banc et à leur verre. Joao jubilait :

— Félicitations ! Tu as été parfait.

— Ce sont vraiment des pêcheurs ?

Tacio ricana :

— Non, pas vraiment. Enfin, plus tout à fait.

La serveuse vint débarrasser les bols renversés et nettoyer la table tachée de soupe et de vin. Tacio attendit qu'elle eût fini avant de poursuivre.

— Les Pêcheurs ont été une fraternité puissante et crainte pendant longtemps.

Joao acquiesça gravement :

— Quand ils ne ramenèrent plus assez de poisson, quand d'autres ont proposé de nouvelles manières de nourrir les communautés côtières, leur suprématie a disparu. Mais le nom est resté.

Cendre fit la moue, pas franchement convaincu :

— Et cette histoire de fret, c'est quoi ?

De la main, Tacio rappela la serveuse pour payer le repas :

— On attendra d'être dehors pour en parler.

Le garçon regarda autour d'eux, ne comprit pas en quoi leur conversation pouvait intéresser les derniers clients. D'ailleurs, à bien y regarder, aucun d'entre eux ne semblait en état d'entendre quoi que ce soit, encore moins de le répéter fidèlement à quiconque. La serveuse accourut, annonça le prix en comptant sur ses doigts, vérifia les différentes monnaies proposées par Tacio et se décida pour une liasse de billets navarrais. Elle sourit à Cendre quand ils se levèrent pour partir, d'un sourire mécanique et sans joie. Pour la première fois, il remarqua sa bouche sombre privée de langue. Il frissonna en sortant de la cantine. Derrière la porte, deux sentinelles attendaient leur retour. Elles ouvrirent le chemin vers la villa à travers Biarritz, le museau profilé de leurs casques balayant la rue à la recherche de danger à éliminer.

Malgré l'heure tardive, l'air était douceâtre, discrètement salé. Le vent avait porté jusque dans la cité les relents de sueur de l'inépuisable océan occupé à grignoter les rochers. Joao et Tacio marchaient vite. Cendre trottait entre eux, ravi de la balade. Le garçon n'avait jamais visité d'autre ville. Tout était différent ici. Les maisons fières et hautaines dressaient leurs façades immaculées, surmontées de toits sévères. Les larges places étaient ornées de buissons et d'arbres bien entretenus. Accrochées au-dessus des rues, des guirlandes de lumières multicolores projetaient des motifs électriques empruntés à un folklore inconnu : roues solaires, spirales cosmiques, mandalas turquoise. Aucun de ces *ouroboros* acidulés n'avait de sens pour Cendre, mais leur accumulation laissait supposer une culture inconnue et joyeuse. Rien à voir avec l'austérité chthonienne de Lourdes. Pourtant, malgré ces différences flagrantes, la vie des hommes demeurait identique sous le ciel nocturne. Au fil de la promenade balisée par les sentinelles, le garçon percevait les mêmes rumeurs sourdes d'une ville acharnée à se débattre contre la faim, les dangers, la peur et l'inconnu. Cendre se gavait des images et des sons saisis au hasard, espérait se souvenir de la manière dont on fixait ici les volets, dont on saluait un ami avant de rentrer dormir. Perdu dans ses observations, il ne se rendit pas compte tout de suite que Tacio avait repris ses explications entamées dans la cantine :

—… Officiellement, ils se contentent depuis de vivre du commerce, mais ce sont surtout des pirates.

— Des pirates ?

— Oui, des pirates. Les Surfeurs contrôlent la côte, mais en mer les Pêcheurs se moquent de leurs lois.

— Les Surfeurs ? C'est quoi, un surfeur ?

Tacio baissa la voix :

— Des hérétiques, qui s'évertuent à marcher sur l'eau pour parodier notre Seigneur. Ils appellent ça le *surf*.

— Ce sont eux qui nous bloquent à terre depuis notre arrivée, renchérit Joao.

— Mais pourquoi ?

Joao s'arrêta, saisit Cendre par les épaules et le regarda dans les yeux :

— Parce qu'ils pensent que la mer est une déesse qui doit être vénérée et protégée.

— Des païens, murmura le garçon.

— Que nous soudoyons chaque jour pour avoir le droit de rester dans cette villa. Cendre, les choses sont différentes ici. Nous ne sommes pas les bienvenus. Tu n'es pas le bienvenu. Et ces brutes avec lesquelles tu as partagé ce repas, ce sont les seuls qui aient encore la foi, parce qu'ils vivent sur l'océan et qu'ils ont besoin de croire que Dieu veille sur eux.

— Mais ces Surfeurs, je ne les ai pas vus.

— Mais eux te voient. Leurs agents t'observent même sans doute en ce moment. Biarritz leur appartient, désormais. Ainsi que plusieurs autres ports plus au nord. Nous n'avons qu'un point commun avec eux : la méfiance envers les machines du passé. Pour le reste, ce sont des naïfs, obscurcis par la drogue, convaincus d'être les derniers gardiens de la planète.

Cendre regarda autour de lui, prit conscience que les sentinelles ne l'avaient jamais quitté depuis leur arrivée ici. Ainsi, la ville était aux mains de sorciers ? C'était incroyable. Sa mère et Andréa lui avaient déjà parlé des multiples communautés qui cohabitaient de par le vaste monde, mais il ne pensait pas que le Seigneur laissât d'aussi néfastes individus régner ici-bas. Soudain, Andréa lui manqua à en mourir.

— Alors, c'est quoi, cette histoire de fret ? balbutia-t-il, apeuré.

Ils reprirent leur marche. Tacio renifla, remonta son col, se composa un visage placide avant de répondre :

— Les Pêcheurs ont un code très strict. Nul autre qu'un membre de leur fraternité n'a le droit de monter à bord de leurs navires.

— Et nous alors ?

Joao ricana :

— Ils ont une astuce pour ne pas passer à côté de contrats avantageux. Nous serons officiellement des marchandises, qu'ils transportent d'un port à un autre. Et nous sommes priés de nous comporter comme des marchandises : pas bouger, pas parler, pas protester.

— Du moins en leur présence, précisa Tacio. Et ce, pendant toute la durée du voyage.

Cendre se demanda furtivement s'il préférait avoir la garantie qu'il ne reverrait plus le gros capitaine, ou s'il détestait à l'avance l'idée de passer plusieurs jours enfermé sur un bateau. Puis il saisit les mains de ses deux amis et les serra très fort en marchant. Ils rentrèrent ensemble et sans parler jusqu'à la villa, où les trois autres sentinelles avaient déjà commencé à préparer leur départ.

*

Moins d'une journée qu'ils naviguaient et Cendre avait déjà fait une autre fameuse découverte : c'était encore moins plaisant d'être sur l'océan que de l'observer depuis la terre ferme. Ça bougeait tout le temps. De gauche à droite, d'avant en arrière, de haut en bas. Simultanément. Sans parler des vibrations sourdes du moteur, des grincements de la coque, de l'odeur d'huile chaude dans sa minuscule cabine. C'était d'ailleurs un sacré mystère, ça : pourquoi tout était si petit à bord ? Des couloirs si étroits qu'un adulte y circulait à peine. Des couchettes de la taille d'un lit pour bébé. Des portes conçues pour que chacun s'y cogne la tête en passant. Cendre se demandait si le gros capitaine était seulement capable de visiter l'intérieur de son bateau. Il l'imaginait seul sur le pont par tous les temps, incapable de savoir ce qui se passait sous ses pieds à cause de ses fesses trop larges. Cette idée lui plaisait beaucoup.

En fait, une seule chose ne bougeait pas autour de lui : la petite tour noyée dans sa boule translucide, posée sur la tablette fixée au mur. Quel que soit l'angle que prenait le navire dans les vagues, le niveau de l'eau dans la sphère restait identique et plat. Toujours. Cendre contemplait ce phénomène rassurant. Il y avait là un indice, un signe du Seigneur. C'est ainsi que devait être son esprit, lisse et insensible, pour espérer supporter ce voyage. Au moment où ils avaient pris possession de leurs quartiers, le marin préposé à leur installation leur avait édicté un nombre impressionnant de consignes, dont pas une n'avait eu un quelconque sens, émaillées de mots incompréhensibles comme *coursive*, *poupe*, *cambuse* ou *écoutille*. Des mots d'initiés. Sûrement un code secret entre Pêcheurs. Tacio et Joao lui avaient ordonné de bien écouter les recommandations, sous peine de mettre leur voyage en péril. Alors pour éviter de faire une bêtise, Cendre restait sur sa couchette à lentement étouffer d'ennui. Ses deux amis occupaient les cabines voisines. Les cinq sentinelles, relevées de leurs fonctions pour le temps de la traversée, étaient confinées dans une pièce plus grande au bout du couloir, avec interdiction formelle de se montrer. De toute façon, à part un désœuvrement mortel, quel danger aurait pu l'atteindre dans cette prison flottant au milieu de l'océan ? À cet instant, quelqu'un frappa à sa porte. Deux petits coups furtifs. Le garçon cacha sa boule magique sous l'oreiller avant d'aller lentement pousser le verrou. Le couloir était vide. Mais par terre, un épais manteau plié, couleur et odeur d'algue morte. Cendre tendit la main vers le vêtement, le déplia, constata qu'il s'agissait d'un ciré coupé à sa taille. Coup d'œil à gauche, à droite. Personne. Pas d'imperméables posés devant les cabines de ses voisins. Avec le bruit du moteur, personne d'autre que lui n'avait dû entendre les coups à sa porte.

Cendre referma la porte. Posa le ciré par terre devant lui, s'accroupit contre la cloison pour réfléchir. Le vêtement avait une large capuche qui lui cacherait le visage. Il faisait encore nuit. L'occasion était trop belle. Et puis on n'avait pas déposé ça là par erreur. C'était bien une invitation à visiter le bateau, non ? Sûrement que malgré leur code et leurs principes, les Pêcheurs devaient autoriser quelques libertés… Il se décida tout à coup, enfila le ciré malodorant et ajusta la profonde capuche avant de se glisser précautionneusement hors de sa cabine. S'il se souvenait bien, la sortie se trouvait sur sa droite, après la cabine des sentinelles. Ça allait être amusant. En progressant lentement dans l'obscurité, il repensait aux poèmes que lui récitait sa mère lors de certaines nuits d'orage pour le rassurer. Eh bien, les poètes qui avaient parlé du « silence mortuaire des flots insondables » n'avaient pas dû souvent y naviguer. Le raffut des machines et le fracas des vagues contre la coque auraient permis à une colonne de pèlerins de brailler leurs cantiques sans déranger quiconque. Tout était bruit autour de lui : craquement, grésillement, tintement ou grincement. Même son ciré crissait à chaque pas. Au bout de l'étroit couloir, il reconnut l'échelle rouillée menant au pont. Une trappe à moitié fermée laissait passer un filet d'air froid. L'air libre. Le ciel. Cendre grimpa quelques marches, saisit l'épaisse poignée galvanisée, récita une courte prière et se glissa dehors.

Dehors, les sons étaient différents. Comme si l'immensité de la mer et du ciel, parallèles, leur imposait le respect. Même le chuintement des vagues écumeuses contre la coque semblait plus aimable. Le garçon fit quelques pas dans la lumière brouillée des feux de sécurité et des étoiles voilées par les nuages. Il n'avait pas souvenir d'avoir vu un tel enchevêtrement de formes étranges et de câbles quand il était monté à bord dans la matinée. Dix marins auraient pu se cacher là sans qu'il puisse les distinguer. Il contourna un gros container dévoré par la rouille, dépassa plusieurs caisses bâchées, avant de se prendre les pieds dans un gros rouleau de cordes. Il s'étala de tout son long sur le pont trempé, le choc lui arrachant une grimace de douleur et de honte. Ses genoux allaient avoir de gros bleus. Au moment de se relever, il entendit la grosse voix du capitaine résonner dans l'air froid, sans doute depuis un point situé à quelques mètres devant lui. Impossible de comprendre ce qu'il disait. Tout à coup, avec le nez contre le bois du navire, il ne trouvait plus que sa petite exploration soit une si bonne idée que ça. Et s'il leur prenait l'envie de le jeter par-dessus bord ? Les jambes en coton, Cendre recula vers l'échelle qui le ramènerait à sa cabine. La voix du capitaine s'était évanouie. Ils le cherchaient, peut-être. Il recula plus vite. Se redressa pour repérer la petite trappe. Ne l'aperçut pas. Elle était sûrement plus loin. Le cœur battant à tout rompre, les oreilles bourdonnantes, Cendre recula un peu plus, chercha en vain à repérer le gros container rouillé dans le fatras de volumes encombrant le pont. Peut-être aurait-il dû revenir sur ses pas ? Il ne pouvait quand même pas s'être déjà perdu ! L'entrée devait forcément être dans les parages. Enfin, il aperçut l'écoutille sur sa gauche et s'y précipita la peur au ventre, manquant de glisser sur les marches métalliques humides. Le ronronnement des machines fut presque une bénédiction. Ne lui restait plus qu'à trouver sa cabine…

Un quart d'heure plus tard, Cendre cherchait encore. Il avait dû emprunter la mauvaise échelle. Ou tourner au mauvais endroit. En fait, rien n'indiquait avec certitude qu'il fût sur le bon bateau. Il avait retiré son imperméable — Dieu que cette chose sentait mauvais et faisait transpirer — pour visiter le labyrinthe flottant. Il avait bien pensé à suivre ses traces de pas mouillées pour remonter sur le pont, mais l'humidité était partout. Il commençait à se demander si les marins n'avaient pas fait exprès de lui offrir discrètement le ciré pour l'inciter à sortir et se perdre. Il arriva à un nouvel embranchement. Chercha désespérément à vérifier s'il n'était pas déjà passé par là. Se dit que ça n'avait plus d'importance et continua tout droit. C'est à ce moment qu'il entendit un nouveau bruit, assourdi par les trépidations des machines : des pas rapides ! Cendre s'immobilisa, incapable de deviner de quelle direction ils provenaient. Il joignit les mains, pria pour que ce fût une sentinelle partie à sa recherche, placée sur son chemin par le Seigneur. C'est dans cette posture que le marin de quart le découvrit au milieu de la coursive, le visage crispé et les yeux tremblants.

— Heu… bonsoir ?

L'homme ne répondit pas. Il marcha d'un pas vif vers l'enfant, manqua de lui arracher le bras gauche en le saisissant par la manche pour le traîner derrière lui.

— Hey, arrêtez, vous me faites mal !

Le couloir fut remonté en un éclair. Cendre se cogna le genou deux fois contre les marches en métal de la courte échelle, fut soulevé sur le pont plus qu'il n'y grimpa.

— Aïe euh ! Lâchez-moi !

Cette fois, il avait vraiment peur. L'autre était assez costaud pour le jeter par-dessus bord, maintenant ou à la prochaine seconde, juste un gros *plouf!* et personne n'en saurait rien. Cendre s'indigna :

— Au secours ! Tacio ! Au secours !

Ses protestations firent s'arrêter et se retourner le marin. Plus surpris que furieux, il dévisagea le môme dans l'ombre, le visage mal éclairé par les veilleuses de bord :

— Non mais, ça va pas de hurler comme ça ? Oh !

Il avait dit ça avec une telle bonhomie, un tel sincère étonnement que l'on puisse se mettre à brailler sans raison, que Cendre s'arrêta net, confus et piteux.

— Laissez-moi partir. Je vais retourner dans ma cabine.

— Le capitaine veut te voir.

Sans plus d'explications, il poussa Cendre devant lui et le força à marcher. Docile, le garçon avança jusqu'à apercevoir deux grandes fenêtres crasseuses éclaboussant les parages de lumière, au-delà des containers et du bazar incongru encombrant le pont : la cabine de pilotage, lanterne sourde brûlant dans la nuit.

— Avance !

Cendre distingua une courte échelle scellée dans la coque, monta prudemment jusqu'à la petite porte taillée dans la paroi de la cabine. À l'intérieur, le capitaine était assis dans un épais fauteuil en fin de vie. Une odeur aigre de tabac enfumait la pièce malgré la brise du large. Le gros homme observa son visiteur approcher sans parler. Par-dessous ses sourcils broussailleux, son regard était vitreux et brillant à la fois. Cendre prit le temps de remarquer deux choses. D'abord que les vitres n'étaient pas sales mais teintées avec une matière spéciale : de l'intérieur on voyait parfaitement tout ce qui se passait sur le pont. Ensuite, que le marin n'était pas monté avec lui. Sans doute attendait-il en bas la conclusion de cette entrevue…

— J'te fais peur, mousse ?

Dans le visage affaissé, les lèvres avaient bougé pour prononcer ces quelques mots accompagnés de bulles de salive.

— Oui, monsieur…

— Humf, grogna le capitaine, pas encore assez, visiblement !

Il redressa sa grosse carcasse pour se pencher vers l'enfant figé devant lui. Ce simple mouvement fut comme un trop grand déplacement d'air et d'énergie dans l'espace exigu de la cabine : le fauteuil grinça sous l'effort, Cendre recula d'un pas et se cogna méchamment le dos contre l'angle aigu d'une machine derrière lui. Le gros homme répéta sa question d'une voix menaçante, en séparant bien chaque syllabe :

— Je te fais peur, mousse ?

Cendre hocha lentement la tête. Le capitaine cracha un rire qui empestait l'alcool :

— Tsss ! T'as l'air d'un sauveur comme moi d'une pute premier choix. Quel âge as-tu ?

— Dix ans.

— Dix ans ?

Les sourcils du capitaine se rejoignirent au-dessus d'un regard méfiant :

— Tu te fous de moi ?

Cendre récita sa leçon :

— Je fais plus que mon âge... C'est la marque de Dieu.

Les sourcils reviennent à leur place. Un début de crainte pointe dans la voix :

— Alors comme ça, tu es l'envoyé du Seigneur ?

Cendre se laissa lentement glisser jusqu'au sol, ramena ses genoux sous son menton. Il préférait attendre un peu avant de répondre à ce genre de question.

— C'est vous qui m'avez offert l'imperméable, monsieur ?

— P'tit malin... Fallait bien te faire sortir de ta cage... Et les deux autres, là, je leur confierais pas la clef de la cambuse par temps d'abondance...

Cendre ne comprenait pas la moitié des propos du capitaine, mais il acquiesça.

— ... Seulement t'étais pas censé partir visiter les cales ! On a même cru que t'étais tombé à l'eau.

Le gros homme eut un sourire mauvais :

— Après, forcément, on aurait été obligés de régler son compte au reste du fret ! Ça aurait fait des histoires.

Le garçon ne douta pas un instant que les marins savaient recourir à ce genre d'expédient. En même temps, il sentit à quel point il était seul, dans cette petite cabine flottante, au milieu de la nuit et de l'océan, avec ce gros sac à vin en mal de confidences et de... réponses ? Il se tassa un peu plus, attendit que son examinateur poursuive son examen :

— Est-ce que tu crois au destin, mousse ?

— Le Seigneur est mon berger, commença Cendre mal à l'aise, rien ne saurait…

— Pas de ça avec moi !

L'enfant se tut, stupéfait. Le capitaine avait montré les dents pour crier son ordre. Il se calma aussitôt, soupira.

— Il faut que tu comprennes bien, reprit-il calmement, que tout pourrait arriver, ici et maintenant. Il n'y a que toi et moi au monde cette nuit et je veux savoir ce que tu vaux.

— Ce que je vaux ?

— T'es quoi ? Un faussaire ? Une bête de foire ? Une de ces raclures de papistes ?

— Je ne sais pas ce que je suis, monsieur. Mais je ne suis rien de ce que vous dites.

— Ce monde est fini, mousse. Trop usé. Tu crois que Dieu nous accorderait encore un peu de sa clémence ?

Cendre fit la moue. Maintenant il percevait l'angoisse du capitaine et cette soif de vérité, identique à celles qu'il avait déjà étanchées tant de fois dans sa courte vie.

— La réponse est en vous, monsieur, répondit-il en fixant le gros homme au regard épais, vous seul connaissez la force de votre foi.

Au-dessus de la tête du garçon, la console contre laquelle il s'était abîmé le dos émit un petit cliquetis mécanique. Puis le silence revint dans la pièce, seulement perturbé par les vibrations des moteurs en dessous. Lentement, le capitaine fouilla dans sa poche, chercha à tâtons parmi les dizaines de mystérieux artefacts qui devaient s'y trouver, avant de porter à la lumière la boule à neige de Cendre. Ils avaient dû fouiller sa cabine après sa disparition. L'enfant en fut mortifié.

— Tu sais ce que ça représente ? C'est là-bas que tu vas ?

Les oreilles de Cendre résonnaient encore du « raclures de papistes » et opta prudemment pour le silence du pénitent. Le capitaine se pencha pour poser le bibelot par terre entre eux deux, reprit une position plus confortable au fond du fauteuil à l'agonie :

— Réponds : c'est là-bas que tu comptes te rendre ?

— Je suis pas sûr... Joao et Tacio m'ont dit que quand je verrai la tour en grand, on sera arrivés.

Les dents malades du capitaine tentèrent un sourire sans joie :

— Ils t'ont menti, gamin. C'est plus là qu'on va.

Il se passa une main fatiguée sur le visage, comme s'il hésitait à poursuivre.

— Écoute, soupira-t-il, je n'ai pas fait grand-chose de bien dans ma saloperie de vie. Je suis même un joli fumier. Mais...

Il hésitait encore. Cendre ne dit rien. Entre eux, la fausse neige continuait de tourbillonner dans sa petite boule colorée.

— S'il y avait la moindre chance que tu sois... Enfin, si tu étais vraiment un... Merde ! Je veux pas être celui qui t'aurais envoyé par le fond, tu comprends ?

Non, Cendre n'était pas du tout sûr de comprendre et il n'aimait pas du tout la tournure de la conversation. Que signifiait cette histoire de changement de destination ?

— Tes deux copains, là, ils ont clamé partout qu'ils cherchaient un bateau pour la Parispapauté. Jusqu'à attirer l'intérêt de ces enculés de Surfeurs, qui ont bloqué tous les navires à quai dans leurs ports.

Le capitaine cracha un glaviot épais par terre, l'étala de la pointe de sa semelle avant de rajouter, l'air matois :

— Sauf qu'une fois en mer, les instructions ont changé.

L'homme saisit une grande enveloppe jaune dans la poche intérieure de sa veste, la déplia et la tendit au garçon penaud :

— Je ne sais pas lire…

— Ah bon ?

Le capitaine fronça les sourcils, puis replia l'enveloppe en haussant les épaules :

— À n'ouvrir qu'une fois au large. Et là : surprise ! Ordre de monter beaucoup plus au nord, avec versement *en avance* du double de la somme initiale. Adieu Paris, bonjour Hambourg. T'y comprends toujours rien ?

— Mais… Non, ce n'est pas possible. Nous sommes attendus par le pape. Ce sont les Maîtres du château qui m'y envoient…

— C'est qui, ceux-là ?

— Les protecteurs de la cité, monsieur, les gardiens de la vraie foi. Ceux qui veillent sur Lourdes et ses habitants.

Chacun digéra en silence ces révélations. Cendre se demandait si ce n'était pas encore un piège de la part des marins, un test lié à leur drôle de façon de considérer leurs passagers. En même temps, il détestait cette histoire de changement de destination. Pourquoi Tacio et Joao ne lui auraient rien dit ? Le capitaine semblait réfléchir aussi, vautré dans son fauteuil. Ses yeux redevenaient vitreux. Il fouilla dans une autre poche — mais combien en avait-il donc ? — pour en sortir un paquet de tabac et des feuilles humides. De ses gros doigts, il manipula l'ensemble avec la précision née d'une grande habitude, avant de se visser le tube grisâtre au coin de la bouche. Claquement sec d'un briquet métallisé. L'odeur épicée du mélange se répandit dans la cabine dès la première bouffée.

— Alors, mousse, t'en dis quoi ?

— Je voudrais rentrer dans ma cabine.

— C'est tout ?

— Tacio et Joao sont mes amis. S'ils ont changé de direction, ainsi soit-il.

L'homme observa le visage de l'enfant, comme s'il espérait y lire quelque chose, souffla une longue bouffée, indiqua enfin la porte de la cabine d'une main molle :

— Comme tu veux, mousse. Dieu m'est témoin que je t'aurai prévenu. La suite ne concerne que toi.

Cendre ramassa sa boule, se releva prestement et gagna la porte. Le pied droit déjà engagé dans l'échelle menant au pont, il se risqua à demander une dernière faveur :

— Vous pouvez m'aider à retrouver ma cabine ? Je crois que je me suis perdu.

Le capitaine ne répondit pas. Seul dans la lumière et les bourdonnements de son poste de commandement, il ne bougeait plus, perdu dans les méandres de ses pensées narcotiques. Les cliquetis des consoles qui l'entouraient auraient pu être les rouages de son cerveau embrumé. Le garçon soupira, puis reprit sa descente.

— Au revoir, capitaine.

Sur le pont, il n'y avait plus personne. Le marin devait être retourné dormir. Cendre remit son ciré pour se protéger du froid et des embruns. Il finirait bien par retrouver sa couchette. Au pire, il se blottirait dans un coin et attendrait le matin. Ça causerait peut-être des problèmes, mais à cette minute, il en avait assez de toujours devoir supporter les ennuis des autres sans qu'on prenne les siens en considération. Ce voyage était décidément un calvaire, de bout en bout.

*

Ils furent attaqués à l'aube. Cendre n'entendit pas approcher la puissante barge d'assaut, pas plus qu'il ne perçut les premières rumeurs d'invasion de leur navire. Les jappements des sentinelles le réveillèrent en sursaut. C'était leur façon de prévenir l'ennemi qu'il n'y aurait pas de quartier. Bruits de portes ouvertes à la volée. Puis, le temps que Cendre glisse en tremblant hors de sa couchette, il y eut comme le chuintement suraigu d'une tuyère, suivi des heurts sourds de corps enflammés tombant au sol sans comprendre. Les sentinelles avaient échoué avant d'atteindre le pont. Leurs glapissements de haine se transformèrent en plaintes d'agonie, mêlées au grésillement de leur chair calcinée.

Des voix inconnues aboyèrent des ordres dans les coursives :

— Tous sur le pont. Mains en vue. Nous allons fouiller le navire. Pas de quartier pour ceux qui refusent !

Cendre ne bougea pas de sa cabine. Les pas dépassèrent sa porte, la voix répéta son message. Hurlement soudain d'une sentinelle qui avait survécu, quand les armes des mystérieux assaillants déjouèrent son embuscade. Dans le tumulte, il entendit la voix de Tacio :

— Ne nous faites pas de mal, nous obéissons.

— Avancez !

Cendre se recroquevilla dans un angle mal éclairé au pied de sa couchette. La porte de sa cabine s'ouvrit violemment, lui heurta cruellement la cuisse sans qu'il poussât de cri. Une silhouette en treillis pénétra dans la petite pièce, braqua son arme vers le lit :

— Sors de là !

Il n'obéit pas immédiatement, espérant n'avoir pas été repéré. L'homme répéta en s'énervant :

— Sors ou je te crame sur place !

— Attendez, j'arrive…

Il s'extirpa maladroitement de sa cachette pour se présenter tout penaud à son agresseur. Ce dernier le dévisagea avec étonnement :

— Merde, un gosse.

Lui-même ne devait pas être très vieux, sous ses cheveux sales et sa barbe de plusieurs jours. Malgré le treillis et l'étrange arme qu'il braquait, il était difficile de lui accorder un âge avancé.

— Amène-toi, et pas de blague !

Cendre pensait à beaucoup de choses pour l'instant, mais certainement pas à faire une blague. Dans le couloir, il vit une masse noire recroquevillée contre le mur, encore fumante. L'odeur de chair brûlée était infecte. Il reconnut la forme profilée du casque et les lambeaux d'uniforme : une des sentinelles attachées à sa protection. Elle avait payé son échec de sa vie. C'était pour elle un destin honorable, paraît-il, mais Cendre n'avait jamais considéré que cela puisse arriver un jour. Elles étaient toujours là, professionnelles et silencieuses, veillant à sa sécurité sans broncher. Le corps brisé en une posture de douleur intense laissait supposer qu'un être et non un serviteur anonyme était mort ici. Cendre en restait suffoqué d'horreur. Insistance d'un museau de métal enfoncé dans son dos sans douceur :

— Traîne pas ! Monte rejoindre les autres sur le pont.

Ballotté par les vagues molles du large, le bateau au repos était aux mains des assaillants. C'était la première fois que les moteurs étaient coupés depuis que les Lourdais étaient à bord : le silence rendait la scène plus impressionnante encore. Tout aussi muets, l'équipage et les passagers, regroupés à la proue, attendaient la suite des événements. Cendre aperçut le capitaine, Joao, Tacio et les marins, sous la surveillance d'une poignée d'inconnus en treillis. Celui qui le guidait le poussa une dernière fois vers le groupe de prisonniers. Cendre se précipita vers Tacio qui lui saisit la main pour l'encourager. Le capitaine avait l'air mécontent. Une voix de femme résonna dans le calme trompeur :

— O.K., tas de crevards, on va faire simple et précis…

Celle qui venait de parler dominait ses interlocuteurs, juchée sur un fût bâché. Elle était plus âgée que les autres, portait comme eux un uniforme de soldat. Son regard sévère fusillait les prisonniers. Dans son poing, un lourd pistolet attendait de reprendre du service. Elle le braqua vaguement dans leur direction, sans trop appuyer sa menace. De toute façon, sa voix seule suffisait à garantir que tout ce qui allait se passer était *sérieusement* mortel. Il était évident qu'elle avait l'habitude de commander et d'obtenir ce qu'elle voulait :

— Nous avons appris qu'un chargement précieux était à bord, une urne funéraire, peut-être bien, des cendres sacrées, ce genre de truc. Dites-moi seulement où vous avez rangé ça et vous pourrez reprendre votre croisière. Plus de morts, promis. Capitaine ?

L'intéressé prit une profonde respiration courroucée :

— Désolé, je ne peux rien dire.

La femme ricana :

— Ça va, pas à moi, le coup de l'honneur… Putain, vous autres vendriez vos mères contre une bonne cuite.

— Un contrat est un contrat.

La femme rit :

— Merde ! T'as signé un vrai contrat avec ces cafards ? Encore vos conneries de fret vivant ? Vous arrêterez jamais de me gondoler.

L'air vaguement vexé, le capitaine ne répondit rien. Justine dévisagea Tacio et Joao, avant de s'intéresser à Cendre raide comme un piquet.

— J'en déduis que vous êtes les convoyeurs de la relique, hum ? Alors, on se la joue comment ? Saint Sacrement contre volonté de survie ? Je suppose que vous ne serez pas du genre à me la donner gentiment.

En disant cela, elle avait fait un pas en avant et braqué son arme vers le visage de Tacio immobile. Cendre comprit qu'elle allait tirer. Sans hésiter. Quelle que soit la nature de cette créature, la pitié ne faisait pas partie de son monde. Il le voyait à ses yeux. Elle avait le même regard qu'Andréa. Sa bouche parla pour lui :

— C'est moi. Laissez-les tranquilles.

Il sentit la main de Tacio lui broyer les doigts. La femme lui répondit sans lâcher Tacio des yeux :

— Qu'est-ce que tu racontes, petit ?

— C'est moi, votre relique.

Elle baissa enfin la tête vers lui :

— T'as pas tout à fait l'air d'une cargaison précieuse.

Il se dégagea de l'emprise de son gardien, fit un pas vers elle, les mains ouvertes en signe de paix :

— Je suis Cendre. C'est mon nom. Je suis le protecteur des miens. C'est moi que vous cherchez.

— Sainte merde !

Elle le regarda attentivement, les yeux brûlants de curiosité, murmura pour elle-même :

— Qu'est-ce que Peter a bien pu te trouver ?

Joao fit un geste vers son protégé. Les armes se braquèrent aussitôt :

— Laissez l'enfant. Il est l'élu du Seigneur. Malheur à quiconque portera la main sur lui.

— Toi, tu l'ouvres encore et je te flingue. Comme ça, juste pour voir.

— Il n'a aucune valeur marchande. Ce n'est qu'un…

Assourdissante, la déflagration se perdit dans le silence immense de l'océan. Le corps de Joao heurta le pont en vrac. On aurait dit que la balle avait coupé les fils d'une marionnette, plutôt qu'elle n'avait fauché un homme. Personne ne bougea. Joao gisait recroquevillé sur le pont, les mains sur son ventre ensanglanté. La femme poursuivit :

— J'ai la même en double pour le prochain héros… Toi, le gosse, approche.

Cendre fut incapable d'obéir, les pieds comme cloués au sol. Elle lui saisit le menton :

— Si je me rends compte que tu m'as menti, tu regretteras que je ne t'aie pas descendu comme ton copain… Question : c'est toi, la cargaison sacrée embarquée à Biarritz ?

Aucune parole ne pouvait plus sortir de sa gorge. Il se contenta d'acquiescer en tremblant.

— Très bien. Michel, tu le ramènes à sa cabine et tu lui fais ramasser ses affaires *fissa*. On traîne pas ici.

— O.K., Justine.

L'homme appelé Michel entraîna Cendre vers l'écoutille menant aux cabines. Elle pivota vers le capitaine :

— Quant à toi… Nous n'avons rien contre vous. Tu étais le convoyeur, je suis même sûre que tu ne savais pas pour qui tu bossais. On est quittes jusqu'à la prochaine fois. Ça te va ?

Elle lui tendit la main. Le gros homme la serra en maugréant :

— Faudra quand même signer les bordereaux de changement de bord du fret.

— Ouais, d'accord. Sors ta paperasse. Les autres, tenez-vous tranquilles et tout se passera bien.

Le temps que le capitaine fasse signer à la femme le constat d'abordage, Cendre était de retour avec ses quelques affaires entassées dans une petite malle. Celui qui se prénommait Michel la portait sous le bras sans lâcher son arme de l'autre. Un autre homme lui fit signe d'approcher et l'aida à embarquer à bord de la barge accolée au navire des Pêcheurs. Cendre tourna la tête vers Tacio tétanisé. Puis chacun à leur tour, les ravisseurs prirent place à bord de leur embarcation. Le puissant navire démarra et commença à s'éloigner rapidement. Assis à l'arrière, Cendre regarda disparaître le bateau et son ami. Couvert par le grondement des moteurs, il s'autorisa à sangloter bruyamment.

## *Prière de soutenir la dictature la plus proche*

Ils accostèrent en fin d'après-midi sur une petite île balayée par les vents. Un à un, les membres du commando grimpèrent à quai. L'un d'eux aida Cendre à porter ses affaires jusqu'à la jetée. Celle qui commandait le petit groupe lui lança un regard bref :

— Bienvenue à Ouessant, gamin.

Un comité d'accueil descendait vers les arrivants. Des femmes distribuèrent du café chaud conservé dans des bouteilles opaques et colorées. Sourires sur les visages fatigués, baisers rapides dans l'air frais du soir naissant. Quelques ordres furent donnés à voix basse. Un trio d'hommes en armes repartit rapidement vers les hauteurs au-dessus du port. Cendre n'osait pas bouger. Un adolescent s'approcha et lui tendit une tasse métallique fumante. Il l'accepta sans broncher et la serra entre ses mains glacées. Son bienfaiteur hocha la tête, puis se retourna vers un de ses comparses pour lui frapper amicalement sur l'épaule. La chaleur du breuvage se diffusait dans les doigts gourds de Cendre, jusqu'à lui faire mal. Mais il ne lâcha pas le récipient, pas plus qu'il n'y trempa les lèvres. La brûlure du métal l'ancrait à ce monde. La douleur scellait ses pieds au béton du quai, constituait un rempart entre lui et les autres. Au-delà de son rideau de larmes silencieuses, il vit la femme appelée Justine qui le regardait d'un air sévère :

— Amène-toi, on va pas rester ici.

Toute la petite troupe remonta vers les habitations bâties à l'abri des bourrasques, à l'intérieur des terres. Celui qui lui avait offert du café s'était chargé de porter ses maigres affaires. Ils marchèrent sans parler, du pas serein témoignant d'une journée bien remplie. Tous ici étaient heureux d'être de retour, vivants et en bonne santé. Cendre percevait leur simple joie, qu'il ne pouvait partager et qui suffisait à l'isoler. Il était l'étranger à leur merci. Le prisonnier exilé sans espoir de fuite. Parvenus sur une petite place, les vainqueurs du jour échangèrent quelques mots rapides avant de se séparer. Chacun rentra chez soi, simplement, le travail du jour accompli. Justine resta seule face au garçon :

— Y a plus que nous, lui sourit-elle. Approche.

Cendre se rendit compte que ses affaires avaient disparu. Et lui qui croyait qu'on l'aidait à les porter : mais non ! C'était une manœuvre pour l'en déposséder. Il essuya son nez et ses yeux, marcha vers sa ravisseuse. L'autorité et la dureté transpiraient encore dans sa voix, mais elle n'était plus aussi agressive. Il y avait même de la chaleur dans ses paroles :

— D'abord, tu as besoin de dormir. Ensuite, nous parlerons.

Le garçon ne répondit rien. Cette fausse sympathie ne la rendait que plus haïssable. Ils traversèrent la petite place et remontèrent une rue étroite encombrée de blocs de pierre et de parpaings. Collé aux basques de sa guide, Cendre pouvait apercevoir le lourd pistolet accroché à la ceinture de sa combinaison de treillis. De dos, ses cheveux rassemblés en un chignon lâche laissaient apparaître des mèches grises. Une dure à cuire. Une tueuse entièrement dévouée à sa cause. Voilà ce que proclamait la grande silhouette en tenue de camouflage à l'instant de rentrer chez elle. Cendre pensa à Andréa, ne put retenir un nouveau sanglot.

— Voilà, tu peux entrer.

Ils étaient arrivés devant une petite maison au toit d'ardoises bleu nuit, dont la façade fraîchement repeinte ne proposait en guise de décoration qu'une succession de guirlandes de fleurs séchées accrochées au bord des petites fenêtres. La porte s'ouvrit en grinçant et en raclant le sol. Il faisait sombre à l'intérieur.

— Allez, entre, répéta-t-elle.

Il obéit en reniflant, se glissa dans la pénombre de la pièce. Dans un coin, près de la fenêtre, une table épaisse et quelques chaises. Une armoire. Un évier en fer. Une cheminée sans feu. Deux portes fermées. L'antre de l'ogresse. Il fit trois pas prudents avant de trébucher sur le sol inégal en terre battue, ce qui arracha un petit sourire à la femme qui fermait derrière eux :

— Allume la bougie sur la cheminée.

Il trouva un briquet à côté du gros bougeoir en fer forgé, s'escrima à enflammer la mèche pendant que Justine sortait une bouteille et deux verres d'une antique glacière.

— O.K., assieds-toi, qu'on discute un peu.

Elle remplit les deux verres presque à ras bord. Cendre s'installa en face d'elle, posa le bougeoir entre eux et attendit. Dans les lumières jointes de la chandelle et de la fenêtre proche, le visage de sa guide était plus doux et plus triste. Elle avala une gorgée, montra l'autre verre du menton :

— Si tu préfères de l'eau, jette ça et sers-toi au robinet.

Cendre hocha la tête, décida qu'il serait préférable de trinquer, puis trempa ses lèvres dans l'alcool. Il reposa le récipient sur la table en essayant de ne pas grimacer. C'était froid et brûlant à la fois. La femme sourit :

— T'aimes pas le raki ? Ça tue le ver !

Elle fit claquer sa langue, finit la part de Cendre avant de poursuivre :

— Bon, on va tâcher de mettre quelques trucs au point… D'abord, je ne sais pas encore combien de temps tu vas rester ici. Ensuite, comme tu l'as sans doute remarqué, Ouessant est une île. Alors inutile de nous compliquer la vie en tentant n'importe quoi : tu n'as aucune chance de réussir. C'est bien compris ?

— … Oui.

— Pour l'instant, tu dormiras chez moi. Tu peux prendre ma chambre. Interdiction de sortir d'ici dans un premier temps.

Justine montra une des portes de la pièce, se servit un autre verre en le dévisageant froidement. Ses yeux semblaient regarder au travers de lui, fouailler jusqu'entre ses organes pour y chercher une réponse.

— Nous n'avons pas l'habitude d'avoir des prisonniers. Ceux qui nous emmerdent, on leur troue la peau. Je fais une exception dans ton cas en attendant d'en savoir plus, alors tâche de mesurer la faveur qui t'est offerte et tiens-toi à carreau, vu ? T'as l'air d'un p'tit gars intelligent et pas difficile, accorde-moi l'avantage de ne pas m'être trompée à ton sujet et je ne serai pas une ingrate. C'est entendu ?

Le garçon acquiesçait à chaque interpellation. De toute façon, ça ne changeait pas trop de ce qu'on exigeait de lui depuis qu'il était en âge d'obéir : pas bouger, pas se faire remarquer, bien obéir et attendre que ça passe. Elle lui accorda un second regard mortel.

— C'est vraiment Cendre, ton nom ?

— Oui, madame...

— Très bien, Cendre, sourit-elle. Tu peux m'appeler Justine.

— D'accord, mentit-il.

— Et tu peux aller dormir, maintenant. La journée a été assez longue.

Cendre repoussa sa chaise et marcha jusqu'à sa nouvelle prison. La porte s'ouvrit facilement, dévoilant une petite pièce obscure garnie seulement d'un lit de toile et d'un petit coffre en bois brut. Il avança jusqu'à sa couche et se posa prudemment au bord. Il n'avait pas refermé la porte derrière lui en entrant, trouvant que ce serait humiliant de devoir s'enfermer de lui-même. En même temps, peut-être que la femme y verrait un des gestes de bonne volonté qu'elle attendait. Dans la pièce voisine, il entendit celle-ci se resservir un verre. De sa place, il ne pouvait plus la voir. Libéré du poids de son regard inquisiteur, Cendre en profita pour scruter un peu mieux sa cellule. C'était une drôle de chambre, presque vide. Il était difficile de croire que quiconque avait l'habitude de dormir ici. Il soupçonna qu'elle lui avait menti et que cette pièce avait été aménagée à son intention, débarrassée de tout objet personnel à l'annonce de sa venue. De l'autre côté du mur, la femme fit couler de l'eau à gros jet dans l'évier. Cendre retint un soupir. Il aurait bien aimé dormir un peu, mais cette maudite porte ouverte et ces bruits d'activité ménagère l'empêchaient de se détendre. Il posa un pied au sol, puis l'autre, glissa mollement du lit pour présenter sa requête :

— Est-ce que je peux... Oh pardon !

Catastrophe ! La femme ne faisait pas la vaisselle : elle s'était déshabillée et se savonnait devant l'évier rempli de mousse. Mortifié, il pivota pour échapper à la vision du corps nu. Il se serait giflé ! Le regard rivé sur la broderie de son oreiller, il sentit son visage s'empourprer et ses oreilles devenir brûlantes. Il avait déjà vu de nombreuses femmes nues — les marchands qui assaillaient sa cité avaient toujours pris un malin plaisir à exhiber leurs formes —, mais ce corps fatigué était le dernier spectacle qu'il avait envie d'assumer en cet instant. Bruit du savon jeté dans l'évier, puis :

— Qu'est-ce que tu veux ?

— Je... Je voulais savoir si je devais fermer la...

Seigneur ! Juste formuler cette question avait l'air stupide maintenant.

— Approche.

— Quoi ? demanda-t-il à l'oreiller, objet de toute son attention visuelle.

— Viens ici, bordel !

Il se présenta piteusement à l'entrée de la pièce, le regard braqué vers les pieds de Justine. Laquelle n'avait pas estimé entre-temps nécessaire de dissimuler une quelconque partie de son anatomie :

— Lève la tête…

Il obtempéra. Appuyée contre l'évier, Justine se tenait devant lui, les bras croisés sous ses seins lourds. Son corps affichait un mélange de rondeurs fatiguées et de coriaces sécheresses : ses mollets, ses épaules, ses bras, avaient la finesse sculptée des coureurs endurcis ; son visage, ses mains, son ventre concédaient leur âge ; entre ses cuisses galbées, un épais frisottis de poils clairs tenait plus d'une nature en friche que d'un tentant mystère. Cendre ressentit pour elle une obscure flambée de respect, avant de se souvenir de la mort de Joao. Justine perçut sa haine. Elle décroisa les bras, hocha la tête :

— Écoute… Pour des tas de raisons qu'il serait trop long de t'expliquer, je ne suis pas ton ennemie. Tu vas passer quelque temps ici, alors autant que ça se passe bien. Évite de sursauter à chaque fois que je te parle. Évite aussi de te demander en permanence si tu dois t'asseoir sur la fesse gauche ou droite, ou si l'étiquette exige que tu te mouches avant de parler. Tu fais ce que tu veux. Entre ces murs, personne n'est là pour te regarder ou te juger, O.K. ?

— Vous avez tué Joao.

— Je ne sais pas s'il est mort, mais tu as raison, reconnut-elle. Et je t'abattrai aussi si c'est nécessaire. Mais en attendant qu'une telle hypothèse se confirme, profite, gamin. Profite de ton lit. Profite de ce toit. Profite de cette honnêteté que je t'accorde. Est-ce que tu saisis ?

Non, il ne saisissait pas, mais pour la première fois, Cendre perçut alors la *réalité* de Justine. Dans cette maison silencieuse, il la vit elle et non pas une impitoyable mégère : la peau rougie par le savon, les pieds épousant le sol inégal, debout et paisible entre sa table et son évier. Nue devant lui, dans sa maison, à la lueur d'une bougie. Nue parce qu'on se lave mieux sans ses vêtements, tout simplement. Cendre pouvait comprendre ça.

— Je vais fermer la porte, dit-il.

— D'accord… Bonne nuit, petit.

Il se retint de lui rendre sa courtoisie.

La porte se referma sans bruit. Il s'allongea par-dessus les lourdes couvertures sans se déshabiller. Les derniers bruits de la toilette de Justine cessèrent. D'autres sons, difficilement identifiables, leur succédèrent brièvement. Une autre porte se referma. Puis vint le silence de la nuit. Joignant les mains sur sa poitrine, Cendre eut une prière pour les siens, désormais privés de leur Sauveur, et pour que Joao survive à sa blessure. Puis, incapable de résister plus longtemps aux émotions de la journée, il bascula dans un sommeil pâteux.

*

Les nuages nocturnes ramenaient du large leur bruine poisseuse quand Justine entra dans la mairie. Après sa toilette, elle avait troqué son treillis contre une tenue plus discrète, avait enfilé un caban au col épais pour se protéger du vent. La grande maison trapue, aux fenêtres aveugles, bruissait d'activité. Elle croisa plusieurs délégués et secrétaires affairés, une poignée de diplomates échangeant des opinions sous la surveillance débonnaire de Keltiks postés devant chaque entrée. L'un d'eux la vit entrer et rajusta les plis de ses braies avant de la saluer respectueusement :

— *Noz vat, mamm-goz.*

— Ouais, ouais, c'est ça, ronchonna-t-elle en le dépassant pour monter les escaliers.

Elle détestait ce titre honorifique qu'ils lui avaient attribué : vieille mère, grand-mère, mère-grand, quelque chose comme ça. Bien entendu, c'était l'expression d'un grand respect, hein, surtout pas une insulte ou une moquerie, il fallait entendre « vieux » dans le sens de « sage ». *Et pourquoi pas sage-femme, pendant qu'on y est, tas de blaireaux !* Mais bon, il était malvenu de protester : en même temps que du titre, elle bénéficiait de l'oreille attentive des Keltiks, dont le poids et la valeur étaient loin d'être négligeables dans le pot-au-feu politique local. Les opposants y réfléchissaient à deux fois, avant de risquer de s'attirer les foudres de la *mamm-goz* de la tribu. Ou plus exactement de ses turbulents et sanguins petits-enfants. Ça valait bien un petit rappel du nombre de ses rides à chaque détour de couloir, non ? *C'est pour mieux te manger, mon enfant*, pensa-t-elle en souriant.

À l'étage, l'activité était plus feutrée. Derrière chaque porte, réunions et concertations allaient bon train, au rythme d'une grande horloge datant de l'inauguration du bâtiment : tic, négociations commerciales, tac, planifications démographiques, tic, mise à jour des stocks, tac, évaluations des besoins urgents. Justine marcha jusqu'au vieux meuble en bois ciré de frais, compta les secondes la séparant de l'heure du rendez-vous et poussa la porte à sa droite quand sonna le premier des onze coups. La grande salle du conseil était déjà remplie. Les regards convergèrent vers elle quand elle entra.

— Bonsoir, tout le monde.

— Salut.

— Salut Justine.

— 'lut.

— Bonsoir.

La plupart des présents avaient participé à l'abordage de la matinée. Elle lista rapidement les autres ayant pris place autour de la grande table, ajusta son attitude en conséquence au moment de s'asseoir à son tour : une femme fatiguée par une longue et éprouvante journée, mais capable de puiser en elle les ressources nécessaires à un conseil de guerre nocturne. Assis en face d'elle, Gemini la regarda faire sans dire un mot. Dans ses yeux couvait la fureur qu'il éprouvait à participer à cette réunion. *Mon pauvre garçon, tu en es encore à préférer constater l'infamie que de t'en éloigner ? C'est presque bon signe.* Sans rien montrer de ce qu'elle pensait de l'attitude de Gemini, Justine sourit à l'assemblée, se pencha en avant pour croiser les bras sur la table :

— Bon… Alors… Qui commence ?

Simon avala une gorgée de café avant de se lancer de sa manière habituelle :

— On tue le gosse. Cette nuit.

Direct. On accorda à cette proposition le temps de la réflexion. Chaque seconde passée donnait du poids à l'hypothèse : si l'ennemi avait des vues sur cet enfant, il était peut-être prudent de s'en débarrasser. Elsa entra à son tour dans la partie :

— Est-ce que c'était bien lui, le colis à intercepter ?

— On est sûrs de rien, dit Justine. Il s'est livré de lui-même. Je l'ai un peu observé : pour moi, à cette heure, c'est juste un gosse mal nourri et crevant de trouille.

Gemini intervint froidement :

— Qui le surveille en ce moment ?

Justine sourit :

— Les Keltiks protègent la maison. Lucie aussi est sur place. D'ailleurs, à ce propos…

— Oui ?

— … Il faudrait voir si elle est d'accord pour prendre ma place. Le gamin m'a vue flinguer son pote.

Elle marqua une courte pause, laissant à Gemini l'occasion de réagir. *Vas-y, jette-toi sur cet os-là.* L'intéressé, qui rédigeait le compte-rendu du conseil, ne réagit pas et continua d'écrire. Elle poursuivit :

— Le môme n'encaisse pas mon geste et ne me parlera pas. En tout cas, pas sans subir un véritable interrogatoire. Lucie est la plus proche de lui, question âge, ça pourrait le dégeler.

La manœuvre était grossière de la part de Justine, mais Gemini fut le premier à percevoir l'ouverture. Il releva la tête et mit précipitamment la question aux voix :

— Qu'en pensez-vous ? Lucie devient la bergère du prisonnier ? Qui est pour ?

Elsa précisa :

— Seulement si elle est volontaire.

— Bien entendu.

Les mains se levèrent. Huit pour. Simon s'abstint. Justine retint un sourire satisfait : la réunion commençait bien. Nommer Lucie, c'était implicitement admettre qu'on allait garder le gosse en vie. Du moins ne pas lui loger une balle dans la tête avant le matin. Et puis, Gemini l'avait soutenue sur ce coup-là, ça devenait assez rare pour laisser espérer une réunion détendue. Pour changer, à l'autre bout de la table, il lui accorda un regard presque reconnaissant. *Pas de quoi, bonhomme, nous ne sommes pas encore des bouchers.* Elle opta donc pour un virage en douceur :

— On a trouvé quelque chose à propos des types qui accompagnaient le gosse ?

— J'ai contacté un commissaire des Pêcheurs, grimaça Richard, mais il n'a rien voulu me dire. De toute façon, l'abordage d'aujourd'hui n'était pas encore inscrit dans leurs registres. Il faudra attendre au moins jusqu'à demain.

— On peut s'attendre à quel genre de réaction ?

— Rien de grave. Une protestation formelle. Peut-être une pénalité pour entrave au commerce. De toute façon, j'ai gardé une copie de la notification du passage de propriété du fret. Au pire, on les dédommagera au prorata de leur manque à gagner.

On pouvait compter sur Richard pour être aussi procédurier que les pénibles qui se pressaient en rangs serrés aux portes de l'île pour grappiller quelque avantage. Depuis que ceux d'*Enez Eussa* faisaient office de fer de lance de la résistance locale, ils payaient le prix de leur popularité. Leur petite communauté tournait rond et commençait à produire des jaloux. Sans doute un signe de bonne santé.

— Ouais, ricana Simon, de toute façon tu peux être sûr que les Pêcheurs ont fait cracher un max à leurs passagers. Remboursés ou pas, ils restent bénéficiaires sur ce coup-là.

— D'accord, conclut Justine. Ce serait bien que tu passes rapidement à Brest pour régler nos comptes avec eux et recouper les infos que nous fournira le môme. C'est pas la peine de nous les mettre à dos si on peut l'éviter.

— Je m'en occuperai d'ici la fin de la semaine, obéit Richard.

— Quelqu'un a quelque chose à rajouter ? demanda Gemini. Non ? Très bien.

Le crayon griffa en silence le grand cahier bleu pendant presque une minute. Justine se servit un café. L'essentiel restait à aborder. Ce fut encore Simon qui engagea le sujet, dans son style inimitable :

— On va faire quoi du gosse, alors ?

Justine avala une gorgée amère, fit claquer sa langue :

— Deux options. Soit on s'est plantés et c'est pas lui. Soit c'est lui et il nous reste à comprendre pourquoi il a de l'importance.

— Son nom, là, Cendre, c'est vraiment le sien ?

— C'est ce qu'il dit.

— Et c'est vraiment sur lui qu'ils veulent mettre la main ?

— Faut croire...

Chacun avait encore en mémoire le texte intercepté. Ils avaient passé tant d'heures à le tourner dans tous les sens avant de décider quoi faire : « Cendre attendu au plus tôt à Berlin. Passage par la mer acceptable. Réception de l'idole à Hambourg d'ici dix jours. » La surveillance des rares navires remontant la Manche vers la mer du Nord avait fait le reste. La localisation d'un chalutier de ces cinglés de Pêcheurs à l'écart de leur zone de navigation habituelle les avait poussés à agir. Restait à savoir s'ils avaient fait bonne pioche.

— Ça va pas être facile de le faire parler.

— Ouais, maugréa Justine. Ça me saoule d'avance.

— C'est peut-être un messager, dit Elsa.

Michel secoua la tête :

— Non, je crois pas. Je l'ai vu ramasser ses affaires. Quelques vêtements, des bricoles. Pas de message ou de courrier. Il a juste essayé de planquer un truc pendant que je faisais celui qui regarde ailleurs.

— Tu l'as retrouvé ?

— Ouais : une boule à neige de la tour Eiffel. Souvenir de Paris. Une arme mortelle, question mauvais goût.

Rires autour de la table.

— Démonte-la, au cas où…

— Pas de problème.

Justine soupira, se massa le front en réfléchissant :

— Pense quand même à la lui rendre demain matin, il a besoin de se raccrocher à tout ce qui lui sera familier… Sinon, quelqu'un a une autre idée ?

— C'est peut-être un otage.

— Il avait des gardes du corps à bord. Le genre fanatique qui meurt pour sa foi… Le gosse était leur protégé, pas leur prisonnier.

— C'est vrai, se souvint Simon, ils gueulaient comme des bêtes.

— Je les ai entendus aussi, renchérit Justine. J'y pensais plus à ceux-là. Qui les a vus ?

Simon fit un effort de mémoire, compta lentement sur ses doigts :

— Moi… Michel… Sylvain… Peut-être aussi Sam et Alex.

— Écrivez tous un petit rapport sur la manière dont ça c'est passé, on comparera vos impressions.

Et faites-moi aussi un rapport sur l'efficacité de nos nouvelles armes. On commence à peine à les utiliser et leurs constructeurs sont friands de tout le retour qu'on pourra leur fournir.

Simon fit la grimace :

— Je peux te dire comment ça c'est passé. Ils ont gueulé en nous entendant arriver, on les a cramés sur place et voilà.

— Ça c'est ta version. Je veux celle des autres en plus.

— Ouais, super, trop utile comme rapport ! On les a achetées, elles sont à nous, qu'ils aillent tester les leurs dans leur coin.

— Simon, je t'aime bien, mais je te rappelle que sans leur savoir-faire, on n'aurait jamais pu se constituer un tel arsenal.

— N'empêche que ça me gave de les voir se balader ici comme si c'était chez eux.

Justine savait très bien qu'il ne faisait qu'exprimer ce que beaucoup commençaient à penser : certes, les techno-princes de Derb Ghallef étaient les seuls à pouvoir reproduire le genre d'arme dont elle avait besoin, mais leurs fréquentes — quoique discrètes — visites, ainsi que leurs manières hautaines, agaçaient le sens aigu de la territorialité des habitants d'*Enez Eussa*. Et aux yeux de ces Casablancais gorgés de soleil et de fric, héritiers quasi exclusifs des technologies renégates d'antan, les îliens n'étaient que des peigne-culs exilés sur un caillou trop humide, avec juste une monnaie d'échange assez rare pour qu'ils daignent passer un contrat avec eux.

— Si ça te défrise, siffla-t-elle, tu connais la manœuvre : motion de destitution et mise aux voix. Ça tombe bien, j'ai envie de vacances.

— Mouarf, c'est pas ce que je voulais dire...

— Alors tu la fermes ! Putain, jusqu'à preuve du contraire, c'est encore moi qui décide !

— C'est pas non plus une raison pour dégainer le règlement à la première embrouille, objecta Elsa calmement.

— Je t'emmerde ! J'ai autre chose à foutre que négocier chaque décision.

— C'est bon, soupira Simon, ça va, tu l'auras ton rapport.

— Merci.

Justine ne supportait plus ces frictions permanentes. Ces petits cons se croyaient encore dans leur ancienne bande de gosses livrés à eux-mêmes. Ce n'était pas elle qui avait réclamé ce poste de présidente du conseil. S'ils avaient des envies de démocratie, elle était toute disposée à leur rappeler le misérable foutoir des premiers mois, quand chacun y allait de sa petite proposition jusqu'à paralyser toute tentative d'action. Ils étaient en guerre. Ils étaient en danger. En conséquence, elle avait pris les mesures nécessaires. Pour votre propre sécurité, prière de soutenir la dictature la plus proche.

— On s'écarte du sujet, reprit-elle. Ce môme avait des gardes du corps. Son nom était cité dans le message. À moins d'une cochonnerie de ruse tordue, c'est bien sur lui qu'il fallait mettre la main et notre opération est un succès. On est d'accord là-dessus ?

Tous admirent qu'ils avaient atteint les objectifs fixés lors du précédent conseil. Personne n'avait été blessé. L'assaut avait été parfaitement mené. En plus, leur nouvel armement avait vraiment fait des merveilles. Justine était certainement la plus épouvantable chieuse jamais rencontrée, mais elle savait comment faire avancer les choses. Et dans la bonne direction ! Gemini nota consciencieusement ces quelques points positifs avant d'émettre un commentaire :

— Reste à savoir ce qu'on fait de lui, donc...

Justine le dévisagea calmement. Il l'avait laissée marquer des points jusqu'à maintenant car c'était là-dessus qu'il l'attendait. À l'autre bout de la table, Gemini lui rendit son regard teinté de défiance. « Vas-y, prouve-moi que j'ai tort et que nous valons mieux que ceux que nous affrontons », semblait-il dire. Elle haïssait cette situation désormais courante. *Oh, mon joli petit idéaliste, comme ce jeu stupide est indigne de nous.* Entre eux deux, il y aurait toujours le cadavre de Teitomo, ainsi qu'une certaine tombe ouverte par un sordide matin d'hiver afin d'en extraire les secrets... Mais cette nuit, elle était fatiguée.

— Pour le gosse, commença Justine, on va faire simple : observation et mise en confiance.

Gemini sourit gentiment :

— Pas d'exécution sommaire, alors ?

— Non, pas d'exécution sommaire. Et je rajouterai, à titre personnel, que notre prisonnier tient plus de l'idiot du village que de la perle rare.

Richard se racla la gorge, chercha à résumer le propos :

— Nous reste plus qu'à comprendre pourquoi il est si important.

— C'est ça, conclut Justine. Et on va s'y employer dès demain matin.

— Et s'il s'avère dangereux ?

Justine devint glaciale :

— Que diriez-vous d'aborder cette question quand l'hypothèse se confirmera ?

Le silence qui suivit tenait lieu d'accord tacite. Gemini nota encore quelque chose, puis posa la question rituelle :

— Le conseil de guerre est terminé ? Qui veut ajouter quelque chose ?

Aucune réponse. Il referma son épais cahier bleu de compte-rendu, ouvrit un tiroir situé sous la table et en sortit un identique, mais de couleur rouge.

— Alors on passe au conseil municipal. Richard, tu commences ?

— O.K. … Y a pas mal de points à revoir depuis la dernière réunion. Surtout pour ce qui est de la gestion de notre dispensaire et du financement de son prochain semestre…

Justine se resservit un café. La nuit allait être longue pour les participants aux différents conseils d'*Enez Eussa*.

*

Cendre émergea du sommeil par paliers. Il avait passé une très mauvaise nuit, se retournant d'un côté et de l'autre, revenant par moments à la réalité, le cœur battant, avant de replonger dans des songes gluants. L'envie instinctive d'échapper au réveil et à ses conséquences le maintinrent ainsi, somnolent et craintif, jusque bien après le lever du soleil. De derrière la porte de sa chambre-prison, il percevait par moments les indices d'une présence qu'il n'avait aucune envie d'identifier. À force de volonté, il réussit à s'allouer quelques minutes d'inconscience supplémentaires. Jusqu'au moment où son cerveau refusa de lui accorder du repos plus longtemps. L'esprit soudain clair et vif, Cendre dut se résoudre à reconnaître qu'il était réveillé. Il empestait la mauvaise sueur. Immobile sur le lit, il resta écouter les raclements furtifs provenant de la pièce voisine. Puis, quand il eut aussi abusé de la contemplation du plafond et des murs, il se leva avec sa peur pour soulever le loquet de la porte.

Derrière laquelle, malheureusement, rien n'avait changé : la table, l'armoire, l'évier, la cheminée, tout était à sa place. Sous la fenêtre, soigneusement alignés au bord du bois usé de la table, il remarqua un bol en verre épais et un pichet de fer. Était-ce pour lui ou pour Justine ? D'ailleurs, avait-il faim ou soif ? Son estomac refusa de répondre à la question. Il se sentait étrangement cotonneux, comme si la réalité de cette maison avait été établie pour d'autres que lui. Haussant les épaules, il marcha jusqu'à une chaise, pencha la tête au-dessus du pichet : du lait de chèvre ! Il saisit le récipient, se servit généreusement, trempa ses lèvres dans le liquide onctueux. Sa langue, sa gorge, furent saisies par la fraîcheur du breuvage qui semblait venu tout droit de son pays. Puis la porte d'entrée s'ouvrit soudain derrière lui et il manqua de s'étouffer. Se retournant précipitamment, il lâcha le bol, qui éclata sur le sol en l'éclaboussant. Une jeune fille se tenait devant lui, l'air stupéfait devant les conséquences de son arrivée :

— Salut…

— Bonjour, répondit Cendre, honteux sur sa chaise. Je vais nettoyer.

— Laisse, c'est pas grave. Je passais juste voir si tu avais besoin de quelque chose.

Elle était plus grande que lui, avec des cheveux blonds très courts, un visage ovale et régulier, des taches de rousseur plein le nez et un sourire complice :

— Moi aussi, j'arrête pas de casser des trucs. Quand c'est pas moi qui me cogne dans les murs ou dans les meubles.

Cendre se dit qu'elle ne devait pas être beaucoup plus âgée que lui.

— Au fait, je m'appelle Lucie.

Il se dandina sur sa chaise sans répondre, veillant à ne pas poser les pieds dans le lait répandu entre eux. Pensive, Lucie estima l'étendue des dégâts avant de conclure malicieusement :

— Je parie que Justine n'a même pas un bol de rechange. Pas le genre à avoir des visites.

Ce genre d'information n'était pas pour rassurer Cendre, déjà plus que mortifié par ses bévues. La jeune fille dut percevoir son inquiétude quand elle dit :

— Allez, amène-toi, on va faire un petit tour, je sais où on pourra prendre un bon petit déjeuner.

— Je crois pas que j'aie le droit de sortir d'ici, précisa le garçon mal à l'aise.

— Laisse tomber, je t'ai pas dit ? C'est moi qui m'occupe de toi, désormais. Ordre de la patronne.

À cet instant, peu de choses auraient pu lui faire autant plaisir que la garantie de quitter cette maison sinistre.

— Laisse-lui le ménage à faire, pouffa Lucie, ça lui fera un souvenir.

Puis, au moment de franchir le seuil, elle se retourna pour ajouter :

— Ta malle et toutes tes affaires sont déjà arrivées chez moi. On y passera pour que tu puisses te changer, si tu veux. Tu préfères quoi ? Manger d'abord ou enfiler des vêtements propres ?

Cendre réfléchit quelques instants, se souvint de l'odeur de sa transpiration sous les couvertures au réveil et parvint à articuler sans trop rougir :

— Je voudrais bien me changer... Et me laver un peu.

— D'ac ! Amène-toi, c'est pas loin.

En emboîtant le pas à la jeune fille, il se dit que c'était bien dommage.

## *Prison sur catalogue*

Vingt minutes plus tard, ils étaient assis sur une énorme dalle d'ardoise polie, à se partager pain frais et fromage. C'est Lucie qui avait tout disposé dehors face à la porte d'entrée, sur une nappe rapiécée, pendant que Cendre se savonnait et se changeait à l'intérieur de la maison. Si tant était qu'on puisse qualifier l'endroit de « maison » : ce n'était qu'une sorte de ruine, dont seuls quelques pans de murs d'origine subsistaient, aux fissures et trous béants colmatés par une large et unique coulure de ciment. L'ensemble ressemblait à un gigantesque œuf à demi enterré dans le sol, presque entièrement recouvert de mousse et d'herbe. Lucie appelait ça la « maison-tortue » et, détail piquant, sa voix ne dissimulait rien de la fierté manifeste qu'elle avait à être la propriétaire de ce taudis sans charme. Au moins, l'intérieur était propre et sentait bon. Sa gardienne avait aménagé son foyer avec goût, organisé l'espace grâce à plusieurs rideaux colorés qui séparaient harmonieusement l'unique pièce : coin lecture avec coussins, coin repos avec matelas, coin rangement avec coffres. C'est là que la malle de Cendre avait été déposée.

Avant de le laisser, elle avait tenu à lui préciser les deux règles en vigueur : interdiction de manger à l'intérieur, « pour ne pas attirer la vermine » avait-elle dit, et interdiction de faire du feu car « mes rideaux ont déjà flambé deux fois, alors on arrête les frais ».

Elle avait une manière désinvolte, presque insultante, de présenter les choses : comme si Cendre n'était pas son prisonnier, comme si sa présence ici n'était pas le résultat d'un enlèvement qui avait coûté la vie à plusieurs personnes. Maintenant, pendant qu'il dégustait le fromage de chèvre à côté d'elle, il avait la sensation confuse que c'était peut-être pire que la froideur méthodique de Justine. Avec cette dernière, au moins, les rôles étaient clairement définis.

— Dis, Cendre, c'est ton vrai nom ?

— Oui…

— Ils avaient fumé quoi, tes parents ?

Le garçon prit le temps d'avaler une grosse bouchée avant de répondre :

— C'est mon nom, c'est tout.

Lucie laissa passer quelques secondes de silence. Une saute de vent souleva les coins de la nappe. Une mouette brailla quelque part au-dessus des toits.

— Ils te manquent ?

— Qui ça ?

— Tes parents, tes amis…

Cendre hésita à répondre. Qu'est-ce qu'elle croyait ? Qu'il était content d'être ici, loin de tous ceux qu'il connaissait ? Qu'il ne souffrait pas d'avoir vu Joao se faire tuer devant ses yeux ? Qu'un déjeuner au soleil allait rendre son ciel radieux ? Il lui adressa un regard méprisant.

— Excuse-moi, marmonna Lucie, c'est une question stupide.

Des larmes étaient apparues dans ses grands yeux.

— Pas grave, ronchonna le garçon mal à l'aise. Et toi, tu as de la famille ?

— Non, sourit-elle comme on sourit à une vieille plaisanterie usée. Je n'ai pas connu mes parents, j'étais trop petite quand ils sont morts.

— Oh…

Dans le ciel, la mouette poursuivait son concert idiot. Cendre se sentait aussi bête qu'elle. Il n'avait plus faim du tout :

— On n'a pas l'air malin, hein, tous les deux, avec nos questions ?

— Non, reconnut Lucie.

— Moi, j'ai encore ma mère, même si je ne la vois pas beaucoup. Mon père aussi vit au château, mais je ne le vois jamais.

Elle hocha la tête comme si elle comprenait. Cendre continua sur sa lancée :

— Quand les Maîtres m'ont offert à Lourdes pour sauver les vrais croyants, je suis allé vivre tout seul en ville.

— C'est qui, eux ?

— Les Maîtres ?

— Ouais, confirma-t-elle la bouche pleine.

Cendre soupira. Il tourna la tête vers la droite, regarda la mer qui brillait à l'horizon, au-delà des toits du village :

— J'ai pas envie d'en parler.

— Oh ? Comme tu veux.

Le silence s'installa pour durer. Ils mangèrent sans parler pendant plusieurs minutes. Une femme qui portait un lourd panier en osier passa devant eux en les saluant comme on salue ses voisins. Lucie lui répondit sur le même ton, puis s'adressa à son invité :

— Et toi, tu as pas envie de me demander des trucs ?

Le garçon réfléchit en regardant l'inconnue s'éloigner vers la petite place qui jouxtait leur pique-nique. Les réponses qu'il avait envie de connaître exigeaient des questions qu'il ne serait sûrement pas prudent de poser. Il haussa les épaules :

— Non, ça va.

— D'ac.

— Sauf, peut-être…

— Ouais ?

— C'est quoi, ici ?

— Comment ça, c'est quoi ?

— Ce village. Toi. Justine. Les gens qui vivent ici. C'est quoi ?

Elle le regarda comme s'il s'était soudain mis à parler à l'envers.

— C'est pas grave, conclut-il, laisse tomber.

Lucie lui saisit l'avant-bras :

— Non, attends, je veux bien répondre, mais je comprends pas. Tu veux savoir où on est ?

— Ben, je sais pas… On est sur une île, ça je sais. Non, je veux dire : vous êtes qui ? Pourquoi je suis ici ? Vous êtes comme les Pêcheurs, vous aimez pas le pape ? Ou bien vous êtes une secte ? Vous êtes des Surfeurs ?

Lucie lui lâcha le bras pour lui tapoter gentiment la main :

— Tu sais, tu as sans doute plus voyagé que moi… Je suis pas sûre d'être celle qui peut répondre à ça.

— Tu es née ici ?

— Je crois… En tout cas, c'est ici que j'ai grandi.

Cendre vit passer un nuage de tristesse sur le visage de la jeune fille. Au-dessus de ses yeux clairs braqués sur lui, le vent faisait s'agiter les courtes mèches de sa coiffure. Son sourire se flétrit :

— J'ai été comme toi, quand j'étais petite : prisonnière toute seule parmi des gens que je ne comprenais pas.

Elle tourna la tête vers l'est.

— Ça s'est passé un peu plus loin, dans un endroit qui n'existe plus maintenant. Je n'y suis pas restée très longtemps, mais je m'en souviens encore. J'avais tellement peur. Je croyais que tous mes amis avaient disparu… J'en rêve encore, des fois.

Cendre ne répondit rien. Il sut qu'elle disait la vérité : il pouvait presque ressentir sa peur ancienne et tenace, semblable à la sienne, quand elle l'évoquait. Quoi qu'elle ait enduré, c'était encore là dans son regard voilé.

— Depuis, les choses se sont améliorées. On a d'autres problèmes, bien sûr, mais rien à voir avec ceux de cette époque. On est libres, tu comprends ?

Il n'était pas bien sûr de comprendre, non. La liberté n'existait que dans le respect et la lumière du Seigneur, il savait ça, et personne ici ne ressemblait de près ou de loin à un croyant. Mais il n'eut pas le cœur de la détromper :

— Je crois, oui.

— Tout ça pour dire, sourit-elle, qu'ici c'est chouette et que t'as rien à craindre. On n'est pas d'affreux salauds. Tu peux faire confiance à Gem et à Justine pour tout arranger.

Cendre imaginait mal comment Justine pouvait arranger quoi que ce soit en sa faveur. L'autre, il ne savait pas qui c'était.

— Gem ?

— Gemini. Tu le rencontreras bientôt. C'est le mec le plus gentil du monde.

Elle se releva soudain comme si elle venait de se souvenir d'une course urgente à faire :

— Amène-toi, je vais te faire visiter.

Cendre se redressa à son tour en s'essuyant les mains sur son pantalon :

— On range pas avant ?

— Bien sûr que si, pouffa-t-elle. Et après, tu vas découvrir *Enez Eussa*.

Ils partirent de la maison-tortue sans personne pour les escorter, libres d'aller là où Lucie décidait de l'emmener. En même temps qu'ils marchaient le long des rues du village, elle lui expliquait ce qu'elle savait de l'endroit. Cendre apprit que l'île avait plusieurs noms : *Enez Eussa* était un nom ancien revenu à la mode plusieurs années auparavant — s'il avait bien compris, à une époque sombre qui avait causé beaucoup de malheurs —, et Ouessant était le nom officiel. Elle lui expliqua que beaucoup des plus vieux habitants de l'île avaient gardé l'habitude d'utiliser le premier en mémoire des jours terribles du passé. Depuis, l'île était redevenue prospère. Elle entretenait de bons rapports et menait commerce avec ses voisins paisibles du continent. À tout hasard, Cendre demanda si l'île avait fait un pacte avec les Surfeurs de Biarritz, mais Lucie ignorait de qui il s'agissait.

— Faudrait que tu parles à Gem ou à Richard, ils pourront te répondre mieux que moi.

Mais Cendre n'avait aucune envie de parler à quiconque. Elle n'insista pas. Ils atteignirent une grande maison, récemment rénovée, devant laquelle étaient disposés plusieurs auvents claquant dans la brise. Des groupes d'hommes et de femmes semblaient mener des négociations devant ces étals bariolés. Lucie lui expliqua que c'était la « mairie », l'endroit où se prenaient les décisions importantes pour l'avenir des habitants de l'île. Les étals étaient les ambassades des communautés voisines, dont les représentants proposaient ici les articles fabriqués ou récoltés par les leurs, sous la surveillance de farouches gardes keltiks bardés d'armes. C'était une sorte de marché.

— Que proposent-ils ? demanda Cendre.

— Un peu de tout… Vêtements, nourriture, outils. En fait, ils ne vendent pas directement, ils notent les commandes. Plus tard, les navettes rapporteront les colis du continent.

— Vous faites commerce d'argent, murmura Cendre en réprimant un frisson de dégoût. Vous faites commerce avec les Marchands. Seigneur !

— Non ! C'est interdit ici.

— Ah bon ?

Cette nouvelle fut un soulagement immense pour le garçon. Il commençait à craindre quelque ignoble commerce entre les îliens et les marchands au service du démon.

— Oui, dit sa guide, ce n'est pas toujours facile à faire appliquer, mais Justine est impitoyable sur ce point : aucun commerce d'argent sur l'île. Et les Keltiks ne rigolent pas quand ils tombent sur un resquilleur.

Cendre enregistra soigneusement cette cascade d'informations dans un coin de sa cervelle. Il espérait se souvenir de tout.

— Les Keltiks, c'est vous ?

Lucie se renfrogna en lui faisant quitter la place de la mairie :

— Plutôt crever ! Les Keltiks, ce sont les bâtards vérolés en pantalon bleu qu'on a croisés un peu partout.

— Ah…

Il préféra ne plus poser de questions, même s'il avait du mal à comprendre cette réaction soudaine. Peut-être avait-il eu tort de considérer les îliens comme une unique communauté ? Ce qui pouvait laisser espérer qu'il trouverait peut-être des complices prêts à l'aider à partir d'ici, s'il cherchait bien. Ils poursuivirent leur promenade en s'éloignant du village. Lucie l'emmena sur un petit chemin poussiéreux qui sinuait à travers les herbes rases et les pierres vives à fleur de sol. Sur leur gauche, il pouvait voir les reflets morcelés de l'océan. Entourés des mugissements du vent et des piaillements furieux des mouettes, ils marchèrent sans parler pendant quelques minutes. Jusqu'au moment où ils atteignirent le cimetière.

Cendre en resta bouche bée. Il avança lentement jusqu'au muret mangé par les herbes, observa silencieusement les sépultures alignées sur le sol. Certaines n'étaient qu'un simple monticule de terre, d'autres disposaient d'une dalle d'ardoise. Beaucoup étaient surmontées d'une croix. Le garçon entra dans l'enceinte du lieu consacré, fit quelques pas émerveillés le long de l'allée principale. Presque toutes les tombes étaient décorées de fleurs ou de plantes, mais une en particulier attira son regard: bien que modeste, elle était littéralement recouverte de bouquets. Derrière lui, Lucie parla à voix basse:

— J'étais encore petite quand c'est arrivé. Il est venu du ciel pour nous libérer.

Ces mots martelèrent l'esprit et le cœur du garçon. Une vive émotion l'enveloppa, qui le laissa tremblant et faible devant la sépulture. Une larme coula sur sa joue rougie par le vent:

— C'était qui ?

— Il s'appelait Teitomo. Il a donné sa vie pour nous sauver.

Il y avait quelque chose ici... Une force émanant de la terre. Un sentiment de paix et de quiétude. De puissance brute. Cendre tomba à genoux, ramassa une poignée de terre qu'il tint serrée de toutes ses forces. Oui, cette tombe était une source ardente. Il pouvait en sentir la puissance rien qu'en fermant les yeux. Dieu ne l'avait pas abandonné. Au milieu de l'océan, sur ce rocher désolé empli de mystères et d'étrangers, on s'en remettait encore à Lui pour prendre soin de l'âme et du repos des justes. Le spectacle lui rendit foi en son destin. Il avait soutenu l'épreuve et il l'endurerait encore. Il tourna la tête vers Lucie:

— Ce devait être un homme formidable.

— C'était un géant, dit-elle en s'accroupissant près de lui. Certains ici pensent que c'était un saint.

Il tourna la tête vers elle:

— Je ne pensais pas que vous… Je veux dire, vous aussi vous avez…

— Oui, sourit la jeune fille, certains d'entre nous ont la foi.

Elle lui saisit la main gentiment, la pressa entre ses doigts en le dévisageant :

— Et toi, Cendre, parle-moi de chez toi. Dis-moi comment vous priez Dieu.

Il ferma les yeux pour lui raconter son pays de pierre et de violence, qu'il avait abandonné loin là-bas dans les montagnes. Il lui parla de leur combat sans fin contre les marchands qui assaillaient sa cité. Des sacrifices répétés pour que survive la flamme de la vraie foi. Il lui parla de l'amour des siens, de leur confiance aveugle en sa capacité à les protéger et à les sauver tous. Car il était l'Élu. Celui par lequel s'exprimait la colère de Dieu. Il lui parla de l'amour angélique de sa mère, qui avait sacrifié son enfant à la cause supérieure souhaitée par les Maîtres. De l'amour brûlant de son aimée qu'il n'avait plus revue depuis qu'il avait quitté Lourdes secrètement. Il parla aussi de Tacio, et de Joao, ses deux amis et gardiens. De leur trahison probable, une fois loin de la sagesse des Maîtres. Du changement de destination révélé par le gros capitaine alcoolique en manque de réponses. De l'insatiable envie de protection qu'il voyait brûler dans chaque regard, de la doléance muette de son troupeau, qui espérait tant et plus de lui. Du mal qui le rongeait, cette somme des craintes et des doutes dont il était abreuvé, qu'il devait avaler comme un bouillon répugnant, qui le dévorait en retour comme un cancer.

— La sainteté n'est qu'un cachot scellé par la confiance des autres, murmura-t-il, les Maîtres me l'ont enseigné.

Et quand il eut fini de parler, le soleil amorçait sa descente dans le ciel. Dans la pénombre du soir naissant, leurs mains ne s'étaient pas lâchées.

# Interface #2

Sphères du non-monde. Courants brûlants de pensées s'ébrouant tels des serpents amoureux, lovés dans un océan de brouillard. De l'intemporalité de leurs étreintes coule un poison intense, visqueux comme une graisse épaisse, dont Justine se gorge avec dégoût. Clandestine impudente, elle glisse sans fin entre leurs anneaux conflictuels, tâche de se mouvoir sans se laisser attirer par les boucles hypnotiques de leur *sinuosité.* Par moments, elle remonte vers la surface potentielle, s'arrache à leur force pour rester là, immobile et indécise, les sens aux aguets, avant de replonger plus avant dans le torrent de leurs milliers d'insinuations chuintantes. Elle est le guetteur surnuméraire, le chancre amoureux de son hôte. Ce qu'elle fait est un péché. Non pas parce qu'elle y participe, mais simplement parce qu'elle admet cette présence étrangère dans son esprit.

Gouttant infailliblement dans ses veines, la drogue l'aide à sombrer sans passion dans les méandres de ces voix familières. Couleurs et rythmes se mélangent sous son crâne, pendant que des images infâmes fleurissent à l'orée de sa conscience. Isolée dans sa prison chimique, elle s'abîme dans ce flot de dévotion.

« Juuuuuuustiiiiiine » gronde l'horizon organique, et le non-monde soudain sexué se révulse et s'agite. Des forêts de verges se dressent pour elle, des femmes gémissent, des bouches charnues laissent poindre des milliers de langues obscènes. « Juuuuuuustiiiiiine » gémit un milliard d'échos ; et elle se voit, caricature démultipliée, leur offrir ses entrailles fumantes pour qu'ils la prennent jusqu'à la gueule. L'érotisme brut de la vision lui coupe le souffle avant de disparaître au loin, porté par d'autres voix. Assommée par l'intensité de l'invite, elle laisse le torrent indistinct des consciences la porter vers un autre bassin, plus profond encore, où se mêlent d'autres appétits : « l'enfant » fulmine l'horizon, « où est l'enfant ? ». Le serpent se tord de fureur, ses soubresauts heurtent le flanc d'une montagne de certitudes jusqu'à la briser d'un coup puissant. De son ventre déchiré se répandent des humeurs affligées et des promesses de vengeance. « Nous le trouverons » pulsent les orbes de guidage, « nous le trouverons ! ». Emportée par le fleuve en furie, Justine aperçoit la montagne brisée qui se reconstitue ailleurs. Sans qu'elle sache bien pourquoi, cette nouvelle la réchauffe, d'une chaleur qu'elle sait n'appartenir qu'à elle, non issue du magma empathique qui l'entoure. Cette certitude la réconforte et l'aide à ne pas sombrer. Ramenée soudain à la conscience, elle se désengage de l'emprise des serpents, qui déroulent désormais leurs anneaux sans qu'elle n'y comprenne plus rien…

## *Mémoire révulsée par un contenu frauduleux*

Justine inspira profondément. Au creux de son coude, l'aiguille la reliant au cathéter lui faisait un mal de chien. Sans qu'elle l'eût décidé, ses paupières s'ouvrirent sur le décor banal des machines en batterie tout autour. Elle ramena ses mains vers son visage, saisit les lourds écouteurs qui n'avaient pas cessé de cracher leurs mélopées maléfiques et s'arracha à leur emprise. Dans le glorieux silence rétabli par son geste, seuls quelques cliquètements mécaniques de routine venaient troubler le fil de ses pensées. Elle coupa distraitement l'arrivée de la drogue dans ses veines, tenta de fixer successivement plusieurs objets proches pour se persuader qu'elle avait regagné la réalité. Le bras du fauteuil usé. Le plastique déchiré du casque audio. Les rangées de diodes vertes et bleues réparties devant elle. L'alignement gigogne des potentiomètres contrôlant l'ensemble des consoles. Plus de doute, elle était de retour. Ce qui, logiquement, signifiait qu'elle n'allait pas tarder à… Même pas le temps de finir sa phrase ! Le premier spasme lui broya l'estomac. Pliée en deux, elle vomit tout et plus dans la bassine, qu'elle avait saisie à temps, essaya de reprendre sa respiration entre deux jets de bile. La crise reflua aussi vite qu'elle était apparue, la laissant seule et affaiblie dans la cabine nauséabonde.

C'était passé.

Le plus facile à supporter était passé.

Le reste, les écœurantes résurgences de son escapade mentale, les crachats de mémoire révulsée par un contenu frauduleux, tout cela viendrait plus tard. Péniblement, Justine se releva du profond fauteuil, se racla la gorge pour en chasser le goût infect, essuya son front trempé de sueur. Le prix à payer pour son péché. Pour avoir frayé avec le serpent. Peu d'autres volontaires avaient accepté de se prêter à l'expérience. Aucun n'avait réussi à atteindre le niveau d'immersion obtenu par Justine. En fait, la drogue l'aidait surtout à prolonger l'expérience et à l'empêcher de se laisser dépasser. C'était plus un parachute qu'un vecteur. Parce qu'aucun autre îlien n'avait baisé avec l'horizon. Aucun autre n'avait eu une aussi intime perception de celui qui avait été son époux, avant de devenir leur ennemi. Celui qui avait été Peter Lerner n'existait plus. Mais ce qu'il était devenu continuait de parler dans la tête de sa femme quand elle acceptait de s'immerger dans l'océan de ses pensées. Aucun doute là-dessus : Peter voulait le gosse appelé Cendre. Et sa disparition le rendait enragé. Cette idée n'était pas pour déplaire à Justine. *Sainte merde, on a tapé dans le mille cette fois-ci.* Et puisque le môme s'avérait être une pièce maîtresse, dans une des nombreuses parties d'échec menées en simultanée par leurs adversaires, elle allait prendre un plaisir fou à lui damer le pion. Il était si rare que leur camp dispose d'un avantage. *À nous de te la mettre profond, mon mignon.* En retirant lentement l'aiguille plantée au creux de son bras, elle se demanda si Lucie avait fait sa part de boulot. Elle avait hâte de comparer leurs infos de la journée.

Dans la salle de réunion, les membres du conseil siégeaient pour leur troisième séance quotidienne. Pressés par leurs alliés avertis par les inévitables rumeurs concernant leur prisonnier, ils enchaînaient les débats dans l'espoir de fournir rapidement à tous des réponses satisfaisantes. La fatigue se lisait sur les visages, crispés, tirés par les heures de délibérations. C'était au tour de Richard de parler, de sa voix calme et prudente :

— Les Soubiriens Révélés.

— C'est quoi, ça ?

— Le dernier nom connu de la société formative installée à Lourdes. Et ça ne date pas d'hier.

Gemini nota le nom, tourna la tête vers Lucie :

— Il a parlé de ça ?

La jeune fille réfléchit un instant. Cendre avait dit tant de choses dans le cimetière… Mais il n'avait pas prononcé ce nom.

— Non. Il a mentionné des « maîtres », qui dirigent sa ville. Des patrons locaux, quoi.

— De toute façon, souligna Richard, les Soubiriens n'ont plus fait parler d'eux depuis une dizaine d'années. Je disais ça juste à titre d'indication historique.

Justine tenta de se rappeler si elle avait eu affaire à cette communauté quand elle œuvrait pour Karmax. À l'époque, les sociétés formatives avaient été tellement nombreuses, se dévorant les unes les autres, renaissant sous des formes mutantes quand on les croyait définitivement phagocytées. Peut-être avait-elle lu ce nom au détour d'un rapport ou d'un contrat, mais elle n'en avait aucun souvenir. De toute façon, c'était il y a si longtemps. Trop vieux pour leur être d'une quelconque utilité aujourd'hui. *Sainte merde, on a bien assez de cochonneries actuelles à trier sans devoir en plus se cogner le recyclage des déchets périmés.*

Tout aussi conscient qu'elle que ça ne menait nulle part, Gemini tenta de ramener la discussion vers des objectifs plus concrets :

— Et ces « maîtres », on sait ce qui les a poussés à offrir le gosse aux enculés d'en face ?

Lucie soupira. Elle savait qu'à un moment où un autre, la conversation arriverait sur le sujet. Et elle savait à l'avance ce que sa réponse allait provoquer :

— C'était pas très clair. Il enrobe tout de religion et de superstition, mais en gros… Il est l'envoyé de Dieu, capable justement de tuer les enculés d'en face.

Si la foudre avait frappé la pièce à cet instant, elle en serait repartie dépitée, tant sa performance aurait été minable face à la révélation de Lucie. Laquelle ne put s'empêcher de rougir faiblement sous les regards dardant vers elle. Ce fut Simon qui ouvrit la bouche le premier pour glousser méchamment :

— Tu veux bien répéter ça ?

La jeune fille se braqua. Elle détestait qu'on lui rappelle qu'elle serait toujours la plus jeune, celle à qui l'on s'adresse avec un peu plus de condescendance.

— Allez, Lucie, te fais pas *prier*, plaisanta Gem en appuyant sur le dernier mot.

Vaincue par son sourire charmeur, elle répéta donc lentement, en détachant bien les syllabes, comme on récite à contrecœur une poésie ou une liste de courses :

— Chez lui, là d'où il vient, il est une sorte de saint, chargé de protéger sa ville des attaques menées par les populations infectées par le Chromozone.

Près d'elle, Justine ne cacha pas sa joie. La pêche avait été bonne et le jeu se dessinait. Mais Simon n'était toujours pas convaincu :

— Ce môme ? Il serait pas foutu d'éviter une baffe !

Gemini se gratta la tête, l'air embêté. Michel et Richard demeurèrent silencieux. Justine se lança à son tour :

— Une chose est sûre, en tout cas : on a mis la main sur un gibier de choix. Quelque chose d'énorme. Il le voulait et il est furieux de l'avoir perdu.

Cctte confirmation, ce « il » qui se voulait désinvolte furent comme un bain de boue glacé coulant jusqu'au plafond. Gemini eut un rictus de colère et de dégoût mêlés :

— Tu n'as pas pu t'en empêcher, hein ? T'es allée te taper un petit trip dans sa tête !

Elle refusa de soutenir son regard, préféra s'adresser à l'ensemble du conseil présent :

— Lucie a fait du bon boulot, je propose qu'elle continue à s'occuper de notre invité.

La jeune fille acquiesça en silence. Ça lui plaisait bien de passer ses journées avec ce drôle de gamin. Elle avait connu largement plus détestable, comme mission. Quant à Gemini, il ne voulait pas lâcher le morceau :

— Tu t'en es injecté pour combien, ce coup-ci, Justine ? Hein ? Tu sais à combien se monte ton budget came ? Tout ça pour que tu te tapes tes petites virées dégueulasses dans la tête de Peter ?

— Va te faire foutre, siffla-t-elle.

— J'aimerais bien, ricana le jeune homme, mais la quincaillerie est hors service.

C'était vraiment un coup bas. Tout le monde autour de la table savait que Gemini avait eu le sexe dévoré par des chiens de combat quand il était ado.

— Salaud !

— Merde, calmez-vous tous les deux, supplia Michel.

Gemini balança son crayon contre le mur, se redressa d'un bond en montrant Justine du doigt :

— Vous comprenez pas qu'elle va en crever ? Sans parler du nombre de faveurs que nous coûte ce joyeux programme, vous avez vu les quantités importées ? J'ai vu les doses, putain, c'est même pas normal qu'elle soit encore capable de marcher.

Depuis le début, Gemini n'avait accepté tout ça qu'à condition d'être celui qui se chargerait de négocier avec le continent la drogue nécessaire à l'expérience. À l'époque, ils partageaient encore le même lit, et cette exigence découlait du simple désir de la protéger. Maintenant, c'était un flicage insupportable en même temps qu'une permanente source de disputes.

— On en a déjà parlé mille fois ici et ailleurs, répondit calmement Justine, tu sais que je n'arrêterai pas.

Et j'ai encore l'air de marcher droit et d'éviter de me pisser dessus, non ? Alors, *lâche-moi.*

Il serra les mâchoires, encore capable de se retenir de prononcer une menace fatidique.

— J'abandonne, trouvez-vous un autre secrétaire, conclut-il en quittant sa place.

Il quitta la salle du conseil sans ajouter un mot. La porte se referma violemment derrière lui. Justine ne dit rien. La tristesse l'emportait sur la colère dans le constat du gâchis.

— Ce serait bien que quelqu'un prenne sa place, demanda-t-elle.

Silence de mort.

— Juste pour ce soir, précisa-t-elle.

— Alors, moi je veux bien, dit Elsa en ramassant le crayon qui était tombé près de sa chaise.

Simon poussa le cahier vers la volontaire. Un souffle de détente palpable passa sur l'assemblée. Les choses allaient s'améliorer après une bonne nuit de sommeil, n'est-ce pas ? Tout le monde était accoutumé aux engueulades, ici. C'était inévitable, avec la tension, le poids des responsabilités. Justine sentit sa respiration se briser face à tant d'hypocrisie. *Sainte merde, vous savez qu'il a raison, n'est-ce pas ? Même moi je sais qu'il a raison. Mais comment pourrions-nous revenir en arrière, désormais ?*

— Et pour le reste, demanda diplomatiquement Richard, on fait quoi ?

Justine réussit à sourire. Elle avait déjà son idée sur la manière de s'occuper du « reste », mais ça n'allait pas plaire à tout le monde. Bah ! Elle avait l'habitude.

— Je crois que j'ai une proposition…

*

Plusieurs jours étaient passés depuis son arrivée sur l'île. Cendre était assis sur une tombe usée, tranquillement occupé à profiter du vent frais sur son visage et ses mains. Les vêtements fournis par Lucie étaient neufs et le grattaient horriblement, mais ils étaient chauds et pratiques. Il commençait à apprécier les journées passées ici, même s'il n'osait pas trop s'aventurer à l'écart de la maison-tortue sans sa gardienne. Elle l'avait pourtant présenté aux voisins, qui l'avaient salué en retour avec gentillesse et simplicité. Elle lui avait même fait visiter les ruines de deux chapelles, aux pierres roussies par le sel et les lichens, judicieusement situées à l'écart du village. Le garçon savait combien elle avait été soucieuse de lui montrer ces lieux consacrés, comme si elle espérait accumuler devant ses yeux les symboles de sa foi, l'assurer de la présence autour de lui, sur cette île, de passerelles possibles entre leurs deux mondes. Mais ce n'était que des vestiges d'une religion perdue. Les clochers étaient brisés. Les autels, abandonnés. Et aucune messe n'était donnée.

Cendre priait, lui. Chaque jour. Il priait pour ses parents morts d'inquiétude, sa mère privée de son enfant. Il priait pour tous les siens, qu'il avait abandonnés, loin là-bas dans le Sud. Il priait pour bientôt retrouver Tacio, et peut-être même Joao, bien vivants, pour qu'ensemble ils gagnent un ailleurs amplement mérité. Il priait même pour les inconnus enterrés sous ses pieds. Il était retourné à deux reprises dans le petit cimetière, une fois avec Lucie, l'autre fois seul. Il appréciait le calme de l'endroit. Il se souvint d'une leçon d'Andréa : « Les morts ne sont plus partisans, ils ont lâché les bannières de la discorde pour une éternité fraternelle. » Penser ainsi à sa maîtresse le mettait au supplice. Où était-elle à cette heure ? Avait-elle comme lui connu un épouvantable destin ? Sa poitrine étroite se soulevait pour laisser échapper des soupirs douloureux. Offertes au vent, les fleurs séchées des bouquets ligotés aux croix fragiles bruissaient frénétiquement.

Dans ce décor silencieux et dépouillé, une tombe en particulier attirait immanquablement l'attention : celle de l'homme qui avait libéré les îliens huit ans plus tôt. Ce mystérieux Teitomo qui s'était sacrifié pour le bien de tous. Sans rien savoir de sa vie ou presque, sans bien savoir pourquoi, le garçon se sentait attiré par sa sépulture. Peut-être parce que visiblement tous ici respectaient et chérissaient cet étranger venu les délivrer ? Aurait-il aidé Cendre à retrouver les siens, s'il avait vécu ? Aurait-il compris, lui, ce qu'était le fardeau de l'espoir que les autres placent en vous ? Le garçon releva la tête vers l'horizon pour observer l'océan infini qui se jetait dans le ciel. C'est ainsi qu'il aperçut Justine, qui avait troqué son uniforme de soldat contre une tenue moins provocante, occupée à marcher nonchalamment vers le petit cimetière.

Cendre se redressa, vaguement inquiet. Il n'avait pas recroisé la femme depuis qu'il avait élu domicile chez Lucie. En fait, il aurait préféré ne jamais la revoir. Elle continuait à lui faire peur, malgré ses paroles rassurantes. Il savait que son avenir reposait entre ses mains. Il s'assura discrètement que ses pieds ne transgressaient aucune tombe, vérifia machinalement la propreté de ses ongles, puis tenta de se donner une contenance pendant que Justine franchissait les derniers mètres qui les séparaient.

— Bonjour, Cendre.

— Bonjour madame.

Elle regarda autour d'elle, semblant chercher l'origine du bruissement sec des fleurs dans le vent, désigna du menton la tombe de Teitomo :

— Tu viens rendre visite à notre saint patron local ?

Il haussa les épaules :

— J'aime bien cet endroit.

Elle se posa face à lui sans répondre, ajusta les plis de sa jupe épaisse en scrutant la sépulture ornée de bouquets :

— Moi aussi, je l'aime bien.

— Lucie m'a expliqué qui c'était. Il compte beaucoup pour vous, ici, n'est-ce pas ?

Justine sourit tristement :

— Oui, il compte beaucoup. Pas toujours pour les bonnes raisons, peut-être, mais qu'importe.

Cendre ne répondit pas. Quelques secondes s'égrenèrent entre eux dans le silence du cimetière, puis Justine reprit la parole :

— Et toi, serais-tu prêt à nous protéger ?

— Co… comment ça ?

— Si *Enez Eussa* était menacée, prendrais-tu sa défense ? Chasserais-tu nos ennemis ?

Cendre ne s'attendait pas à une telle question.

— Le Seigneur seul sait si nous sommes dignes d'être sauvés, murmura-t-il mécaniquement.

— Gamin, j'ai vu des tas de trucs dingues dans ma

vie, mais rien qui se rapproche de près ou de loin à une intervention divine.

Cendre repensa au vieux capitaine bougon dans sa cabine, si semblable à tous les sceptiques désireux de croire. Justine n'appartenait pas à cette catégorie. Elle n'était qu'une hérétique méprisable. Pire : il était clair qu'elle dépensait beaucoup d'énergie à s'interdire de croire.

— Je ne suis qu'un instrument de Sa volonté, ajouta-t-il humblement, vous ne pouvez rien m'ordonner.

La femme hocha la tête en le dévisageant.

— Tu sais, tu as peut-être raison. Peut-être que tu n'es que l'expression d'un pouvoir qui te dépasse. Alors, nous allons faire un petit voyage, toi et moi.

Le ventre du garçon se noua aussitôt. Partir ? Pour où ? Et pour quoi faire ? Il n'aimait pas cette nouvelle. Pas du tout.

— Où allons-nous ?

— Pas très loin… Juste une petite balade de santé. Toi, moi, Lucie, et quelques autres.

Justine lui tendit spontanément la main. Il la saisit prudemment. Les doigts secs et chauds se refermèrent sur les siens. Elle se releva et l'entraîna gentiment à sa suite vers la côte en contrebas.

— On y va tout de suite.

Il abandonna à regret la présence réconfortante de la tombe du saint sacrifié.

Une lourde vedette les attendait au port, à la poupe de laquelle Lucie et trois autres personnes avaient déjà pris place. Cendre ne s'attendait pas à quitter l'île, mais la présence de Lucie suffit à momentanément bâillonner l'angoisse qui le tenaillait. Justine l'aida à grimper à bord sans le lâcher. Les trois inconnus accordèrent quelques secondes d'attention au garçon avant de reprendre leur conversation à voix basse. Ils portaient de larges pantalons bleus et des chevelures hirsutes ; des tatouages épais roulaient le long de leurs muscles saillants. Il se souvint du nom que leur avait donné Lucie : Keltiks. Il se rappela aussi qu'elle les détestait. Il prit donc soin de s'asseoir loin d'eux, près du plat-bord, pendant que Justine donnait l'ordre d'appareiller.

— Salut, Cendre, fit une voix d'homme.

Celui qui avait parlé venait de sortir de l'entrepont. Il avait l'air jeune, affichait un air soucieux sous une tignasse mal coiffée, portait le genre de pull et de pantalon usés qu'affectionnaient les îliens. La main qu'il tendit au garçon fut franche, agrémentée d'un sourire amical :

— Je m'appelle Gemini, je suis un ami de Lucie et Justine. Et peut-être le tien, si tu es d'accord.

— Oh, bonjour…

Lucie n'avait pas menti : il avait vraiment l'air d'être très gentil. Il s'installa confortablement sur un des bancs en bois faisant face à Cendre, posa nonchalamment ses bras sur le dossier du large siège. Le puissant moteur de la vedette démarra. Un bouillonnement mousseux gonfla la surface de l'eau à l'arrière du bateau. Ils s'éloignèrent du quai pour prendre la direction du continent. Gemini haussa la voix :

— Sais-tu où nous allons ?

Cendre secoua la tête.

— Non…

— Nous allons à la pêche à la vérité, sourit Gemini. C'est une pêche aussi délicate que frustrante.

Lucie sourit à son tour, fit un clin d'œil à son jeune protégé. Même Justine goûta la plaisanterie et esquissa un air amusé. Sous les yeux du trio, le garçon hocha la tête d'un air convaincu :

— Les mensonges et les ruses du Malin sont partout en ce monde.

— Oui, comme tu dis. Mais nous disposons tout de même de quelques atouts pour lui faire rendre gorge, pas vrai ?

Cendre commença à se détendre vraiment. Il était sensible à la complicité légère de Gemini :

— Oui, c'est vrai.

Près d'eux, Lucie était ravie de la tournure que prenait la rencontre. Elle avait confiance en Gemini : il saurait trouver les mots qui apaiseraient leur prisonnier. D'aussi loin qu'elle se souvienne, même quand elle n'était qu'une gosse et que Gemini était encore leur chef de bande, il y avait toujours excellé.

La vedette filait droit vers la côte, engageant violemment les vagues, mordant leurs rondeurs de jade sans dévier de sa course. À l'arrière, les passagers encaissaient plus ou moins bien les ballottements perlés d'embruns. Cendre sentit qu'il n'allait pas tarder à être malade. Crêtes et creux faisaient tanguer péniblement le plateau de l'horizon. Il commença à regretter d'avoir avalé un copieux petit déjeuner. Lucie lui caressa gentiment la joue, se pencha vers son épaule pour lui prodiguer quelques conseils :

— Inspire par le nez et expire par la bouche. Relève la tête. Ça ne va pas durer.

Il grimaça un sourire navré, se concentra pour ne pas rendre sur les pieds de ses voisins.

— Si vraiment ça ne va pas, poursuivit Lucie, va vomir à l'avant.

Il acquiesça en se contentant de fermer les paupières. La vedette accéléra encore, amplifiant le roulis quand elle prenait les vagues de biais. Heureusement, les conseils de Lucie commencèrent à faire effet. La nausée reflua. Cendre passa le reste du voyage entièrement concentré sur la régularité métronomique de sa respiration. Quand le bateau ralentit enfin à l'approche de leur destination, il crut qu'il allait beaucoup mieux. Ce n'est qu'après avoir reposé les pieds sur la terre ferme qu'il se rendit compte que ses jambes le soutenaient à peine. Chancelant, il se posa lourdement sur le béton usé du quai, sous le regard inquiet de Lucie. Derrière elle, il vit les Keltiks ricaner et échanger quelques plaisanteries à son sujet. Il eut un geste de la main, sourit à Gemini et Justine qui l'observaient après avoir fini de décharger une petite caisse métallique cadenassée.

— Ça va bien, dit-il, j'ai juste besoin de respirer un peu.

Justine vint s'accroupir en face du garçon :

— Prends ton temps, on n'est pas pressés. On va marcher, ça te fera du bien.

Le moteur de la vedette redémarra, le bateau reprit la direction de l'île sans les attendre. Cendre le regarda s'éloigner, secrètement satisfait :

— On va rester ici longtemps ?

Justine montra l'intérieur des terres du menton :

— Tu veux dire, sur le continent ?

— Oui...

— Ça va dépendre de toi. Un jour ou deux, peut-être moins.

— De moi ?

Elle se redressa, lui tendit la main pour l'aider à se relever. Il constata qu'il avait retrouvé des forces.

— Oui, de toi. Et d'autres personnes aussi. Tu sais, à notre petite échelle, c'est l'organisation et la mise en place des choses qui prennent le plus de temps. Le reste, ça n'est qu'une question de volonté.

Non, Cendre ne savait pas. Et il ne tenait pas trop à savoir. Justine se retourna vers Gemini et Lucie qui conversaient à l'écart, assis dans l'herbe. En fait, cet endroit paraissait abandonné. Ce ne devait être qu'un dock occasionnel, à l'écart des bourgs voisins. Près du quai, bordant une triste grève de cailloux gris, quelques cabanes délabrées devaient avoir autrefois abrité des pêcheurs.

— En route, ordonna Justine, tâchons d'y être avant midi.

— Chouette, rigola Gemini, on va pique-niquer.

— Le pique-nique de la mort, ricana Justine.

Sa plaisanterie arracha un sourire cruel et quelques jappements idiots aux trois Keltiks, qui partirent devant. Le reste du groupe les suivit le long d'un sentier qui sinuait dans la maigre végétation de la côte pour s'enfoncer sans en avoir l'air vers l'intérieur des terres. Lucie et Gemini arboraient maintenant des armes courtes et trapues que Cendre ne les avait pas vus faire apparaître. Sans doute les avaient-ils dégainées quand ils s'étaient éloignés pour parler entre eux. Les armes étaient neuves, arrachaient au soleil timide des éclats sauvages tandis qu'ils couvraient discrètement leur périmètre. Cendre se rappela quand il les avait vues pour la première fois : pendant l'attaque du navire. Les hurlements des sentinelles chargées de le protéger lui revinrent en mémoire. En même temps que l'affreuse odeur de chair calcinée de leurs cadavres dans les coursives du bateau. Il ralentit sans réfléchir, tétanisé par le souvenir trop vivace. Un gémissement incontrôlable s'échappa de sa poitrine.

Justine, qui marchait dans ses traces, le poussa gentiment dans le dos :

— Avance plus vite. Et sans bruit.

Il ordonna à ses jambes d'accélérer, faillit se prendre les pieds dans une racine et se rattrapa de justesse. Il entendit Justine pouffer derrière lui.

Après une première demi-heure de marche, ils aperçurent un village abandonné, qu'ils contournèrent par la droite en faisant un grand détour. Pour silencieuse et mystérieuse qu'elle fût, leur balade n'était pas sans charme. La nature environnante était pleine de vie dans la lumière du printemps. Des pépiements d'oiseaux, tellement plus agréables que les piailleries moqueuses des mouettes, saluaient leur progression. Parfois, ils traversaient une vieille route au bitume fendu et creusé par les intempéries. Aucune trace des Keltiks, qui devaient avoir une sacrée avance sur leur petit groupe maintenant. Au terme d'une autre demi-heure de marche, ils firent une courte pause pour reprendre des forces. Lucie vint s'asseoir près du garçon :

— Ça va ? Pas trop fatigué ?

— Un peu, mais ça va.

En vérité, Cendre avait les pieds endoloris et il transpirait sous ses vêtements épais. Mais il ne voulait pas se plaindre déjà. Gemini lui tendit une petite gourde métallisée et bosselée :

— Tiens, avale ça.

Cendre trempa ses lèvres. C'était doux et sucré, un peu écœurant. Il lampa deux bonnes gorgées avant de passer la gourde à Justine. Cette dernière fit de même, puis prit un air grave :

— On est bientôt arrivés... Est-ce que tu préfères manger maintenant ou poursuivre encore un peu ?

— Heu... Je ne sais pas... C'est comme vous voulez.

— Nos éclaireurs ont repéré notre objectif plus près que prévu. Si tu veux te reposer ou quoi que ce soit, c'est maintenant.

Cendre se demanda comment les Keltiks les avaient informés de leur découverte. Il se demanda aussi en quoi consistait l'objectif. Il commençait à deviner qu'il allait avoir un rôle à jouer et n'était pas du tout sûr d'en avoir envie.

— Allons-y, soupira-t-il, et finissons-en.

Justine tourna la tête, fit un signe d'approbation à Gemini derrière elle. Puis se releva en dégainant à son tour un lourd pistolet.

— Très bien, c'est parti. Lucie, tu restes près de lui. Gem, on passe devant.

Ils reprirent leur progression à travers champs. Marchant à côté du garçon, Lucie serrait son arme en surveillant les alentours. Au moment de franchir un talus broussailleux, elle lui tint la main pour lui éviter de s'arracher la peau sur les ronces. Quelques minutes plus tard, elle se pencha vers lui :

— On y est, murmura-t-elle, derrière les arbres, à droite.

Au-delà du bosquet, on apercevait à peine la pointe d'ardoise d'un clocher. Ils firent une large boucle qui les orienta vers les frondaisons, avant de s'immobiliser sous les premières branches. Gemini passa son arme dans son dos, fit un petit signe de tête à ses compagnons puis s'enfonça seul entre les troncs. Tout était calme et silencieux. Le bruit de ses pas s'atténua rapidement, laissant la place aux grincements légers des branches et au bruissement des feuillages. Une odeur humide montait d'entre les racines, mêlée de vieille poussière et de moisi. Cendre fit deux pas à croupetons pour parler à Lucie :

— Qu'est-ce qui se passe ?

— Chut !

Il se tut en restant collé contre elle. Doucement, la main de la jeune fille quitta la détente de son arme pour venir caresser son front inquiet.

— Ne t'inquiète pas, murmura-t-elle, tout se passera bien.

Sous ses doigts chauds, elle perçut le tremblement du garçon. Le malheureux était à bout de nerfs. Il avait encaissé et encaissé encore chaque information sans cesser de trembler, depuis son arrivée sur l'île. Elle passa un bras par-dessus son épaule, l'attira à elle pour lui embrasser tendrement la tempe. Il se laissa faire sans la regarder, sans protester, sans réagir. Les bruits de pas revinrent, Gemini réapparut devant eux. Lucie reprit son poste.

— C'est bon, tout est en place, vous pouvez venir. Et pas de blague, marchez bien dans mes traces. Pas la peine de prendre de risques inutiles.

Cendre jeta un regard inquiet vers sa voisine.

— Mines au sol, lui souffla-t-elle.

Il tressaillit: Andréa lui avait expliqué à quoi ça servait autrefois. Il ne pensait pas qu'on pouvait encore en trouver en activité. Progressant les uns derrière les autres, ils rejoignirent le trio de Keltiks, mortellement silencieux, postés de l'autre côté du bosquet. Au-delà d'un champ en friche s'étendaient les toits sombres d'un hameau caché au cœur d'une petite vallée. Gemini s'approcha de Cendre, lui montra deux piquets rouge et blanc plantés dans le sol devant eux à l'orée des arbres, espacés d'environ deux mètres.

— C'est par là que tu dois passer. Entre eux, tu n'as rien à craindre. Par contre, tout autour, nous avons miné le passage. Tu comprends ?

— C'est vous qui avez mis les mines ?

Cendre ne comprenait pas. L'homme acquiesça brièvement en montrant la ligne d'arbres du doigt, à gauche et à droite devant eux :

— Si ça foire, tu reviens ici à fond de train et tu passes bien entre les piquets. Si tu es poursuivi, y a peu de chances pour qu'ils fassent de même… Boum ! Alors surtout, tu repères bien le couloir de passage et tu ne t'arrêtes pas, d'accord ?

— Qui est dans le village ?

Gemini soupira :

— Cette partie de la promenade concerne Justine. À elle de t'expliquer ça.

Cendre se retourna vers elle. Il aurait dû se douter qu'elle était à l'origine de tous ces mystères.

— C'est assez simple, môme… Ce bled est entre les mains de tes ennemis. Alors, tu vas y aller et nous prouver que ton Dieu marche avec toi.

Il la dévisagea sans bien comprendre :

— Des marchands, ici ? Vous vous battez contre eux ?

— Si tu veux les appeler ainsi… La seule chose qui m'intéresse, c'est que tu nous fasses une petite démonstration.

— Ça ne dépend pas de moi.

Lucie intervint :

— Laisse-moi y aller avec lui.

— Non, trancha Justine, c'est à Cendre de se débrouiller.

Elle lui pressa l'épaule des doigts :

— Tu crois que tu peux le faire, môme ? Si tu veux laisser tomber, c'est maintenant. Parce qu'en face, ils ne te laisseront pas de seconde chance, crois-moi.

Il tourna la tête vers les maisons regroupées autour de l'église, estima la distance à découvert qui le séparait des premiers bâtiments, hocha la tête :

— Pourquoi avez-vous besoin d'une preuve ? Il vous suffit pourtant de croire…

— Garde ta théorie pour les tiens, gamin, c'est l'heure des travaux pratiques.

Il se redressa lentement, soudain empli de volonté :

— Ainsi soit-il.

— Attends, dit Lucie, tiens, prends ça.

Elle sortit un petit pistolet d'une poche et le lui tendit. Cendre regarda l'arme au métal sombre mat, la crosse en bois usé, secoua la tête :

— Non, merci. C'est au Seigneur de décider, maintenant.

Justine l'examina gravement :

— Tu vas vraiment y aller ? Si tu comptais bluffer jusqu'au bout, évite-toi cette peine.

— Le Seigneur est mon berger, frissonna-t-il.

Puis il franchit la frontière marquée par les deux piquets et s'engagea dans la prairie déserte. Derrière lui, chacun se mit en position, l'arme au poing, dans l'attente du dénouement de l'épreuve.

Sous ses pas la terre craquait, se morcelait en mottes sèches qui roulaient jusqu'au fond des sillons délaissés. Cendre retira ses chaussures et ses chaussettes, planta ses orteils frileux dans le sol malade, épuisé par les engrais. Depuis ses talons montèrent des ondes de puissance jusque derrière son crâne. Les herbes folles frissonnèrent. Au bout du champ, les maisons trapues lui tournaient le dos comme pour ne pas voir le danger. Aucune fenêtre dans les façades brunes et grises. Dans la tête du garçon émergèrent des visions de nuées obscures roulant au-dessus des toits. Justine n'avait pas menti. Les noirs ennemis du monde se terraient ici. Des prières fantômes résonnèrent à ses oreilles, le pressant d'avancer. Les voix des siens qui le pleuraient et louaient sa force. Les bâtiments n'étaient plus très loin maintenant. Un cri d'alarme résonna quelque part mais il n'y prit pas garde. Il fallait marcher encore, se rapprocher de la source du mal, apporter la lumière et la colère jusqu'au cœur de la pourriture. Cendre se souvint de l'odeur forte du sous-bois derrière lui, humidité vivace et putréfaction. Il serait instrument de vie, souffle de tempête, promesse d'implacable clémence. Une première silhouette se dressa, méfiante, au pignon d'une maison. Le garçon pivota légèrement pour marcher vers elle. Au-dessus d'eux le ciel cracha un éclair. Le voile se déchira. Cendre vit les traits de l'adversaire, visage d'homme déchu, rongé par l'appétit.

— Marchand, gronda l'enfant.

Des lèvres s'entrouvrirent sur une bouche malade. Un autre cri monta pour que s'engage l'assaut. Sifflement des herbes fauchées par la course. La charge fut sans grâce, destinée à frapper pour tuer. Arc de cercle métallique montant vers les nuages, accélération du cœur en attente du choc. Cendre ferma les yeux en écartant les bras :

— Seigneur, je t'appartiens.

Depuis le bosquet fusèrent des cris indistincts. Son esprit ignora ces ordres, qui ne s'adressaient qu'à son corps fatigué. Il acceptait la sentence de l'épreuve. Deux coups de feu claquèrent. Cognement lourd d'un corps jeté à la face de la terre à ses pieds, répercuté jusque dans ses os. Cavalcade. Une main le saisit pour le tirer violemment en arrière.

— Reste pas là, grogna Lucie.

Ses paupières s'ouvrirent. Il aperçut à peine le corps de l'homme, recroquevillé dans l'herbe autour des balles qui avaient percé son ventre, puis l'horizon fit un demi-tour quand sa protectrice l'entraîna vers la sécurité des arbres.

— Allez, bouge !

Ils coururent vers l'ombre salvatrice, ralentissant à peine pour ramasser ses chaussures au passage. Galopade éperdue vers la frontière de piquets, sous la protection des autres en tirailleurs dans les fourrés. Les jambes cisaillées par l'effort, les poumons en feu, Cendre se laissa choir contre une racine moussue. Justine le fusilla du regard :

— Putain de cinglé, t'étais prêt à te laisser tuer, hein ?

— On décroche dès qu'on les voit approcher... Lucie, ça va ?

Allongée sur le dos contre le garçon, les joues rougies par l'effort et la peur, elle ne respirait pas mieux que lui :

— Ça ira, souffla-t-elle, ça ira...

Les paupières papillonnantes, Cendre la regarda sans bien comprendre. Les cris continuaient autour de lui :

— Je les vois pas...

— On se tait, on reste calme.

— Lucie, reste pas là !

Galvanisée par la voix de Justine, la jeune fille cligna des yeux et se pencha vers Cendre :

— Ne bouge pas, murmura-t-elle.

Puis elle se releva pour prendre position près de ses camarades.

— Toujours rien, cria Gemini.

— La ferme, tonna Justine.

Le silence retomba dans le bosquet. Les échos du pistolet de Lucie avaient fini de rouler vers l'horizon. Plus un bruit à travers la campagne. Du village, nul son.

— C'est pas normal, dit Gemini d'une voix calme.

— Vont nous prendre à revers !

— J'y vais...

La tête au ras du sol, Cendre vit une paire de bottes écraser le tapis de brindilles et de feuilles devant son nez avant de disparaître derrière un tronc. Il avait mal au crâne. Ses yeux le piquaient.

— Loué soit le Seigneur, murmura-t-il en collant sa bouche contre la terre humide.

Puis la crise le happa sans prévenir. Il vomit.

— Justine, le petit nous lâche !

Jurons autour de lui. Des mains le saisirent délicatement par le col pour l'aider à respirer. La voix de Justine :

— Merde, manquait plus que ça !

Puis celle, essoufflée, de Gemini :

— Ils sont morts, là-bas.

— Quoi ?

— Ils sont morts, dans le champ. Tous. Tombés raides.

— Comment il a fait ça ?

Cendre expulsa un deuxième flot de bile, chercha un peu d'air frais pour pouvoir parler.

— Maman, aide-moi, balbutia-t-il entre deux spasmes.

Il eut encore le temps d'entendre Justine proférer deux ou trois blasphèmes, avant de glisser dans le coma acide des victoires trop coûteuses.

## *Baptême mortel*

Une troisième fois, le linge froid vint caresser sa joue. Cendre grimaça pour faire cesser ce contact déplaisant. En désespoir de cause, il enfonça sa figure dans l'oreiller pour échapper aux attaques humides.

— Bon, je suppose que si tu protestes, c'est que tu vas mieux, se moqua gentiment la voix de Lucie.

Le garçon ronchonna encore un peu. Les hostilités cessèrent. Plus un bruit. Il ouvrit prudemment un œil pour déterminer où il était : le visage grimaçant de Lucie lui faisait face, l'air ravi de l'avoir piégé. Elle lui donna une tape sur la tête :

— Petit malin, on me la fait pas !

Il essaya de se redresser. Fit la grimace à son tour. Il était de retour dans la maison-tortue… Il ne se sentait pas bien du tout.

— Tu veux boire quelque chose ?

— Hm ?

— Hé ! Tu m'entends ? Tu veux boire un peu ?

Quelque chose n'allait pas. Vraiment pas. Une impression de manque, une déchirure dans le canevas du monde. Il retint une quinte de toux, se racla la gorge :

— Que s'est-il passé ?

Sa voix avait un grasseyement bizarre. Lucie s'accroupit près de lui, lui caressa les cheveux gentiment :

— T'as fait très fort, là-bas.

— Ce n'est pas moi…

Cendre prit une grande inspiration, s'arracha aux couvertures pour s'asseoir en face de sa gardienne. Lucie le fixa du regard :

— Tu les as vraiment tous tués. Comme ça !

Elle claqua des doigts. Dans son regard, le reflet familier d'un début de crainte respectueuse. Il hocha la tête en silence. Le malaise ne passait pas.

— J'ai dormi longtemps ?

— Trois jours de coma. Justine a même loué un docteur du continent pour s'occuper de toi.

— Trois jours ?

— Ouais…

Il ne restait pas affaibli si longtemps, d'habitude. Puis une pensée satisfaisante fit son chemin jusqu'à sa conscience : le Seigneur ne l'avait pas abandonné. Il avait été à ses côtés pendant l'épreuve. Sa santé importait peu en comparaison.

— Tu sais, tu es devenu un héros, ici… L'attraction du moment.

— Comment ça ?

— Les Keltiks, la garde personnelle de Justine, ils n'ont pas su se taire. Tout le monde est au courant, sur l'ile. Et sûrement déjà aux alentours.

— Ah…

Dans les yeux de Lucie, toujours le feu couvant de l'espoir. La nouvelle n'était pas vraiment pour lui plaire. Depuis son arrivée à *Enez Eussa*, il appréciait de n'être l'objet d'adoration de personne. Il lui adressa un regard inquiet :

— Et maintenant, je fais quoi ?

— Rien. Repose-toi. On verra plus tard quand tu iras vraiment mieux.

— Oh… D'accord.

Cendre se laissa retomber sur sa couche.

Lucie lui remonta la couverture jusque sous le menton :

— Les règles de la maison ont changé : interdiction de sortir de chez moi, d'accord ?

— Ça recommence, soupira-t-il.

— Quoi ? Qu'est-ce qui recommence ?

— Rien, rien… Tout ça, là : ne plus sortir, faire attention à qui je parle, comment je parle, c'est pour mon bien…

Elle le regarda un instant sans rien dire, puis sourit gentiment :

— T'as pas dû souvent avoir le droit de te coucher à l'aube, toi, hein ?

Il ne répondit pas, enfonça sa nuque dans l'oreiller en fermant les yeux. Les doigts de Lucie lui effleurèrent la joue :

— T'inquiète, on va quand même pouvoir s'amuser un peu, promis… Je te revois tout à l'heure.

Cendre l'écouta sortir de la maison sans répondre. Il n'avait pas envie d'être dérangé. Il n'avait pas envie de s'amuser. Il n'avait pas envie de s'ennuyer. En fait, il ne savait pas ce qu'il voulait. Dormir ? Sa poitrine douloureuse lui souffla que l'idée n'était pas si mauvaise. Il lui obéit consciencieusement.

La douleur était encore là à son réveil, mais lointaine, supportable, tapie en embuscade quelque part au fond de ses bronches. La maison-tortue était plongée dans l'obscurité. De dehors, il ne percevait plus la rumeur de la journée. Cendre se leva lentement, nota sa respiration encore courte et pénible, chercha en vain ses chaussures.

— Mince…

Tant pis, il sortirait pieds nus. Quelques pas sur le sol froid et inégal, le temps de se demander si Lucie était dans les parages, avant de coller une oreille contre le bois de la porte. Pas de bruit. Il risqua un œil à l'extérieur. Ce qui eut pour effet de faire se dresser devant lui la masse trapue d'un garde qu'il n'avait pas repéré.

— Heu… Je voudrais sortir…

Cendre arrivait à peine aux biceps de l'homme, énormes, bronzés et couverts de tatouages bleus.

— J'ai *besoin* de sortir, répéta-t-il d'un air entendu.

Le garde lui accorda un sourire compréhensif et s'écarta légèrement. Le garçon sortit en le frôlant, l'esprit totalement focalisé sur deux points : ne rien faire qui contrarierait le molosse et s'efforcer de se souvenir d'un endroit propice où se soulager. Dans son dos, le Keltik ne semblait pas bouger. Cendre opta pour l'arrière de la maison-tortue. Toujours pieds nus sur le sol humide, il trottina jusque dans l'ombre de la carapace de béton. Du coin de l'œil, il aperçut le Keltik qui l'avait suivi pour surveiller sa miction. Gênant… Il pivota légèrement vers la droite pour tourner le dos au maton mateur, juste à temps pour apercevoir une autre silhouette approcher dans l'obscurité de la ruelle.

— Vas-y, pisse sur ma maison !

Rouge de honte, Cendre tourna la tête vers Lucie.

— Désolé, je… C'était urgent.

Rire franc, puis :

— Bah, elle en a vu d'autres, te bile pas.

Cendre commençait à se dire que la jeune fille était douée pour apparaître et disparaître à volonté. Si seulement elle avait pu mieux choisir quand exercer ce talent… Dans sa main, elle tenait un large panier tressé qu'elle agita mollement :

— Amène-toi, on va se décrasser un peu.

— Se décrasser ?

— Tu sais ce que c'est, un bain de minuit ?

— Heu, non…

— Alors tu vas pas tarder à le savoir. En route, monsieur l'arroseur.

Encore un peu brumeux, Cendre suivit Lucie à travers les rues calmes du bourg. L'air vif de la nuit l'assommait plutôt qu'il ne l'éveillait. Il trottinait à côté d'elle, grimaçait à chaque fois que ses pieds foulaient une pierre aiguë ou des herbes piquantes, écoutait distraitement ses commentaires légers. Il y avait quelque chose de bizarre. Lucie était bizarre. Comme si elle avait voulu dissimuler une grande colère derrière un masque hilare mal ajusté. Ils marchèrent un long quart d'heure, jusqu'à une petite plage abritée entre des rochers couverts de mousse. Sous le ciel nuageux, l'océan n'était plus qu'une épaisse nappe d'encre clapoteuse. Cendre avait les jambes faibles et le souffle court au moment de marcher sur le sable :

— On va se baigner ?

Elle rigola :

— Ouais !

— Maintenant ? Pourquoi ?

— Parce que demain matin la marée sera basse et faudra marcher trop loin. Allez, amène-toi. Tu vas voir, ça va te faire du bien.

Lucie posa son panier et se déshabilla prestement. Cendre ne put retenir une petite satisfaction intérieure. Justine lui avait déjà fait le même coup, il était habitué maintenant. Et puis, ce n'était pas la première fois qu'une fille se déshabillait devant lui. Elle marcha tranquillement jusqu'aux vagues. Il observa le roulement de ses fesses musclées quand elle entra dans l'eau, la rejoignit après avoir posé ses vêtements sur le panier. L'air était sec et piquant. L'eau fut comme un étau liquide qui le happa jusqu'aux cuisses. Une vaguelette mousseuse vint lécher son nombril. Sensation tout simplement détestable.

— C'est glacé !

— Ça va passer. Fais comme moi.

Elle lui montra comment s'asperger les membres et le torse pour s'habituer à la température. Sa peau laiteuse luisait dans l'obscurité comme un cierge planté au cœur du miroir brisé des flots. La mer était si froide que Cendre ne le percevait plus. Mais Lucie avait raison : une fois immergé jusqu'au cou, il sentit une sensation de chaleur diffuse se répandre lentement dans ses membres.

— Je ne sais pas nager…

— Détends-toi. Laisse-toi flotter, c'est tout.

Il n'essaya même pas de suivre le conseil. Définitivement hors de question de se laisser flotter, porter ou emporter par la mer traîtresse. En même temps, il devait reconnaître que l'exercice lui procurait un certain bien-être. Son corps ne lui faisait plus mal. Sa poitrine le brûlait moins. Cendre ferma les yeux. La brasse lente de Lucie se mêlait au clapotis des vagues sur la plage. Elle vint jusqu'à lui, posa ses mains expertes derrière la tête et sur son torse, le força à basculer lentement en arrière.

— Laisse-toi faire, je te tiens.

Il ferma les yeux. Le liquide glacé lui mordit la nuque, transforma ses cheveux en un casque gluant. Quand l'eau s'engouffra dans ses oreilles, il eut un réflexe de fuite mais elle le maintint fermement.

— Chut… Écoute la respiration de l'océan.

Elle le fit s'enfoncer un peu plus sous la surface. L'eau salée effleura ses narines, manquant de le faire paniquer. Il n'entendait plus que sa respiration assourdie dans le brouhaha caverneux des flots. Au-dessus de lui, les étoiles mouchetaient le ciel épais. Cendre prit conscience du ventre nu de Lucie contre son crâne et cette proximité n'était qu'à peine érotique. L'air et l'eau se mêlaient entre eux à cet instant, à cet endroit, pour célébrer la satisfaction d'être resté vivant jusqu'à présent. C'était un baptême, comme devaient le pratiquer les premiers chrétiens. La promesse de ne plus affronter seul les battements de la nuit. Sa main chercha l'avant-bras de Lucie pour s'y appuyer. Ses pieds trouvèrent le sable. Il se releva lentement, chercha à l'attirer vers lui. Elle le laissa faire. Il posa sa joue trempée entre ses seins et ferma les yeux. Alors du fond de sa poitrine remonta un oiseau de fiel et de sang trop longtemps enfermé, qui se fraya un chemin à travers sa gorge nouée par la douleur. Cendre frissonna. Il voulut parler mais les mots se perdirent en route. Seule une souffrance aussi âgée que lui parvint jusqu'à ses lèvres pour le laisser pleurer. Lucie le serra contre elle. Ils restèrent ainsi jusqu'à ce que la jeune fille tombe à la renverse en l'éclaboussant, fauchée par un projectile venu de la plage.

LIVRE DEUX

# JUSTINE

## *Dernier pique-nique avant l'exécution*

Quelques heures plus tôt, Justine entrait dans la salle du conseil municipal. Ils étaient tous là, avec des mines soucieuses, conscients comme elle de ce que ce gosse avait accompli, avec la nonchalance vexante des prestidigitateurs : le village y était passé. Raides morts, tous.

Tranquillement assis dans un coin, les pieds posés sur la table, Gemini griffonnait d'un air songeur. Ceux qui n'étaient pas présents lors du miracle avaient beau se l'être fait raconter sans cesse depuis leur retour, ils continuaient de les jalouser secrètement. Ah, le regret de ne pas être *là* quand ça arrive. Une seule fois dans sa vie, toucher la magie du bout des doigts. Richard s'inspectait les ongles avec ferveur. Michel boudait, le visage serré. Quant à Lucie, elle était encore au chevet de l'enfant, qui n'avait pas encore repris conscience depuis le retour de leur expédition. *Bordel, nous laisser tenir entre les mains l'arme de demain, et nous la faire péter entre les pattes, ça serait plutôt ça, les manières du Seigneur !* Sur l'île et dans le voisinage, tout ce qui faisait office de médecin avait été convoqué au chevet de leur petit prodige. En espérant que ça serve à quelque chose. « Cet enfant est à bout de forces », avait conclu la Faculté, « qu'il se repose ».

Elle s'assit lourdement sur la chaise la plus proche, lança un regard d'invite à Gemini, qui prit la parole :

— Bon, on récapitule nos options encore une fois ?

— C'est assez simple, ricana Simon, on le bute pendant qu'il dort ou on attend qu'il se réveille ?

— Même si c'était une plaisanterie, je ne trouve pas ça drôle…

— N'empêche, plus vite ce sera fait, mieux ce sera.

Richard hocha la tête :

— Simon n'a pas forcément tort. On a mis la main sur un truc qui nous dépasse, là… Je doute que le propriétaire le fasse passer dans les pertes et profits… Ce gosse n'aurait jamais dû être intercepté.

Justine sut très précisément à quoi ils pensaient, tous, à la fin de cette phrase : à la manière dont *elle* avait eu vent de l'existence de Cendre et dont elle les avait convaincus d'aller y voir de plus près. Il n'existait qu'une chose pire qu'un tuyau crevé : un tuyau bouillant. Dans le genre, Cendre entrait dans la catégorie mortelle.

— Vous pensez vraiment qu'il faut s'en débarrasser ?

Malgré elle, Justine avait dit ça d'un ton presque badin qui fit se relever la tête de Gemini.

— Tu peux dire exécuter. Parce que c'est ce que vous allez faire : vous allez exécuter un enfant.

— Que je sache, siffla-t-elle, tu peux encore te compter parmi les conjurés.

Un silence glacial suivit sa remarque. *Sainte merde, pardon, je ne voulais pas dire ça !*

— Excusez-moi, tous. La situation demande un peu plus de sérénité. Désolée, Gem.

À l'autre bout de la table, son ennemi intime fit montre de plus de volonté et retint ses paroles avant qu'elles ne franchissent ses lèvres. Elle reprit plus calmement :

— Ce qui ne nous fait pas avancer pour autant : on le garde ou pas ?

Richard se gratta la tête :

— C'est un problème insoluble… Il a trop de valeur pour qu'ils n'essaient pas de nous le reprendre.

— Arrêtons de parler de lui comme d'un objet, objecta Gemini, c'est un gosse.

— Nous prive pas d'un peu d'anesthésiant sémantique, sourit Justine.

Gem sourit à son tour. S'ils n'arrivaient plus à ne pas se disputer au moindre prétexte, au moins partageaient-ils encore le même cynisme.

La porte de la salle du conseil s'ouvrit et Lucie entra dans la pièce. Elle avait les traits tirés. Pas beaucoup dormi depuis que son protégé avait retrouvé le confort relatif de la maison-tortue.

— Désolée pour le retard…

— Comment va-t-il ?

La jeune fille prit place à la table en soupirant :

— Il a émergé. Il se repose tranquillement.

Elle se servit un verre d'eau. Ses mains tremblaient. Justine estima qu'il était urgent de mettre un terme à toute cette affaire : Lucie était encore trop jeune pour jouer longtemps les agents doubles.

— Bon… Je résume. On a intercepté un colis à destination de l'Allemagne, c'est-à-dire droit chez notre cher Peter. À ce propos, Richard, des nouvelles de la source ?

— Quelques précisions utiles peut-être : la capitainerie de Brest confirme que le gosse est parti des Pyrénées, qu'il a embarqué à Biarritz, et qu'après un changement d'ordres il partait pour Berlin *via* Hambourg.

— Destination initiale ?

— Paris.

— Rien de plus à propos des Soubiriens Révélés ?

— Pas grand-chose… Ils avaient presque disparu à l'époque de la naissance du gosse. À partir de là, ils sont devenus en même temps plus discrets et plus nombreux…

Simon fit la moue :

— Pas envie de partager le Messie avec la concurrence ?

— D'après ce que m'a dit Cendre, ils considèrent à peu près tout le monde comme des hérétiques, corrigea Lucie.

Richard soupira :

— Ce qui nous renvoie à notre point de départ : origine connue ou pas, ses capacités sont réelles. Qu'est-ce qu'on en fait ?

Justine remarqua le regard inquiet de Lucie, tapota en rythme du bout des doigts contre la table :

— On va faire simple… Ce gosse est capable de tuer les personnes infectées par le Chromozone. Il a été envoyé par les responsables de sa communauté auprès de Peter qui, à moins d'un changement improbable de sa cervelle, ne peut en tirer rien de bon pour nous. Alors soit on le prive de son jouet et on s'attend aux représailles, soit on le garde en espérant l'utiliser à notre avantage.

— C'est assez bien résumé, commenta Richard, je préciserai juste que dans les deux cas on va manger sévère dès que le gosse sera localisé. Ce qui finira par arriver. Alors pourquoi se priver de ses compétences au moment où on en aura le plus besoin ?

Simon ricana :

— Parce que mieux vaut le flinguer que le voir tomber entre les pattes de ce fils de pute ! Faut prendre aucun risque.

Gemini tapota sur son cahier :

— De toute façon, notre secret n'existe plus. On a appris cet après-midi qu'au moins deux délégations sont en route du continent pour voir le petit prodige. Sans parler de nos partenaires casablancais…

— Un Keltik bavard ?

— Ou un agent extérieur. Nos « alliés » aussi aiment savoir avant tout le monde.

— Lucie, ton avis ?

Elle fit mine de réfléchir, mais sa réponse était évidente :

— C'est seulement un gosse paumé. Il ne fait de mal à personne.

— Ça, ça reste à prouver…

— Simon, la ferme.

— Mais, continua-t-elle, si vous pensez qu'il est plus utile mort que vivant, je peux pas m'y opposer. Tout ce truc me dépasse.

— Il nous dépasse tous, sourit Gemini, on fait juste mieux semblant d'être responsables. Dis-nous ce que tu penses.

— Eh bien… Je crois qu'il a franchement un grain. Il est fragile, aussi. Complètement incapable de s'en sortir seul. C'est pas un simulateur.

Les auditeurs enregistrèrent le portrait en silence. Oui, c'était bien un irresponsable niaiseux qu'ils allaient envoyer à l'abattoir. Il fallait que ça entre bien dans leur crâne, à tous, quand il serait temps de mettre son exécution aux voix. Qu'ils sachent qu'ils assassineraient un innocent en toute connaissance de cause. Pour raison supérieure.

— Tu vois un truc à ajouter ?

Lucie réfléchit un instant.

— Il y a quelque chose de bizarre quand il parle. Il prononce parfois des phrases compliquées, comme s'il les avait apprises par cœur, mais la minute d'après, il a l'air empoté et un peu nigaud… Je crois que ses « maîtres » lui ont pas mal retourné la cervelle.

— Lavage de cerveau ou conditionnement ? Ça ne serait pas étonnant de la part d'une secte religieuse… C'est même un de leurs moyens de contrôle préférés. Autre chose ?

— Non, je vois pas… Sauf que… Si on le supprime…

— Oui ?

— Je veux faire le boulot.

Justine plissa les yeux. *Sainte merde, fillette, ne mets pas les doigts dans la prise. Je l'ai fait avant toi, on ne s'en remet jamais.* Elle lança un regard à Gemini, qui partageait son inquiétude. Au moins, ça ne semblait pas être une manœuvre de chantage complotée entre eux pour tenter de la court-circuiter.

— Lucie, tu es sûre de vouloir faire ça ?

— Oui. C'est moi qui m'occupe de lui depuis qu'il est là. Je… Je lui dois bien ça, vous comprenez ? Je vais pas laisser un autre faire ce que je savais qu'il risquait d'arriver. Ce sera plus honnête…

La voix de Lucie se brisa. Simon lui tapota la main gentiment.

— Je le ferai, si tu veux.

Elle secoua la tête, le visage fermé. Personne ne pourrait plus lui faire changer d'avis. Pas elle. Et surtout pas après avoir pleuré en public.

— De toute façon, rajouta Richard, la décision n'est pas encore prise.

Un quart d'heure plus tard, le vote avait eu lieu.

Cendre mourrait cette nuit.

Et Lucie ferait le boulot, à sa manière.

Elle commença à préparer un panier pour le dernier pique-nique avant l'exécution.

*

Les sirènes entamèrent leur hurlement à travers *Enez Eussa*. Justine surgit hors de chez elle. Des maisons voisines, de la mairie, surgissaient des guerriers keltiks prêts au combat, des secrétaires de séance aux yeux rougis par la fatigue, des conseillers surpris en plein vote nocturne. Tout le monde se rassemblait sur la place du bourg. Les exercices des mois passés avaient au moins servi à ça. Les hululements cessèrent après trois coups longs : l'île était attaquée. Les culasses des armes claquèrent. Chacun attendait les ordres. Un Keltik plus audacieux s'approcha d'elle :

— *Mamm-goz ?*

Justine réfléchissait à toute vitesse. Était-ce déjà la riposte de Peter ?

— Tu prends la moitié de tes hommes. Protégez le port à tout prix… Simon !

Simon arrivait à son tour, suivi de près par Michel.

— Ouais ?

— Qui couvrait Lucie ?

— Une des patrouilles de quart.

— Allez-y tous les deux et ramenez-la. Avec le corps du gosse si possible.

Les deux frères détalèrent aussitôt. D'autres îliens arrivaient, plus ou moins armés, plus ou moins terrifiés.

— O.K., ceux qui sont encore là, avec moi, on rassemble tout le monde et on les amène à l'abri.

Les responsables de groupe distribuèrent leurs ordres. On frappa aux portes, on saisit quelques paquets et des berceaux, enfant et anciens furent confiés à la surveillance d'un adulte. La marche serait longue jusqu'aux abris. Aucune nouvelle de Gemini. Quand Justine vit que l'exode se passait mieux qu'elle ne l'espérait, elle saisit un Keltik par le bras :

— Une fois là-bas, vous savez ce que vous avez à faire. Je retourne à la mairie.

Le guerrier ne protesta pas. On ne résistait pas à la grand-mère terrible de la tribu. Dans un monde meilleur, il aurait simplement préféré que ça tombe sur quelqu'un d'autre. Mais il n'y avait même pas assez de temps pour caresser cette idée rassurante.

— *Ya*.

— O.K., t'es un bon gars.

Puis Justine repartit dans l'autre sens, seule dans la nuit, en s'accrochant à l'espoir de ne pas avoir déjà commis d'erreur irréparable.

Sous ses filets de camouflage, l'hélicoptère semblait serein malgré la panique ambiante. La vieille machine avait vu des jours meilleurs, malgré les soins constants que lui prodiguaient Justine et les rares îliens connaissant la cachette. Sa carcasse, corrodée par le sel et les tempêtes d'hiver, avait triste figure. Pourtant, ce vétéran savait encore se rendre utile.

Fatiguée par sa course, Justine désarma les pièges extérieurs puis se glissa sous le treillage kaki qui dissimulait leur trésor au reste du monde. Les sécurités du panneau latéral étaient en place, leur déblocage n'exigea qu'une poignée de secondes avant de grimper dans l'engin. Son genou heurta violemment quelque chose en cherchant à tâtons son fauteuil, ses jurons couvrirent le crissement du cuir quand elle s'y vautra. Ne venant pas ici la nuit, d'habitude, aucun système d'éclairage n'avait été prévu. Du bout des doigts, elle chercha les consoles, repéra les rangées de boutons et les enfonça les uns après les autres. Les batteries de diodes clignotèrent faiblement, lui fournissant assez de lumière pour trouver le cathéter et les poches de drogue. Pas le temps de chipoter. Elle piocha une seringue stérile dans sa réserve, déchira l'emballage avec les dents, se mesura une dose massive et inspira profondément. *Plus vite, bordel, plus vite !* Il fallait qu'elle se calme pour laisser la chimie agir. Fermant les yeux, elle respira profondément, saisit le gros casque accroché près d'elle et se cala les écouteurs sur les oreilles. La cabine sentait la sueur froide, la gerbe et le métal. D'une main, elle ouvrit le canal sonore, se prépara à plonger dans le flot écœurant du non-monde. Les premiers échos de pensées résilientes déchirèrent le silence. Elle fit lentement monter le son, un léger sourire sur les lèvres. Un premier éclair cognitif déchira son crâne, d'une oreille à l'autre. Écartelée par la montée en puissance, elle eut un frémissement animal. Quelque chose n'allait pas. Il y avait une présence dans la cabine… Quelqu'un d'autre, dissimulé par ses paupières scellées. Les vents du non-monde rugirent à ses tympans. Les ondes familières des orbes de guidage se matérialisèrent aux mille points cardinaux. Un ennemi. Près d'elle. Ne pas se laisser entraîner. Atteindre le pistolet à sa ceinture. Une sirène lugubre salua sa fuite en avant. Son corps éclata en un amas de larves stellaires mortes avant de contempler la gloire de l'univers. Rideau !

Un coup fulgurant, porté sous sa mâchoire, l'arracha à sa contemplation. Le sang de sa lèvre éclatée affola ses papilles, déclencha les rouages réflexes de son retour à la surface. Une pensée lui revint. *Seigneur, un ennemi avec moi dans la cabine…* Les muscles paralysés, elle se tortilla maladroitement sur son siège. *Garde les yeux fermés, ne regarde pas la mort en face et elle passera sans te remarquer*. Respiration bloquée. Peur panique de la balle, de la lame à venir. Saisir son pistolet et tenter sa chance. *Ne regarde pas, misérable conne.*

— Je t'ai enlevé ton arme, je te connais trop bien, dit la voix.

Elle tourna la tête, indécise.

— Gem ?

— Ouais... J'étais sûr de te trouver ici, ricana-t-il.

La colère monta sans prévenir :

— Bâtard sans mère ! J'ai failli...

Une deuxième claque manqua de lui dévisser la tête : la fin de la phrase se crasha contre son palais sans trouver la sortie.

— T'es shootée, pauvre tarée ! J'ai besoin de toi, maintenant ! Réagis !

L'ordre de Gemini lui fit entrouvrir les paupières. Elle inspira profondément entre ses dents, se massa le front.

— D'accord, je vais émerger. Mais tu ferais mieux de pas rester ici. Je vais pas tarder à être malade.

— Oh...

Décontenancé, il recula vers l'extérieur de l'hélico.

— Tu as besoin de quelque chose ?

— Non, juste d'un peu de temps... Ça va passer.

Justine se tassa en faisant craquer le cuir du fauteuil. Elle ne s'était jamais injecté une telle dose de came pour accélérer sa plongée. On ne l'avait jamais fait remonter aussi abruptement, à coups de baffes. La punition allait être sévère. Elle frissonna :

— Pourquoi tu es venu ?

— Les Keltiks qui surveillaient Lucie et le gosse ont été massacrés. C'était pas une attaque de l'île, c'était un enlèvement. Et il a réussi.

— C'était ?

— Tout est fini. On essaie encore de comprendre ce qu'il s'est passé, mais l'alerte est derrière nous. On a aussi un problème avec nos invités africains : ils ont filé avec leur yacht sans demander leur reste... et donc sans remplir la dernière part du contrat.

Justine saisit les écouteurs en grimaçant :

— On réglera ça plus tard. Je vais replonger… Je dois savoir où Peter veut emmener le môme.

— C'est pas Peter.

Il avait marché vers elle pour lui saisir le poignet. Dans sa main, celle de Justine était presque menue. Elle le regarda sans comprendre.

— C'est pas lui, continua Gemini. On a trouvé ça sur le seul commando qu'on a réussi à abattre.

Dans sa paume, une simple broche de métal verni. Une dague entourée d'un cercle. Un logo universellement connu. La faction Orage, ralliée depuis huit ans à un seul homme.

— Khaleel, siffla Justine entre ses dents. Ce bâtard aussi est dans le coup.

La nausée monta, violente et amère comme la découverte d'une trahison. Elle serra les mâchoires.

— Ouais, continua le jeune homme, ton cher vieil ami Khaleel. Et ses putains de tueurs.

— Il a récupéré Cendre ?

— Cendre et Lucie.

— Lucie ?

Gemini hocha la tête. La vérité en face, toujours. C'était sa manière. Elle rajusta ses écouteurs de force. Il la laissa faire un instant en silence.

— On risque de perdre du temps, objecta-t-il.

— Y a qu'un truc pire au monde que d'être entre les pattes de Peter. C'est d'être entre celles de cet autre fils de pute vérolée. Je dois savoir. Pour Lucie.

Il regarda dehors. Le vent agitait faiblement le filet de camouflage. Personne ne viendrait les déranger ici. Au village, Simon et les autres organisaient déjà la riposte. Ils sauraient se débrouiller seuls quelques minutes supplémentaires.

— D'accord. Fais vite.

— Tu peux rester dehors ?

— Vais me gêner !

Elle eut la force de sourire tristement avant de saisir une seconde seringue. L'emballage céda facilement, l'aiguille trouva une veine vierge. La drogue fit le reste.

Justine laissa la colère de Peter percer son cœur.

## Interface #3

Sphères du non-monde. Pulvérulence syncopée des informations soufflées par des courants contradictoires. Chaleur de rubis. Intense. Volcanique. Les orbes de guidage saturés crépitent en tournoyant vers les foyers d'incendie. Quelque part, un esprit perdu traverse les plans écliptiques sans émouvoir ses semblables affligés. Pour apaiser sa conscience torturée, il hurle tout au long de sa course cométaire.

Ralentissement. Vrombissement des infrasons. Jusqu'à l'immobilité.

Dans le décor soudain figé du non-monde, Justine sent combien elle est vulnérable et perceptible.

L'œil, gigantesque, est en chasse.

Elle scintille dans chaque facette réfléchissant sa brûlure.

Incapables de traduire plus longtemps la nature de sa rage, les flammes s'éteignent. Colère blanche. Les givres mortels scellent la chute des orbes stupéfaits. Ruissellements. Le monde se liquéfie en un vaste miroir-océan de rage glaciale qui contemple l'intruse. « Je le reprendrai », sourit le miroir. « M'entends-tu, Juuuuuuustine ? Je le reprendrai. »

Éclair de cobalt.
La scène a disparu.
Et plus rien ne la remplace.

# *Négociations du bout du canon*

L'écume éclaboussait tous ceux qui avaient pris place à bord de la petite vedette. D'ordinaire, le pilote aurait veillé à ne pas prendre ainsi d'assaut les vagues mauvaises. Mais la *mamm-goz* avait donné des ordres : direction le port de Brest, et sans traîner ! Tant pis pour les estomacs sensibles.

Le vent glacial balayait les visages tirés par la fatigue et la peur. Leur île avait été le siège d'une agression en règle. Plus inquiétant : l'attaque avait réussi. Les assaillants étaient entrés, avaient mené rondement leur petite affaire, étaient repartis. Sans être inquiétés. Après des mois, des années d'entraînement et de peaufinage des règles de sécurité, pour justement parer à ce genre de situation, *Enez Eussa* avait été proprement renvoyée dans les cordes. La honte ! À l'avant, Justine demeurait silencieuse. L'heure n'était pas encore aux remontages de bretelles. Il y avait plus important : bloquer la fuite de l'ennemi. Faire jouer les contacts. Remuer la merde. Une activité dans laquelle elle savait exceller. Sous les bâches graissées, les museaux des armes attendaient patiemment l'ordre d'aboyer.

Autour d'elle, sa garde d'une demi-douzaine de Keltiks échangeait des regards lourds de sous-entendus. C'était la guerre, maintenant. La *mamm-goz* le leur avait suffisamment répété depuis trois heures. Ils avaient hâte de laver leur honneur. On allait voir ce qu'on allait voir. Le plus âgé d'entre eux, qui était aussi leur responsable pour cette expédition, se pencha vers Justine pour dominer le fracas du vent :

— Est-ce que nous reviendrons vivants ?

Elle tourna la tête vers lui. C'était un ancien de la tribu. Pas loin de vingt-cinq ans. Il avait survécu aux purges qui avaient suivi la chute de leur chef. Il avait su prouver qu'il pouvait être utile. Dans l'ombre de sa large silhouette, elle parvint à masquer son sourire :

— Qui peut le dire, Bleiz ?

Le gaillard hocha la tête, flatté d'entendre résonner son nom. Derrière lui, ses compagnons ne manquaient pas une miette du spectacle. Leur frère d'arme marquait des points. Il parlait presque d'égal à égal avec la grand-mère du clan.

— Une fois à terre, il faudra tuer qui ?

— Personne.

Instant de réflexion gênée.

— Ils ont tué plusieurs des nôtres…

— J'ai dit : personne !

Rappelé à son devoir, le guerrier pivota lentement pour ne pas battre en retraite trop tôt. Bon, il avait fait ce qu'il avait pu, sans perdre la face. Les autres se souviendraient qu'au moins il avait essayé. Pendant ce temps, le pilote avait engagé l'embarcation vers les quais de Brest, filant sans ralentir vers les masses sombres des docks déserts. Bleiz profita de l'aubaine pour organiser le débarquement et laisser se dissiper la rebuffade dans le vacarme du moteur passant en régime lent avant l'accostage.

Les Keltiks agrippèrent les échelles rouillées permettant d'accéder au quai. Les armes furent remontées jusqu'à la terre ferme en quatrième vitesse. La compagnie se déploya rapidement pour protéger Justine.

— Qu'est-ce qu'ils foutent ?

— Les voilà !

Une petite colonne de véhicules filait droit vers eux, zigzaguant entre les entrepôts éventrés et les friches industrielles. La bannière des autorités portuaires ornait le toit des légères voiturettes.

— On reste calme et on ne bouge pas, siffla Justine.

Grognements approbateurs autour d'elle. Léger balancement des armes prêtes à servir.

Les douaniers manœuvrèrent élégamment pour se garer à distance convenable, entre deux terrils de gravats soigneusement entassés. Quatre hommes en grande tenue d'officiers avancèrent vers Justine.

— Madame.

— Messieurs…

— Nous avons bien reçu votre message. Le nécessaire a été fait. Aucun navire n'a pu quitter le port.

Elle se détendit légèrement. La traque n'était pas finie.

— Où sont-ils ?

— Ils ont pénétré dans la zone franche ferroviaire.

La gare était en territoire contesté. Aucun moyen pour les douaniers de retenir un train à quai.

— La fille et le gosse ?

— Ils ont été aperçus avec eux. Vivants, je veux dire.

— On y va.

L'un d'entre eux fit un pas de côté pour l'empêcher de passer :

— Avec ces armes ?

Nuance de défi dans la voix.

— Je suis pressée, grogna-t-elle. Combien ?

Derrière l'officier, un subalterne se précipita, le nez dans la paperasse colorée débordant de son porte-documents, sa grosse figure blafarde débordant de son col trop étroit :

— Il va falloir déterminer les catégories respectives de votre quincaillerie. Majorer au prorata du temps passé dans la juridiction…

Justine leva la main :

— Pas le temps. Là, juste maintenant, vraiment, pas le temps !

L'autre s'interrompit, maté autant par l'air furieux de la femme que par sa réputation. Il fouilla dans son porte-documents, en retira une poignée de rubans colorés et de médailles symbolisant autant d'accréditations à circuler librement dans la ville. Justine les rangea dans sa poche de poitrine.

— Alors signez juste ici… Et ici.

Elle griffonna sa signature au bas des autorisations en soupirant :

— Pour le paiement, vous verrez avec notre représentant permanent en ville. J'ai pas pris le carnet de chèques.

— C'est-à-dire que…

— Laissez, lieutenant, trancha l'officier en charge.

Nous savons à qui nous avons affaire, ce n'est pas comme si nous traitions avec des inconnus.

Justine rendit son crayon au sous-fifre, salua son interlocuteur d'un hochement de tête.

— Merci, chef.

— Je ne vous fais pas accompagner, vous trouverez le chemin tout seuls.

Elle regarda les voiturettes garées derrière les émissaires. Ça lui aurait bien été utile, mais elle n'avait pas envie de batailler. L'autre lui faisait déjà une grosse faveur en écourtant la procédure d'accostage. Les miliciens des douanes avaient fort à faire pour ne froisser personne. Pour ne pas se prendre une balle dans la nuque en guise de remerciement pour services trop bien rendus. L'échiquier politique local était un merdier innommable. Avoir seulement envie de jouer les arbitres aurait mérité une médaille. Elle soupira :

— Ils sont combien ?

— Une dizaine. Tous armés. Pas plus d'une heure d'avancc.

— D'accord.

— Ils ont laissé un message…

— Un message ?

Le douanier hocha la tête :

— Vous devez être avertis que la jeune fille va bien et qu'elle le restera si tout le monde est raisonnable.

Voilà, il s'était mouillé autant qu'il le pouvait. Sa sympathie à la cause d'*Enez Eussa* n'irait pas plus loin. Justine fit un signe de la main à sa troupe.

— En avant, sans traîner.

La petite compagnie prit la direction de Recouvrance, destination la zone franche de la gare.

Une heure d'avance… Il faudrait vraiment manquer de chance pour qu'ils aient déjà un train en partance.

Entourant leur meneuse, les guerriers remontèrent vers les hauteurs surplombant le port. À leur approche, les rares dockers et ouvriers matinaux refluaient vers les entrepôts et les bistrots déjà ouverts. Les Keltiks avaient une réputation exécrable par ici. Trop violents. Trop barbares. Dans les bars et sur les marchés de la côte, on racontait encore comment leur fondateur avait établi un règne d'acier, avant de mourir. Les rumeurs avaient la vie dure dans ce pays de marins : certes, reprise en main par les nouveaux maîtres d'Ouessant, la tribu avait changé ; mais un loup restait un loup. Ce matin, Justine trouvait la situation à son avantage : personne pour leur barrer la route. Tant mieux : elle n'était pas d'humeur diplomate. En plus, elle détestait cette ville. Moche. Venteuse. Carrée. Un fatras de maisons et d'immeubles de ciment, montés à la va-vite, sans charme, aux faces déjà tristes le jour de leur inauguration. Un maquillage de villégiature sous perfusion. Une juridiction de peinture à l'eau.

Bleiz, qui marchait devant elle, ralentit légèrement pour la laisser le rattraper :

— On va vraiment entrer dans la… *ti-gar* ?

Justine feuilleta mentalement son petit dictionnaire. Malgré sa désapprobation répétée, les Keltiks parsemaient encore leurs phrases de leur foutue langue régionale. Heureusement, ce mot-ci était facile.

— Ouais, répondit-elle. On va y entrer. Et si on peut pas, on entrera quand même.

Le guerrier prit le temps de digérer l'info, puis :
— C'est un endroit... dangereux.
— Nous aussi, on est dangereux.
— *Pegeit e pado ?*
— Merde, épargne-moi l'exception culturelle !
Bleiz corrigea en rougissant :
— On va y rester longtemps ?
En breton ou en français, la même peur dans la question. La peur des maléfices qui avaient cours dans la zone franche. La peur d'une faille dans les sécurités, la peur de la contamination.
— Le temps de venger nos morts. Le temps de délivrer les nôtres. Ça te va ?
— C'est un plan honorable, sourit-il.
Autour d'eux, les autres Keltiks, qui n'avaient rien manqué du dialogue, jappèrent joyeusement. Les mains se resserrèrent sur les crosses, le pas se fit plus ample. La tribu était en guerre. *Sainte merde, nous manque juste un tambour et un drapeau... Foutus connards !* Ici ou ailleurs, toujours flatter le mâle dans le sens de la queue pour le faire marcher droit. C'était presque trop facile.

À force de zigzaguer dans la trame des rues transversales découpant Recouvrance, ils atteignirent enfin la rue de Siam. Les riverains les regardaient passer depuis le hall de leur immeuble ou l'étal de leur échoppe. Quelques miliciens occupés à griller un joint près des bâtiments de l'administration civile les laissèrent passer sans réagir. Pas leurs oignons, si les îliens venaient se trimballer sous leur nez. Au besoin, ils viendraient compter les morceaux, *après* le carnage. Cité portuaire, Brest avait toujours été trouble et hybride. Les ravages du Chromozone n'y avaient rien changé : chacun continuait son petit trafic dans son coin, selon ses codes, et personne n'allait voir dans le carré du voisin si l'herbe y était plus humide. Avec l'alcool comme plus petit dénominateur commun. Un pays d'arsouilles et de margoulins. Née il y a longtemps sous un autre soleil, Justine avait renoncé à essayer de comprendre.

— Barrage droit devant, signala Bleiz.

Le groupe se resserra autour de sa meneuse. Au bout de la rue, deux Jeep retapées aux couleurs des Chamans de Schuman bloquaient le passage.

— Merde, grinça Justine, les enfoirés ont gagné du terrain depuis la dernière fois ? Ils sont loin de la maison-mère.

— On contourne ?

La proposition était tentante. Vraiment tentante. À l'idée de devoir se mettre à portée de contact de ces bâtards, Justine sentit le duvet de ses bras se hérisser. Mais il était trop tard pour reculer sans perdre la face :

— Salauds de douaniers, ils auraient pu nous prévenir… Tant pis, on avance !

Les Chamans paraissaient somnoler, mollement appuyés contre leurs véhicules. À cinq mètres, leur fumet âcre saisissait déjà les muqueuses. Plus près, ça piquait les yeux. Le plus ventripotent de la bande frappa de la main contre le capot de sa Jeep, réveillant toute la bande. Justine prit la tête de sa petite troupe pour entamer les négociations.

— Salut les gars…

Le gros homme sauta de son siège en faisant grincer les amortisseurs. Il rajusta son harnais garni de mousquetons chromés, laissant apercevoir dans la manœuvre le limon crasseux de son nombril. Sourire ravi sur une dentition verdâtre.

— Chierie, murmura Justine.

— Moi et moi, on te dit bonjour, rampante.

Elle serra la main tendue en s'amputant mentalement du bras droit :

— Salut. Comment va votre reine ?

— La *kween* est heureuse. Elle et elle te dit bonjour.

— Super… Rendez-lui la politesse.

— Moi et moi, on se disait, ça fait quoi par ici, avec des beaux joujoux boum-boum ?

La pire erreur, quand on était forcé de parler avec ces enflés, c'était de se laisser leurrer par leur sabir d'Indiens de bande dessinée. S'ils étaient accros à quelque chose, c'était à la technologie de pointe. Certains faisaient dans la haute voltige et l'escalade high-tech, vivant suspendus entre les piles du pont Schuman, au prix d'une débauche de moyens ultramodernes. Fibre de carbone, Lycra et Kevlar. D'autres louaient leurs services d'ingénieurs mercenaires pour le compte des petits barons locaux. La rumeur affirmait qu'ils disposaient aussi de bombardiers militaires, utilisés pour des cérémonies secrètes impliquant des chutes libres extrêmes. La schlingue et les colliers en crânes de rats, c'était pour empêcher qu'on vienne renifler leurs trafics de trop près. Et ça marchait foutrement bien.

— La tribu est en guerre, Chaman.

— Chasse difficile, hein ? Moi et moi, on a écouté le vent. Gibier très rapide.

Gras-double exultait. Évidemment, leur barrage n'avait rien d'une coïncidence. Justine aurait parié sa culotte qu'ils avaient foncé ici pour l'intercepter, elle, et négocier un petit avantage. C'était dans leurs manières de fouines nauséabondes. Elle attendit la suite sans lâcher la main de l'émissaire.

— Moi et moi, on a écouté le vent pour vous. Il dit que vous allez trouver votre trésor à la route de fer. Moi et moi, on mérite une belle récompense.

— Le vent a dit quel genre de récompense ?

Les ongles rognés s'enfoncèrent mollement dans la paume de Justine, trois fois.

— Moi et moi, on aurait bien besoin de joujou boum-boum.

Justine sourit suavement. Un scoop éventé n'avait jamais coûté aussi cher, mais elle n'avait pas le choix. Elle répondit par une unique pression dans la main de Gras-double. Qui hocha la tête :

— Moi et moi te souhaitons bonne chasse.

Justine se retint tout juste de s'essuyer frénétiquement les doigts sur sa cuisse.

— Bleiz...

— *Ya ?*

— Il a gagné une arme.

Le guerrier saisit le fusil de son compagnon le plus proche, le tendit en regardant ailleurs.

— Moi et moi, on te remercie.

Ils grimpèrent dans leurs Jeep en gloussant, démarrèrent en trombe et disparurent en direction de leur territoire. Un bien beau racket, rondement mené. Mais ces cintrés avaient beaucoup plus de pouvoir qu'il n'y paraissait, dans la région. Encore heureux que, sous l'impulsion de leur putain de reine déjantée, les relations entre *Enez Eussa* et les Chamans de Schuman fussent au beau fixe. Justine frissonna en tâchant de penser à autre chose. Aucun doute qu'ils feraient leur rapport sur cette rencontre dès qu'ils seraient de retour au nid. Mieux valait ne pas trop traîner dans le coin.

La petite troupe se prépara à repartir, à l'exception du Keltik dépossédé de son arme. La mortification sur deux pattes. La *mamm-goz* avait donné un ordre qui le privait de tout honneur. Justine tourna la tête vers son officier en second :

— Bleiz, donne-lui la tienne.

Ce dernier la fixa, interdit. Puis, au ralenti, il verrouilla la sécurité de son fusil pour le donner au guerrier humilié.

— Fais pas cette tête, sourit-elle, on a les mêmes à la maison.

Justine savait que ces pauvres crétins lui passaient tout : elle était leur meneuse de plein droit, elle aurait pu exiger de les faire marcher sur des braises brûlantes. « *They say jump, you say how high* », disait la chanson. Dans le cas de Bleiz, peut-être, on pouvait trouver une once de compréhension réelle de ce qu'exigeait la situation. Un peu de bon sens, en sus de la bête discipline. Si tel était le cas, le misérable benêt méritait une promotion. *Sainte merde, il a l'air d'avoir vraiment compris !*

— En avant, dit-il, on repart.

Ils reprirent leur progression sur les grands axes de la ville. Justine se dit qu'il serait plus prudent de prêter son pistolet à Bleiz. Mais en cas de pépin, elle préférait garder du répondant. La gare n'était plus très loin maintenant.

*

Le voisinage immédiat de la « route de fer » indiquée par les Chamans était une vaste place découverte, bourdonnante d'activité. Transporteurs indépendants, importateurs officiels, receleurs et trafiquants de seconde zone, clients à la petite semaine, tous se retrouvaient ici pour mener leur commerce flirtant avec l'interdit. Les trains étaient le seul lien marchand viable entre la ville et le reste du monde. La mer était trop dangereuse. Les routes rendues trop coûteuses en raison des nombreux territoires réclamant autant de droits de passage. Alors on avait accepté de laisser entrer les trains en gare. Ces saloperies de trains contrôlés par l'ennemi abominé. La gare était devenue une zone franche, administrée conjointement par les tribus locales et les délégués des territoires infectés. Eux seuls contrôlaient la technologie nécessaire à l'entretien et à la gestion des puissantes motrices. Tout le monde négociait du bout des canons.

L'arrivée des Keltiks ne passa pas longtemps inaperçue au milieu des dignitaires et officiels bardés des licences de vente obligatoires. Un type qui avait dû être druide ou prêtre orthodoxe dans une autre vie se dressa entre Justine et les portes en verre du hall central :

— L'accès est réservé aux visiteurs accrédités.

Bon, les choses sérieuses allaient pouvoir commencer. Elle avait expédié poliment les obstacles précédents, sa réserve de mordant était intacte pour entamer le grand bal des emmerdes. Elle saisit délicatement dans sa poche de poitrine la poignée de médailles qui attestaient de son statut de représentante officielle.

— Voilà pour moi. Et j'ai les mêmes pour mes assistants.

Bonjour la gueule des assistants, tatoués de frais et fleurant bon le Q.I. à deux chiffres. Le barbu lança un regard rapide vers leurs mines de chacals en maraude avant de grimacer :

— Ce ne sera pas possible aujourd'hui. Nous avons ce que l'on appelle une *situation* à quai. Les autorisations habituelles sont insuffisantes.

Justine sourit gentiment :

— J'en conclus qu'ils sont encore là ?

L'autre s'empourpra.

— Ne venez pas semer le désordre, bredouilla-t-il.

— Alors écartez-vous.

Elle fit mine d'avancer, il resta fermement en face d'elle. Leurs ventres se touchèrent. Son haleine sentait l'ail :

— Ceux que vous cherchez sont partis. Mais d'autres affaires ont lieu ici, que votre présence contrarie au plus haut point. S'il vous plaît !

— Combien ?

— Pardon ?!

Bouche pincée, regard furibond. Mince, le barbon ne faisait presque pas semblant d'être offusqué.

— Combien vous ont-ils payé pour nous retenir ici, corrigea-t-elle.

— Vous faites erreur, madame.

Justine pencha légèrement la tête en avant pour murmurer sur un ton complice :

— Me tartine pas le fion de « madame », bâtard mielleux ! Ils sont passés, je passerai aussi. Compris ?

Attirés par le début d'esclandre, quelques chalands s'approchaient des portes. Agacés, les Keltiks commençaient à se dandiner lentement d'un pied sur l'autre. Le dignitaire eut un sourire jaune :

— Nous pourrions peut-être discuter de tout ceci ailleurs ?

— Que dalle mon gros, t'es tout seul entre moi et cette porte. En conséquence : dégage !

Bleiz se porta à la hauteur de Justine, montra les dents en souriant :

— Je m'occupe de lui, *mamm-goz* ?

Elle tourna la tête vers lui, fit mine de réfléchir à la proposition, revint vers le gardien décomposé :

— T'en dis quoi, toi ?

Il allait répondre quand le petit attroupement accumulé autour d'eux se dispersa sous l'effet d'un phénomène inconnu. Un Keltik jappa en levant son arme. Cliquetis répétés. Justine vit l'instant où le sang allait gicler. Les miliciens de la gare venaient d'encercler les visiteurs têtus. Reflets mordants sur les visières teintées. Au moins une dizaine. Ceux-là ne se laisseraient pas facilement manœuvrer. Police privée de la zone franche, payée grassement pour garantir la sécurité de tous les bâtards venus trafiquer ici. Matériel de première main. Justine essaya de maîtriser sa voix :

— On va éviter le bête dérapage, d'accord ? Que chacun reste calme.

Pas de réponse. En face d'elle, le récalcitrant n'avait pas spécialement l'air soulagé par la tournure que prenait la situation : aucune envie de finir dans la colonne « pertes acceptables » du futur rapport d'intervention de l'officier de quart. Elle tenta de pousser l'avantage un peu plus loin.

— Dites-leur que tout va bien, murmura-t-elle.

— Monsieur, prêts à tirer, monsieur ! hurla le responsable de la sécurité.

— Dites-le-lui, répéta-t-elle.

— Tout... Tout va bien. Nous allons régler la situation paisiblement.

— Monsieur, ces individus affichent une attitude hostile. Permission de régler la situation, monsieur !

Justine durcit son regard, ses pupilles bombardaient le dignitaire de rayons mortels. Ce dernier ouvrit lentement ses lèvres molles :

— Reprenez vos positions... L'incident est terminé.

— Monsieur ?

— Fin de l'incident ! hurla le dignitaire qui venait de se souvenir qu'il pouvait commander.

Les canons des armes pointèrent lentement vers le ciel. Le barbu montra Justine du doigt :

— Vous, vous venez avec moi.

Elle lui fit grâce de tout commentaire provocant, obéit sans discuter. Bleiz et ses guerriers restèrent sagement en retrait, sans doute encore incapables de décider s'ils avaient honoré ou déçu leur meneuse en ne rentrant pas dans le lard des miliciens.

Une fois les portes franchies, le grand hall surprenait le visiteur par son calme et sa propreté : ni papiers gras ni détritus sur le sol dallé. Le genre de netteté qui exigeait de l'argent et une organisation rodée. Électricité. Eau courante. Le rêve, pour le prix de quelques misérables compromissions avec les propriétaires vérolés de la technologie idoine. Pourquoi se priver ? Le dignitaire trottait devant Justine sans cesser de saluer les rares individus autorisés à arpenter le lieu. Principalement d'autres administrateurs de la zone franche. Elle n'était pas venue ici souvent, mais avait toujours connu l'endroit un peu plus animé. Devant eux, les larges vantaux blindés permettant l'accès aux quais luisaient faiblement sous les néons orangés. Son guide tourna à gauche vers les guichets et les bureaux d'enregistrement du fret et des personnes. Une silhouette étrange jaillit d'une porte transversale, entièrement vêtue d'une fine couche de latex noir mat, respirant à travers un masque qui lui donnait l'air d'un poisson des profondeurs. L'apparition s'arrêta pour les laisser passer, avant de filer à son tour vers une autre partie du bâtiment dans un bruissement de caoutchouc mou.

— Sainte merde, ricana Justine, c'était quoi ça ?

— Une des raisons de la nervosité ambiante, renifla le barbu. Délégation de La Hague. Celui-là n'est qu'un subalterne. Les officiels ne sortent pas de leurs wagons plombés.

— La Hague ?

Elle frissonna. À force de vivre en autarcie relative sur leur caillou désolé au milieu des vagues, elle en oubliait parfois que les plus infâmes déglingués avaient le *droit* de venir ici commercer et que, pour la majeure partie de la planète, c'était elle et les siens qui passaient pour des dingues. Mais de là à venir frôler une des capotes à pattes de la poubelle chimique de La Hague… *Sainte merde, heureusement que mes petits chiens de guerre n'ont pas vu ça !* Pas étonnant que l'autre n'ait rien voulu savoir quand ils avaient débarqué aux portes de la gare, flingues à la main. En fait, elle aurait même dû le remercier de s'être montré aussi intraitable.

— Ils viennent ici souvent ?

L'administrateur s'arrêta pour lui ouvrir une porte.

— Ça ne vous regarde pas.

Il l'invita à entrer d'un signe de la main. Elle n'insista pas et obéit sagement.

La pièce était petite et sentait le bois ciré. Parfum d'autrefois. Un bureau sans charme, quelques fauteuils, un bataillon de classeurs alignés sur des étagères fatiguées. Deux cruels tubes de néon en embuscade au plafond. Pas de fenêtre. Et trônant au milieu du bureau, la masse grise et menaçante d'un pupitre de contrôle vidéo vers lequel l'administrateur se précipita pour frapper une série de commandes. Un motif bigarré se matérialisa à l'écran, une roue solaire rapidement transformée en poussière colorée par une tempête virtuelle. Système Mandala™. La marque de Peter. Justine sentit ses mâchoires se contracter. L'homme fit pivoter le socle du moniteur central vers elle, ordonna l'affichage d'une courte séquence vidéo qu'il commenta négligemment :

— Ils ont quitté la gare à dix heures quarante. Convoi privé, prérogatives prioritaires. Ils sont partis. C'est terminé.

Sur l'écran, un petit groupe d'hommes portant l'uniforme luisant de la faction Orage grimpaient à bord d'un wagon aux parois recouvertes de motifs abstraits rappelant les fresques des banlieues d'antan. Happée par le passé, Justine se pencha vers l'écran pour distinguer les visages et les armes. Huit années sans revoir ces silhouettes austères seulement mues par le meurtre et le sang. Huit années de préparation en vue d'une nouvelle confrontation, et ils embarquaient tranquillement sous ses yeux vers une destination trop connue. Au ralenti, le train démarra et quitta le champ de la caméra. La séquence s'interrompit.

— Vous êtes satisfaite ? Ils sont partis !

— Vous avez d'autres images de leur arrivée ?

L'administrateur soupira :

— Rien d'autre que les mêmes passagers sur le même quai à côté du même train. Ça ne vous servira à rien…

— Montrez-les-moi.

— C'est vraiment inutile…

— Montrez-les-moi !

Deuxième soupir. Pianotage agacé sur le pupitre de commande. Les miniatures figées des autres enregistrements s'ébauchèrent en bouquet sur l'écran.

— Vous voyez ? Le quai, le quai et encore le quai. Aucun intérêt.

— Je veux tout voir.

— À votre aise…

L'interface fluctua, se concentra en un unique point lumineux qui s'étala en bavant jusqu'aux bord gris de l'écran. Le dignitaire frappa un grand coup sur le flanc du moniteur. L'image revint aussitôt. « *Version pirate et trop vieille du système* », pensa Justine, amusée. En simultané, cinq séquences s'animèrent au rythme des compteurs digitaux du *time code* sur fond noir.

— Ils sont arrivés hier soir, commenta le dignitaire. Trois wagons blindés et une motrice. Équipage privé.

Justine ne répondit rien. Au milieu de l'écran, une silhouette de femme se glissait entre les uniformes noirs des tueurs d'Orage. Visage fin. Traits sévères. Longue natte brune posée sur l'épaule. Pli moqueur des lèvres, habituées à commander sans opposition.

— Petite pute, siffla-t-elle.

— Pardon ?

Elle pointa la femme, qui venait d'apparaître dans une autre séquence, le temps de signer une poignée de documents tendus par un administrateur de la gare :

— Je la connais.

— Vous la connaissez ?

Le dignitaire figea la scène en frappant une touche. Il dévisagea Justine gravement :

— Ce sont des enregistrements confidentiels. S'ils devaient être à l'origine d'un conflit ou d'une procédure compensatoire, je me verrais obligé de...

Justine coupa court à ses craintes :

— Ils ont attaqué l'île cette nuit. Ils ont enlevé deux des nôtres.

— Nous n'avons rien à voir avec ça, bredouilla-t-il, nous assurons la gestion administrative de la zone franche, c'est tout.

— Est-ce que le môme est monté dans ce train ?

Le barbu se mâchonna les lèvres sans répondre. Le fragile consensus protégeant la gare reposait sur sa stricte neutralité. Il avait peur, maintenant. Peur des conséquences de la découverte de Justine et de ce qu'il pourrait lui en coûter, dans son joli bureau sentant bon le bois ciré.

— Je ne peux pas me permettre de..

— Oublie ton règlement ! Juste une fois, essaie d'écouter.

Elle montra l'écran :

— Ces fumiers ont enlevé un gosse. Un putain de

gamin ! Une fois dans ta vie, t'aurais pas envie d'être le caillou qui détraque les rouages ? Rien qu'une fois ?

L'homme détourna les yeux. Justine savait exactement ce qu'il ressentait à cet instant. Un mélange désagréable de gêne, causée par le registre soudain émotionnel de la conversation, et de culpabilité honteuse. Il fallait éprouver une haine véritable, envers soi ou envers les autres, pour oser cracher dans le potage gluant de la compassion. Et lui n'était qu'un petit pleutre sans méchanceté réelle. Pas du bois dont on fait les salauds. C'était gagné d'avance.

— Oui, confessa-t-il. L'enfant est monté à bord. Nous avons effacé cette partie des archives.

Cet ultime aveu, en guise de témoignage de bonne volonté, fit grimacer Justine.

— À la demande de qui ?

Mouvement du menton vers l'écran :

— Elle.

— La femme qui les commande ?

— Oui…

Justine sourit légèrement. La salope connaissait son boulot, rien à dire là-dessus. Efficace et intelligente. Redoutable. Restait à trouver le moyen de remporter la manche suivante. Elle se redressa prestement, accorda à l'homme penaud un dernier regard :

— Une dernière chose : le môme était valide sur la vidéo ?

— Hein ?

— Le gosse : il marchait tout seul ou il fallait le porter ?

— Il marchait seul. Et la jeune fille aussi. Ils allaient bien, tous les deux.

Justine sentit un voile se déchirer dans son esprit. Concentrée sur le trésor qui lui avait été dérobé, elle avait presque oublié Lucie ! *Sainte merde, je suis vraiment la dernière des putes au cul moisi !* Perdu dans son propre labyrinthe empathique, le dignitaire ne remarqua pas son trouble. Il leva la tête vers elle, en quête de rédemption.

— Bonne chance, crachouilla-t-il du bout des lèvres.

Obscénité de la repentance orchestrée. Mais elle non plus ne se sentait pas très flamboyante en cet instant.

— Merci, lâcha-t-elle sans se forcer, avant de quitter le bureau.

Justine n'avait plus le choix maintenant : Claire devait être avertie au plus tôt. Elle n'allait plus supporter l'odeur de bois ciré avant longtemps.

## *Puzzle face cachée*

Tranquillement assis sur le petit banc en granite collé contre la façade de la mairie, Gemini essayait de se détendre un peu. Justine était partie à Brest depuis des heures. Elle avait eu un regard terrible, sur le quai. « Pas de prisonniers », avait-elle dit. « Ce n'est plus l'heure de la dînette. » La drogue rugissait encore dans ses veines et derrière ses yeux. Il pensa à la cabine de l'hélico, qui empestait un mélange infect de bile et de sueur. Efficace manière de marquer son territoire, rien à dire.

Devant lui, sur la place, la satisfaction d'avoir survécu remplaçait chez les îliens la panique de la nuit. Les habitudes étaient de retour. Oh, allez, bien sûr, c'était terrible, ce qui était arrivé à la petite Lucie. « La pauvre, si jeune, elle ne méritait pas ça, et trois qui nous font un kilo… » Bavardages insipides pour se rassurer du bout des mots, jouer avec l'idée de malheur des autres comme un chat taquine une souris. « Elle n'avait plus de famille, si ? » Conneries abyssales proférées sans l'intention de nuire. « Vous savez, c'est pour ceux qui restent que c'est le plus difficile. »

— Les temps sont durs ma bonne dame, ricana-t-il, le cul posé sur son banc inconfortable.

Son sarcasme tomba à plat. La disparition de Lucie lui ravageait les tripes à en chialer : il n'aurait jamais dû la laisser faire. Maintenant, elle était en route pour un destin merdique. Gemini préféra ne plus y penser. L'espoir n'est qu'un arbre aux fruits trop hauts, il le savait depuis longtemps. Et depuis quelque temps, son jardin personnel semblait pourrir sur pied. Ses relations avec Justine avaient atteint un haut point de crétinerie. Ça avait pourtant été chouette entre eux. Il se souvenait de la première fois qu'ils avaient fini dans le même lit, de la honte féroce d'exposer sa mutilation, la bouillie de viande mal cicatrisée qui pendait entre ses cuisses. C'était l'époque de la reconstruction de l'île, quand tout semblait possible.

Justine l'avait pourtant prévenu plusieurs fois, quand l'été chauffait les toits et les façades et qu'ils se blottissaient sous la fraîcheur des draps de lin épais : « Diriger, c'est mentir. Faire de la politique, c'est mentir. Agir pour le bien des autres, c'est souvent être un salaud. » La politique : Justine avait ça dans le sang. Depuis sa jeunesse radicale, les groupuscules militants de ses vingt ans, son engagement citoyen au sein de Karmax. Lui aussi croyait avoir ce don, pour avoir dirigé sa petite bande autrefois. Mais elle lui avait vite montré la vraie dimension du truc : tout était question d'estomac. Il fallait avoir faim de la cervelle des autres, faim de la saveur épicée de la victoire, faim des sacrifices nécessaires. Quand elle avait commencé à se droguer pour espionner Peter, il avait compris qu'elle ne digérerait jamais d'avoir été répudiée, loin là-bas dans leur palace berlinois. La métamorphose ultérieure de son ex-époux en enculé premier choix n'était qu'une heureuse coïncidence. Un avantageux supplément de bonne conscience. Le lit commun devint une arène sans paroles. Les branches de l'arbre cessèrent de ployer vers le sol.

Un Keltik déboula sur la place, le visage rougi par l'effort. Difficile de le reconnaître à cette distance : ils portaient tous des braies et des tatouages bleus qui leur couvraient le corps. Le guerrier hors d'haleine se planta devant lui, incapable de parler. Zéro pour l'efficacité.

— Il y a un problème ?

Le Keltik grimaça sans répondre, plié en deux pour reprendre son souffle. Un négociant qui s'était approché lui tendit un bol d'eau fraîche. Secondes interminables au rythme de la déglutition saccadée. Sur la place, tout le monde attendait son message, maintenant.

— Un bateau est à quai… vient du continent… Ils veulent te voir.

— Moi ?

Hochement de tête :

— Oui… C'est pressé, qu'ils disent.

Gemini le dévisagea comme on regarde une invitation à se rendre au poteau d'exécution le plus proche :

— Quoi, c'est tout ? Qui est-ce ? Qui veut me voir ?

— Les Chamans de Schuman ! Leur reine vous attend.

Ce fut au tour de Gemini de grimacer. Franchement, dans sa liste des réponses attendues, celle-là n'était pas loin d'arriver en dernière place :

— Putain de politique !

*

Tenter de discuter avec un Chaman de Schuman, c'était un peu comme essayer de faire un puzzle avec les pièces face cachée : même si chaque mot prononcé avait un sens, la phrase dans son ensemble n'en avait aucun. Ils étaient pourtant tous aimables autour de lui, souriant et secouant leurs tignasses en signe de satisfaction quand il essayait de comprendre à quoi tout cela rimait. Autant essayer de lire le message codé que dessine la bave d'un escargot sur une ardoise en plein soleil. Espèces différentes. Pas de dictionnaire sous la main. Alors il se laissait guider mollement sur le chemin qui le conduisait depuis la grève jusqu'à la retraite sous haute surveillance de la reine de la tribu. Gemini connaissait bien ce chemin. On pouvait même dire qu'il était de ceux qui l'avaient défriché en premier. Après une petite heure de marche paisible à travers champs, les Chamans commencèrent à gambader plus joyeusement à l'approche de l'objectif: un complexe de béton de plusieurs étages, au sommet autrefois arraché et noirci par une gigantesque explosion. Par la plaie béante coulaient encore des bouquets de câbles rouillés, enroulés autour de sections de murs porteurs et de poutres en acier terni qui avaient survécu aux déflagrations. Au-dessus de la porte principale, de larges fragments de verre coloré affichaient l'ancien nom du site : « Gaïa Health Care ». Il fallait être au moins aussi cintré que les Chamans pour oser approcher de cette clinique maudite. À sa connaissance, l'unique résidente permanente du lieu était plus folle que toute leur tribu réunie après un soir de fumette. Elle s'appelait Claire et elle était leur reine. Elle était venue de Marseille plusieurs années plus tôt, la tête déjà farcie de visions et de prophéties qu'elle marmonnait en bavant. Les Chamans l'avaient naturellement recueillie parce qu'elle n'avait pas besoin de mâcher des champignons ou de sniffer de la poudre pour gambader parmi les arcs-en-ciel. Et ça, c'était le genre d'exploits qu'ils adoraient. Gemini soupçonnait d'ailleurs Justine d'avoir encouragé discrètement cette adoption pour se glisser mine de rien un atout supplémentaire dans le jeu des baronnies locales : ne rien laisser au hasard, jamais.

Les Chamans laissèrent Gemini à l'entrée de la clinique. Celui qui semblait diriger la bande sortit un joint épais de sa poche et l'alluma en montrant l'intérieur sombre du bâtiment.

— Moi et moi, on t'attend ici. Dedans tu trouveras la *kween*.

Il prononçait ce mot en insistant sur les voyelles, comme une craie grince sur un tableau. Gemini hocha la tête sans répondre. Ça faisait longtemps qu'il n'était pas venu ici. Dans quel état serait Claire, cette fois-ci ? La météo de son psychisme tenait du baromètre en hiver : il oscillait entre avis de tempête et dépression. Même s'il reconnaissait que son influence procurait des atouts *puissants* à ceux de l'île, la gestion de son humeur et le décodage de ses propos exubérants le faisaient grimacer. Justine et sa politique...

L'entrée avait été débarrassée de tout son mobilier. Des offrandes moisies étaient alignées contre les plinthes, déposées par quelques fidèles désireux d'obtenir les faveurs et les augures de la maîtresse des lieux. Il poursuivit d'un pas tranquille, profitant

tant qu'il le pouvait de la lumière rasante du jour qui disputait à l'obscurité la fraîcheur des couloirs. Tout le système électrique avait sauté depuis longtemps. Il n'y avait même plus de témoins lumineux de sécurité pour le guider de loin en loin dans le dédale humide.

— Fait chier !

L'écho de ses paroles résonna autour de lui. Ça commençait à sérieusement le fatiguer, ces mises en scènes mystiques. Il détestait cet endroit. Il détestait encore plus les rénovations que Claire y avaient apportées à grands coups de pinceaux, de craies et de folie. Après avoir tâtonné sur une vingtaine de mètres, il aperçut enfin les flammes des bougies signalant les cages d'ascenseurs. Les portes avaient été forcées, les cabines démontées et retirées. Pour grimper, il fallait emprunter une échelle de corde synthétique multicolore. Technique et humour chaman. Tout en haut du puits, on distinguait la couleur du ciel. Le long du boyau, une fresque primitive racontait l'histoire de la clinique depuis sa fondation jusqu'à sa destruction. Plusieurs scènes représentaient Gemini, tentant d'échapper aux dangers de cet endroit maudit. Bien entendu, il y avait aussi le portrait de Teitomo, découvrant les épouvantables secrets de la clinique et l'arrachant à cet enfer aseptisé.

Il lui sembla que de nouveaux détails avaient été ajoutés depuis sa dernière visite : les tueurs de la faction Orage ne lui avaient pas paru si menaçants les fois précédentes. Il interrompit sa progression pour reprendre son souffle, observa les dessins… Oui, il y avait quelque chose de changé dans leur expression. Ils avaient désormais un air cruel au lieu de leur classique détachement sanguinaire. Les bouches étaient tordues en rictus sanglants, les mains étaient crochues, tendues vers les silhouettes de ceux qui réussissaient à quitter la clinique par les toits avant l'explosion. Il reprit sa progression en décidant qu'il n'aimait pas ce changement. Une fois en haut, il fut accueilli par un salut aussi joyeux que goguenard :

— T'en as mis un temps !

Tranquillement assise par terre, le dos appuyé contre une autre fresque, Justine le regardait en souriant. Il s'essuya les mains, regarda autour de lui s'il y avait d'autres surprises… Personne.

— Toi aussi t'es invitée ?

— Ouais…

— Où est ta garde ?

— Je lui ai donné autre chose à faire.

— O.K…

Il resta debout en face d'elle, incapable de décider s'il devait s'asseoir ou pas. Quelque chose clochait, mais il n'arrivait pas à savoir quoi.

— Tu l'as vue ?

— Nan, pas encore, renifla Justine. Mais elle a l'air pressée de nous parler.

— Tu sais, tu serais pas fringante non plus si tu vivais ici en permanence.

Elle ne releva pas. Il attendit un peu avant de poser la question :

— Ils se sont enfuis ?

Silence éloquent, puis :

— Ouais… Foutrement au point, leur petit kidnapping.

— Et maintenant ?

— Maintenant, dit-elle, on attend le bon vouloir de sa seigneurie.

— Super…

Il s'approcha de la nouvelle fresque peinte derrière Justine. Le style était déroutant : des formes abstraites aux lumières vives et aux angles sévères, des volumes s'empilant les uns sur les autres sans aucun sens de composition visible, des répétitions maladroites de couleurs et de contours. Claire n'avait encore jamais dessiné comme ça. Justine leva la tête en ricanant :

— T'as remarqué, toi aussi ? Ça laisse rêveur, question amélioration mentale, pas vrai ?

Gemini recula un peu pour apprécier l'ensemble. Il y en avait d'étalés sur plus de quinze mètres, de ces motifs incohérents.

— Attends un peu… C'est pas si débile que ça.

Il fit signe à Justine de se lever et de le rejoindre. Ils reculèrent ensemble pour observer le mur.

— Putain de merde, siffla Justine.

— Ouais, tu l'as dit.

À partir de cinq mètres de distance, les motifs commençaient à se rassembler par groupes, teintes et nuances. Des intentions apparaissaient dans ce qui n'était d'abord qu'un fouillis inepte. Des courbes larges et régulières, des effets de matière : un œil, un œil unique et gigantesque, à la paupière lourde, à l'iris orageux. Il avait fallu une technique sans faille pour se lancer dans un projet de cette dimension et parvenir à un tel résultat. Le travail était si bien réalisé qu'il n'était plus possible de distinguer les éléments séparés, une fois pris dans leur danse. Gemini se rapprocha du mur, recula, cherchant à saisir le moment de rupture, l'instant où son cerveau basculait entre la perception détaillée ou globale de la fresque. C'était démoniaque.

— Quelle salope, grinça Justine derrière lui.

Il se retourna, interloqué. Elle n'avait pas bougé, totalement fascinée par la fresque, comme noyée dans sa contemplation.

— Quelle salope, répéta-t-elle, comment elle a réussi à faire ça ?

— De quoi tu parles ?

Justine leva lentement la main pour pointer le motif hypnotique :

— C'est l'esprit de Peter. Elle a dessiné ce que j'entends quand je les espionne.

— C'est ça que tu entends ?

— Oui, murmura Justine, si ce que je pense avait une forme, ça serait celle-ci. Un univers dont chaque élément est une partie distincte de Peter, et en même temps son esprit tout entier. C'est terrifiant.

Gemini n'était pas sûr de comprendre. Ça devenait un peu trop barré à son goût. Une certitude demeurait toutefois : l'aliénation de Claire venait de franchir une étape. Il abandonna à regret l'observation du dessin, chercha à scruter la pénombre du hall autour d'eux.

— Claire ? Tu es là ?

Son cri retomba sans obtenir de réponse. Ça commençait à devenir idiot. Ils étaient venus ici à sa demande, réquisitionnés par ses fidèles, pour n'être accueillis par personne.

— Claire ?

Un frémissement, cette fois. Le frôlement d'un vêtement contre un mur ou le souffle du vent sur un voile épais. Gemini frissonna. Le souvenir de tueurs aux griffes acérées déchira sa mémoire. Il repensa aux portraits horribles dans la cage d'ascenseur. Cet endroit puait la mort et la folie.

— Fait chier ! On se barre d'ici.

— Non, faut rester.

Il dévisagea Justine. Elle avait dit ça sur le ton de celle qui sait qu'elle va mourir et qui accepte sereinement son destin.

— Elle va venir, poursuivit-elle. Elle a des choses à nous dire. Il faut l'écouter.

— Oui, confirma Claire, j'ai des choses à vous dire.

Gemini avait sursauté. La métisse venait de sortir de l'ombre sans bruit, se révélant soudain comme une apparition nappée de brume. Sa peau brillait à la lumière du plafond éventré. Ses pieds nus froissaient à peine la lourde robe de toile noire que son corps famélique ne parvenait plus à remplir.

— Bonjour, vous deux.

— Salut, maugréa Gemini, tu m'as foutu la trouille !

Elle les regardait de son air rêveur, comme si elle voyait à travers eux. Elle avait toujours fait ça. C'était détestable. Gemini pensa aux poissons aveugles des lacs souterrains, aux vers des fosses abyssales, à la nonchalance glacée des serpents. Les lèvres de Claire s'ouvrirent sur une bouche aux gencives trop rouges :

— Je suis contente de vous revoir.

Elle plia les genoux pour s'accroupir en face d'eux. Ses cheveux n'avaient pas affronté de peigne depuis des mois. Elle se gratta la joue d'un air absent :

— Je dois vous parler de l'enfant.

— L'enfant ?

Gemini opta pour la position assise. Justine resta debout.

— Oui, l'enfant… Il est en grand danger. Vous êtes tous en grand danger.

Elle montra l'œil géant derrière eux :

— Sa colère est très grande. Il a détruit la cité et ne s'arrêtera plus.

— De quelle cité parles-tu ? demanda Justine.

— Celle d'où vient l'enfant. Lourdes. Une bombe sous la montagne. C'était prévu. Tous morts.

Gemini leva la main pour attirer son attention :

— L'enfant, c'est Cendre ?

Claire poursuivit comme si elle ne l'avait pas entendu :

— Maintenant, il marche vers la cité des Massaliotes. C'est là que tout arrivera. Et vous devrez être présents.

Une bombe sous la montagne. Tous morts. Il lui saisit la main et la pressa fortement :

— Hey !

Justine lui effleura l'avant-bras :

— Elle a raison. Nous devons aller là-bas.

— Là-bas ? Où ça ?

— La cité des Massaliotes : Marseille.

— Marseille ?

Il les regarda comme si elles avaient mâché la même racine toxique. Claire sourit à Justine, un sourire radieux et confit de complicité muette.

— Marseille ? répéta-t-il, vous déconnez grave, les filles !

Claire grimaça :

— Tu iras, n'est-ce pas, Justine ? Quelque chose a commencé là-bas il y a huit ans. L'histoire a besoin d'une fin, maintenant. Il serait peut-être temps d'en finir avec la violence. Tu dois y aller.

Justine acquiesça :

— Je le sais. Depuis longtemps.

— Non, depuis toujours.

Gemini se releva brusquement :

— Stop ! On débranche les micros. Fin de la scène. Pouce.

Elles le regardèrent calmement.

— C'est ça que tu n'as jamais voulu comprendre, lui dit Justine, il nous parle mais nous n'écoutons pas. Ce fumier est déjà dans nos têtes. Les pièces se mettent en place depuis longtemps. Ils ont eu la gentillesse de nous accorder un rôle.

— Qui ça, ils ?

— Peter…

— Et Khaleel, finit Claire.

Justine hocha la tête :

— J'ai vu les bandes vidéo de la gare. J'y ai reconnu une vieille connaissance. Ils ne sont plus comme toi ou moi. Ils sont devenus trop clairvoyants, tu comprends ? Ils savent les choses avant qu'elles arrivent.

— Non, corrigea Claire, ils précèdent l'avènement des choses et elles se plient à leur volonté…

Gemini préféra faire comme s'il n'avait pas entendu et continua de parler à Justine :

— C'est qui, la vieille connaissance ?

— Elle s'appelait Jasmine. C'était une des servantes de Khaleel, elle a bien failli me tuer, à l'époque. Cette pute a fait tout ce chemin pour nous reprendre le gosse. Et elle a emmené Lucie en prime.

— Pour nous forcer à venir, c'est ça ?

Justine hocha la tête :

— Tu commences à comprendre. On va avoir un rôle à jouer.

Claire le fixa de son regard de poisson tiède :

— Cherche dans tes souvenirs. Cherche ! Tu découvriras que toi aussi, tu l'as toujours su.

Gemini réfléchit. Il se souvint de la seule fois où il avait rencontré un des agents de Khaleel. Une plage au petit matin. Une visite sur la tombe fraîche de leur sauveur. La sensation de parler à un zombi.

— Il a poussé Teitomo à mourir. Parce qu'il était le seul capable de les stopper.

La voix de Claire se brisa. Les larmes envahirent ses joues osseuses :

— Il l'a poussé dans les derniers sous-sols de sa folie, oui... Et aujourd'hui, il vous veut près de lui.

Le jeune homme secoua la tête :

— Comment tu sais tout ça ?

— Ils sont tous là, dit-elle en se frappant la tempe du doigt, ils y ont toujours été, mais ici je les entends mieux.

Gemini se souvint de l'endroit où ils étaient. Des expériences qui avaient eu lieu dans cette clinique. Zentech, Gaïa, Karmax, toutes les saloperies de sociétés formatives qui avaient promis d'améliorer leurs conditions à tous. Claire qui vivait maintenant en ermite dans un des foyers d'où était partie l'infection, s'évertuant à en refaire la décoration murale, couche après couche après couche... Instinctivement, il recula d'un pas. Elle était l'une d'entre eux. Aussi barge. Aussi néfaste. Il fallait partir d'ici au plus vite.

— Justine, viens, on s'en va.

Claire le dévisagea à travers ses pleurs :

— Tu ne peux pas te défiler, Patrick.

Il vit rouge :

— Ne… Ne m'appelle jamais comme ça. Jamais !

— L'histoire est en marche, Patrick. Il est déjà écrit que tu en feras partie. Ils l'ont su avant toi, et moi aussi.

— La ferme !

Justine tenta de calmer le jeu :

— C'est bien beau de décider qu'il faut aller à Marseille. Mais on fera quoi, là-bas ?

La reine des Chamans ferma les yeux pour se caresser les cheveux. Sa lèvre inférieure disparut derrière ses dents, réapparut perlée de sang :

— Vous devez y retourner comme tu en es venue.

— Ça veut dire quoi, ça ?

— En volant…

Là, ce fut au tour de Justine de la regarder comme on regarde un insecte maléfique. *Sainte merde, elle parle de l'hélico, elle sait que nous l'avons gardé.* Inutile d'essayer seulement de nier :

— On n'a pas de pilote.

Claire se releva :

— Vous en aurez un. Il est en route.

Gemini éclata de rire :

— T'as aussi lu ça dans la pisse de rat, ou les entrailles de cafard ?

La métisse se tapota les dents du bout de l'index comme si elle réfléchissait intensément à la question, puis elle sourit au couple figé devant elle :

— Non, je l'ai fait chercher, comme pour vous.

## *Silence haut de gamme*

Les bûches du foyer crépitaient dans le bleu du soir. Au-dessus de l'île, les premières étoiles perçaient difficilement les nuages poussés par le vent d'ouest. Bleiz claqua ses mains contre ses biceps pour se réchauffer. Autour du feu, la demi-douzaine de Keltiks était déjà ivre morte. Lui n'avait pas le cœur à boire. Même pour fêter dignement le départ de leur meneuse.

Car elle était partie. Elle lui avait fait ses adieux. Oh, rien de formel. Surtout pas, non. Officiellement, ce n'était qu'un petit voyage loin d'*Enez Eussa*. Une mission délicate qui la tiendrait éloignée de la tribu seulement pendant quelques jours. Le genre de nouvelle qui méritait une célébration copieusement arrosée pour lui porter chance. Mais Bleiz savait qu'il en était autrement. Ses yeux retenaient mal des larmes indignes de l'honneur qu'elle lui avait fait en lui confiant une dernière tâche à accomplir. Un guerrier s'approcha, lui tendit une bonbonne à moitié vide qu'il saisit machinalement. Le cidre était jeune, un peu trop piquant. Il passa le récipient à son voisin, écouta distraitement un Keltik raconter avec force détails l'arrivée des Chamans de Schuman au port, dans l'après-midi. D'ailleurs, plusieurs d'entre eux étaient encore sur l'île, occupés à des préparatifs incompréhensibles pour un étranger à leur tribu fétide. Les autres écoutaient, intrigués. Bleiz pouvait presque entendre cliqueter les rouages de leurs cervelles : d'autres avaient aussi rencontré des Chamans en ville, aujourd'hui. Il se passait donc des choses ? Sûrement en rapport avec l'attaque de la nuit dernière... Une guerre à venir, peut-être ? À cette idée, des jappements de joie éclatèrent autour du feu. La bonbonne de cidre refit un passage. Bleiz avala une longue gorgée sans soif.

Par-dessus le pétillement des flammes attisées par le vent monta un autre rugissement autrement plus formidable. Les Keltiks se levèrent pour hurler au passage de l'hélicoptère qui filait vers l'est. Bleiz ne parvint pas à hurler aussi fort que les autres. « Adieu, guerrier, nous allons tous dépendre de toi », lui avait dit la *mamm-goz* avant de partir. Dans sa poche, désormais, les clefs des entrepôts secrets de l'île attendaient qu'il ouvre leurs portes.

Oui, une guerre allait avoir lieu, mais celle-là allait être terrible et sans gloire. Justine avait donné des ordres en conséquence.

*

Dans l'hélico, personne ne parlait. Ni Gemini, qui vérifiait pour la centième fois qu'ils n'avaient rien oublié à terre. Ni le pilote, visiblement peu ravi d'être là. Justine, elle, regardait par le hublot s'éloigner les bûchers allumés pour baliser leur départ. Les vibrations de la carlingue contre son front perturbaient ses pensées. Malgré les crampes causées par la drogue, dans ses doigts et ses reins, elle se sentait bien. Mieux, même : elle était heureuse. Heureuse de voir s'accomplir un changement. Claire avait eu mille fois raison d'intriguer pour retrouver le pilote. Maintenant, elle comprenait l'intention de la métisse : les forcer à partir, tous les trois, à bord du même appareil qui les avait déposés sur l'île huit ans plus tôt. Pour l'importance du symbole. Au rythme des pales tordues par le vent et la vitesse. Une inspiration profonde attisa la boule de joie nichée dans sa poitrine. Oui, elle était contente de partir.

— Alors, pilote, ça faisait un bout de temps qu'on ne t'avait pas vu… Presque six mois, non ?

L'intéressé hocha la tête. Après son arrivée forcée en Bretagne, il n'avait pas mis longtemps à s'inventer une nouvelle vie sur le continent. Brest demeurait une ville prospère si on voulait éviter les ennuis. Le pilote y avait trouvé un boulot à sa mesure, barman d'un bistrot populaire sur les quais. La vie sur *Enez Eussa* était souvent rude. Seuls les plus déterminés, les plus convaincus s'y installaient pour faire vivre la communauté. Les autres, comme le pilote, venaient y faire des affaires occasionnelles. En quelques années, il avait transformé sa clientèle en juteuse source de rumeurs diverses, dont il avait toujours veillé à avertir en premier les îliens. Mais quelle faveur obtenue auprès de Claire avait-il été sommé ce soir de rembourser ? Ça, c'était une question difficile. Justine n'était pas sûre de vouloir connaître la réponse. À voir sa tête, il n'avait pas repris du service de gaieté de cœur.

— Hey, pilote, c'est sympa d'être venu.

— Mon cul ! Les Chamans campaient devant mon bar depuis des jours. Je vous dis pas la gueule des clients. C'était ça ou fermer la boutique !

Justine dissimula mal son sourire. Ces crapules puantes avaient vraiment le chic pour vous forcer la main sans avoir l'air d'y toucher. Aussi bien camoufler leurs véritables objectifs, c'était leur atout majeur. Claire le lui avait répété suffisamment ces dernières heures.

Gemini ne cessait plus ses opérations de paquetage. Justine savait ce qu'il pensait : les machines qu'il maudissait, si proches, si tentantes, prêtes à subir sa colère. Vite fait, bien fait, en quelques coups du premier outil venu, pulvériser leurs délicats composants et en finir avec leur malignité. En finir avec cette pénible *compromission*. Mais elle savait aussi qu'il n'en ferait rien. Gemini détestait sa propre colère. Au point de tout retourner contre lui. Ses rancœurs. Ses pulsions enragées. Jour après jour, elle l'avait vu se rejouer inlassablement les événements de l'époque. Pour essayer de comprendre. Pour essayer d'y voir clair. Teitomo et sa folie. Teitomo et sa soif névrotique de justice. Certains ne se remettaient jamais de leur adolescence perdue, ou d'amours malheureuses. Gemini, lui, ne se remettait pas d'avoir été arraché à l'enfer par cet inconnu surgi de nulle part. Au prix de sa propre vie. Découvrez l'homme de vos rêves, celui que vous auriez voulu être, puis assistez vite à sa mort. Effectivement, il y avait de quoi se casser quelques phalanges contre le mur de la fatalité. Alors, dans sa tête, l'autel légitimement dédié à l'ex-flic ravagé avait pris des allures de pinacle, ne laissant pas de place à d'autre sentiment qu'une expiation fiévreuse, puis une vertu empruntée, puis une inertie indolente. Une saloperie de parfait gâchis, quoi ! Sentant que l'exaspération allait la reprendre, Justine se força à fermer les yeux. Le grondement du rotor hacha menu sa frustration de ne pas avoir su l'aider à temps. Elle entendit encore farfouiller quelques minutes dans les sacs, avant de s'endormir enfin.

À l'aube, ils seraient tous à Marseille.

*

Elle fit un long rêve sans sommeil, haché par les rémanences de sa plongée dans les pensées de Peter. Une succession de fugues stroboscopiques qui la renvoyaient régulièrement dans la cabine encombrée, avant d'autres projections mentales absurdes. Même la voix monotone du pilote, en liaison permanente avec les stations de contrôle aérien, n'était parvenu ni à la réveiller ni à la bercer complètement. Puis la main de Gemini vint lui secouer le genou :

— On est arrivés.

Et le monde reprit ses droits.

— Il fait jour, balbutia-telle, pourquoi on est pas encore posés ?

— Y a eu quelques complications, précisa le pilote, on faisait des boucles en attendant que ça se décide, là-dessous. Tout est arrangé, ils sont en bas.

Justine bâilla, se massa les tempes. Elle se sentait comme le jouet préféré d'une portée de chiots : mâchonnée, poisseuse et distendue dans trop de sens à la fois.

— Pilote, ça va ? Tu tiens le coup ?

— Ouais, ouais...

Elle s'étira bruyamment, fixa Gemini silencieux sur sa banquette :

— Comment tu te sens ?

Il haussa les épaules, montra les sacs du menton :

— Chargeurs et munitions répartis. Y a même des rations, si t'as faim. Je te déconseille le jambon fumé, les dates ont l'air trafiquées.

Petite intendance avant l'assaut. Elle sourit :

— Encore un contrat pourri avec les Brestois ? On réglera ça à notre retour.

— Ouais, à notre retour.

Justine tourna brièvement la tête vers le pilote concentré sur ses manœuvres d'atterrissage, avant de reprendre à voix basse :

— On laisse les armes au vestiaire pour l'instant. Ça ne sert à rien de les provoquer.

— Tu comptes vraiment sortir les mains dans les poches ?

Dans sa tête, les échos des communications radio étaient brouillés par des grésillements plus intimes. Elle se massa la nuque :

— Moi, oui. Toi, tu restes ici et tu me couvres. Si ça dérape, vous décrochez.

Il ne répondit pas.

— Je peux compter sur toi ?

Gemini eut un petit geste du menton : oui, il veillerait à protéger sa peau de vieille chieuse combinarde.

— O.K., pilote, à toi de jouer.

— C'est parti… On a l'autorisation de se poser. Y aura du monde à l'accueil. Gemini se faufila vers l'avant, prit place dans le siège vide. Justine éleva la voix une dernière fois :

— Si tout se passe bien, venez me rejoindre à mon signal.

— Entendu…

L'hélicoptère pencha soudain vers la gauche, manquant de la faire tomber. Elle se raccrocha aux sangles de cuir usé tombant du plafond, attendit la fin de la descente pour se rapprocher de la porte latérale. Choc sourd au moment de toucher le tarmac.

— C'est bon, dit le pilote, la zone est dégagée.

— À tout de suite…

Le panneau coulissa en grinçant. Le vrombissement des pales poussa un souffle chaud dans la cabine. Justine sortit prudemment de la carlingue. Sa gorge était sèche, son dos et ses épaules n'avaient pas encaissé le mauvais sommeil. Elle n'aurait pas refusé un thé frais. Autour d'elle, la piste était vide. Un ensemble de bâtiments inconnus sur sa droite. Elle passa la tête à l'intérieur de l'appareil :

— On est où, là ?

Le pilote se retourna brièvement :

— À l'est de la ville.

Elle regarda les hangars les plus proches qui réfléchissaient le soleil jusqu'à la faire cligner des yeux :

— Ça a l'air grand… Et neuf.

— C'était ça, les complications, précisa le pilote, ils ont chipoté entre eux sur le point d'atterrissage. C'est une zone neutre, ici.

— Les voilà.

Il y avait de l'agitation en provenance des bâtiments. Justine marcha vers le nez de l'hélicoptère pour se placer bien en vue. Son corps ne lui faisait plus aussi mal. Le refrain d'une ritournelle ancienne sur les lèvres, elle se sentait prête. Du bout de la piste bétonnée, un cycliste roulait vers elle sans se presser. Quatre… Cinq… Six autres visiteurs, juchés sur des petits VTT colorés, se postèrent à distance. Pas vraiment l'allure d'une escouade de soudards, ni tout à fait celle d'un cortège protocolaire. Elle jeta un œil amusé vers Gemini qui, depuis le cockpit, ne ratait rien de la scène. Le vélo s'arrêta à une quinzaine de mètres, l'émissaire mit pied à terre et s'approcha d'un pas mesuré. Cheveux blancs, complet gris, cravate. Arrogance vestimentaire feutrée, tendance patriarche bienveillant.

— Bonjour, messieurs, sourit Justine.

— Madame, soyez la bienvenue, couina l'hôte.

Des yeux bleus cachés sous des paupières lourdes et bouffies. Une voix aiguë sifflante comme un orgue fêlé. Un front large, cerclé d'une couronne de longs cheveux blancs soigneusement peignés, et des dents parfaites derrière un museau de singe plissé.

— Je suis Omar.

Main tendue. Justine serra les doigts fripés. Poigne franche.

— Khaleel est ravi de votre venue, ajouta le vieil homme. Des voitures nous attendent près des hangars.

— Des voitures ? Vous foutez quoi en vélo, alors ?

Rire crissant en montrant l'hélicoptère du doigt :

— Nous autres n'avons pas les moyens de gaspiller le carburant comme vous…

— Épargne-moi le coup de la soupe populaire, pépé. Votre fric arrose jusqu'au Maghreb depuis des années.

— Khaleel m'avait prévenu de votre franchise

incisive, sourit le vieux. Suivez-moi, il veut vous saluer comme il convient.

Justine invita ses deux compagnons à sortir, fit une grimace agacée :

— Vous n'avez pas répondu à ma question.

Le grand-père releva son VTT chromé, actionna machinalement les freins :

— Nous sommes dans une enceinte protégée. Aucun véhicule motorisé. Ce qui répond à une autre de vos questions à venir : oui, votre hélicoptère est en sécurité ici.

Justine apprécia l'étendue du tarmac désert :

— Un camp militaire, c'est ça ?

— Disons un espace diplomatique.

Gemini et le pilote étaient sortis de la carlingue. Le vieil homme les salua de la même manière qu'il avait salué Justine. Le pilote verrouilla les portes avant de confier les clefs à Justine.

Omar sourit benoîtement :

— Par ici, s'il vous plaît…

Ils suivirent le vieil homme vers la sortie du terrain. Les autres émissaires rebroussèrent chemin à leur approche, ne leur laissant jamais l'occasion de les rattraper. Quand ils furent à quelques mètres de la sortie, les reflets luisants de lourdes berlines noires attirèrent l'attention des visiteurs. Justine siffla d'admiration :

— Vous savez recevoir.

Omar hocha humblement la tête :

— Le premier magistrat a exigé que vous soyez honorablement reçus.

— Monsieur est trop bon, ricana Gemini.

Leur guide ne répondit pas. Il leur indiqua la voiture qui leur était réservée, avant de s'approcher du véhicule de tête :

— Je vous retrouve à votre hôtel. J'ai pensé que vous apprécieriez de voyager entre vous. À tout à l'heure.

L'intérieur de la vaste berline était climatisé. Les sièges en cuir couleur crème étaient frais et d'un confort indécent. Justine et ses deux acolytes s'installèrent côte à côte dans le spacieux habitacle, un peu soufflés par la débauche de luxe. Le pilote soupira :

— Y a pas à chier, ça paye d'être les méchants de l'histoire.

— Oui, sourit Justine pour elle-même, mais ils perdent toujours à la fin.

Le convoi démarra dans un silence haut de gamme, avant de se mêler élégamment à la circulation des grands axes extérieurs de la ville. Gemini s'agita sur son siège, incapable de ne pas regarder le paysage qui défilait derrière les fenêtres teintées :

— Vous avez vu ? C'est incroyable !

Effectivement, pour l'ex-sauvageon élevé sur un rocher au large de toute civilisation, le spectacle ne pouvait être que fascinant : tout autour d'eux, le large ruban d'asphalte sinuait entre de larges blocs de bâtiments industriels. Défilement de façades gris béton, glissières galvanisées, terre-pleins bariolés, piles de pont luminescentes. Échangeurs, couloirs de dépassement et carrefours surélevés achevaient de composer un univers autoroutier surprenant. Ils en restèrent muets d'ébahissement pendant plusieurs minutes. Autour d'eux, les voitures filaient sans se soucier de leur présence. Il y avait de tout : des deux-roues qui se faufilaient en miaulant, des petites voitures individuelles aux formes bombées et bizarrement organiques, des camions massifs aux flancs frappés des noms de leur employeur.

Ce fut ce détail qui frappa Justine immédiatement : les marques. Les véhicules affichaient des logos et des slogans publicitaires. Ici, on fabriquait des choses avant de les vendre en vantant leur qualité. Ici, l'industrie, la consommation, la production et le commerce avaient repris leur cours. Toute la civilisation d'avant la catastrophe résumée par quelques logos inconnus accompagnés de phrases toutes faites :

« Aller plus loin ensemble »

« Les bienfaits du soleil dans votre assiette »

« Toujours à votre écoute »

Affligeant et attirant. Comme si le monde avait continué de tourner pendant leur absence. Soudain, leur petite résistance acharnée, sur leur île du bout de la terre, lui sembla dérisoire. *Fumier sans classe, t'as bien préparé ta combine, tu nous as organisé la tournée des grands dupes !* Il devenait évident que le choix du parcours n'avait rien d'innocent. Omar ou un autre avait soigneusement pensé le coup. Elle se demanda même si les complications avant l'atterrissage n'étaient pas une manière d'attendre le moment où la circulation des axes périphériques serait à son paroxysme. Histoire de leur en mettre plein les yeux. Pervers avec l'air de pas y toucher. Du Khaleel pur vice.

— Enfant de vérole, siffla-t-elle.

Gemini la regarda de travers :

— Un problème ?

— Ils nous ont préparé un petit circuit touristique bien chiadé. Avec attractions et feu d'artifice pour gogos. Nous prennent vraiment pour des buses. Manque plus que les colliers de perles et la verroterie.

Gem regarda à nouveau par la vitre le défilé des véhicules, sourit amèrement :

— Merde, t'as raison, on est au cirque et c'est nous les clowns.

Ils rirent tous les trois pour exorciser leur honte, du rire gêné des pouilleux invités au palais mais qui craignent de crotter les tapis.

— N'empêche, remarqua le pilote, c'est dingue. On dirait que tout est comme avant. Comme si rien n'était arrivé.

— À un détail près, maugréa Justine en désignant quelque chose à l'extérieur.

Les deux hommes tournèrent la tête vers la façade pointée du doigt. Leur voiture ayant ralenti avant de pénétrer dans le cœur de la cité, il était maintenant beaucoup plus facile d'en apprécier l'architecture et les détails : grise, discrète et silencieuse, la sphère d'une borne de relais phéromonique dominait la rue. La climatisation parut soudain trop fraîche dans l'habitacle. Gemini frissonna :

— Je pensais pas qu'il les avait gardées. Tu crois qu'elles sont encore en état de marche ?

— J'en sais rien… Je crois pas. Maintenant que tout le monde se sert de Mandala…

— De toute façon, soupira le pilote, c'est un peu tard pour s'inquiéter.

Justine tourna la tête vers lui :

— Tu as encore de la famille ici, non ?

— Non, maugréa l'homme, plus maintenant. Pas depuis les massacres.

— Hey, intervint Gem, je crois qu'on est arrivés. Mince, regardez-moi ce palace.

Ils descendirent de la voiture, surpris par le vacarme de la ville. Reconnaissant l'endroit, Justine eut une bouffée de tristesse et de joie mêlées. Il y avait si longtemps qu'elle n'était pas venue ici. Omar s'approcha d'elle, tout sourires :

— J'espère que vous apprécierez votre séjour.

Elle leva la tête vers la façade fatiguée de leur résidence. Elle reconnaissait l'endroit, mais il fallut quelques secondes à sa mémoire frelatée pour retrouver la légende sur la photo :

— Le Mercure, le plus vieil hôtel de la ville.. Vous nous gâtez.

L'émissaire agita la main :

— C'est la moindre des choses. Vous verrez, tout est prêt, entrez.

Il prit la tête du petit cortège, franchit les portes et traversa prestement le grand hall ombragé. Personne à part eux. Ils prirent la direction des larges escaliers cirés. L'agencement proposait un mélange raté de chic ancien et de design moderne épuré : boiseries vernies, larges fauteuils en cuir lourd, néons bleus et colonnades en aluminium brossé.

— La réception de bienvenue vous attend à l'étage.

Justine fronça les sourcils :

— Une réception ?

— Rien de bien formel. Le premier magistrat y tient absolument.

Le premier étage proposait une décoration semblable au rez-de-chaussée, avec moins de néons et plus de boiseries. Des tapis épais étouffaient les pas des visiteurs. Diffusée par des haut-parleurs dissimulés dans le plafond, une mélodie discrète rythmait leur promenade. Omar tourna sur la droite vers une galerie secondaire :

— Si vos appartements ne vous convenaient pas, nous serions ravis d'entendre vos souhaits et d'agir en conséquence. Par ici, s'il vous plaît.

Long couloir frais aux murs couleur amande. Leur guide montra successivement trois portes sur leur gauche :

— Je vous laisserai vous installer à votre convenance. Mais avant, il y a la petite réception dont je vous avais parlé.

Il ouvrit une quatrième porte sur un grand salon confortable, garni de banquettes, fauteuils, buffet garni, avec vue sur la place en contrebas.

— S'il vous plaît…

Ils entrèrent tous dans la pièce décorée avec soin. Dans un coin, face aux sièges, un volumineux écran de bakélite gris foncé attirait immédiatement l'attention. La même musique sans prétention que dans les couloirs tombait cette fois du plafond. Vaguement agacée, Justine ne put retenir une grimace.

— Prenez place, dit leur guide en s'approchant du téléviseur.

Il s'accroupit devant le lourd mobilier un peu sinistre, pendant que ses invités se posaient sur les sièges confortables. Il y eu un bruit de trappe mécanique qui se referme, puis l'écran s'alluma.

— Madame, messieurs, je vous présente le premier magistrat.

Les traits ravinés de Khaleel se matérialisèrent avant de s'étirer sur toute la surface de l'écran. Sous les sourcils neigeux, le regard javellisé distillait une lueur maligne, que la retransmission ne parvenait pas à éteindre. Les lèvres craquelées remuèrent faiblement quand les micros prirent le relais. Le vieillard parlait très lentement :

— Votre visite est une source de joie. C'est un plaisir rare de voir ou revoir d'anciennes connaissances.

Surprise par l'apparition, Justine ne sut quoi répondre. À côté d'elle, Gemini se redressa dans son fauteuil, curieux de découvrir enfin la tête du terrible vieillard.

— Je vous rencontrerai bientôt, poursuivit le visage fatigué. Pour l'instant, profitez au mieux du confort mis à votre disposition. J'ai hâte de vous parler.

— Espèce de charogne, explosa Gemini, où est Lucie ? C'est toi qui l'a récupérée, enfoiré !

— À très bientôt, mes amis, conclut un Khaleel imperturbable.

Incrédule, Gemini cracha sur l'écran :

— Mais tu vas répondre, pauvre merde !

L'écran s'éteignit.

Omar leva la main en guise d'apaisement :

— Ce n'est pas raisonnable de s'énerver ainsi.

— De quoi je me mêle ? Putain, trop sympa la discussion à sens unique.

— Allons, voyons, il ne pouvait pas vous répondre...

— Et pourquoi ?

Le dignitaire montra la télévision du doigt, un peu embarrassé :

— Mais enfin, ce n'est qu'un message préenregistré.

Dans le silence gêné qui s'ensuivit, chacun put entendre à nouveau la musique diffusée dans la pièce. Puis Justine poussa un gémissement quand elle réalisa que c'était l'air qu'elle fredonnait depuis l'atterrissage, un air synthétique calqué depuis huit longues années *sur les pulsations cardiaques du maître de la cité*.

# I stick my neck out for nobody

Justine achevait de prendre sa troisième douche quand on frappa à sa porte. Elle s'enveloppa dans un nouveau peignoir — tiède et moelleux, seigneur ! — avant d'aller ouvrir. Gemini entra, l'air mauvais.

— Salut, maugréa-t-il en se vautrant dans un des fauteuils profonds de la suite. Tu te sens mieux ? Encore sous la flotte ?

Elle fit une grimace coupable. Depuis son léger malaise durant la réception, la salle de bains était devenue son nouveau royaume. Elle ne se lassait pas de la douce chaleur diffusée par la mosaïque au sol, la lumière tamisée du plafond se reflétant sur le carrelage turquoise des murs, le subtil parfum de muguet de l'eau toujours à la température idéale. Sans parler de l'absence bienvenue de haut-parleur ou de baffle ! Elle sourit :

— Et toi ? T'as pas envie de t'abandonner au plaisir coupable de la propreté ?

Gemini eut un hoquet amusé :

— Je les emmerde. Ma crasse les emmerde. Et je pisse sur leurs matelas *king size*.

— Chouette programme, reconnut Justine en s'asseyant en face de lui.

Un peu moins de douze heures qu'ils étaient à l'hôtel. Derrière les fenêtres, Marseille étalait sa richesse et sa nonchalance urbaine. La rumeur citadine de la fin d'après-midi, assourdie par le double vitrage, leur rappelait qu'ils étaient dans le cœur infecté de l'empire ennemi. Heureusement, le chuintement de la douche couvrait totalement le bourdonnement extérieur. Autre motif suffisant pour poursuivre sa frénésie aquaphile.

— Tu voulais me dire quelque chose ?

— Ouais… T'as essayé de regarder la télé ?

— Non, pas encore. Je prends mon temps.

Gemini, lui, n'avait pas eu sa patience. Non sans un brin d'amusement, elle l'avait vu essayer méthodiquement chaque élément de mobilier présent dans chacune des suites, dissimulant mal sa fascination de gosse sous une cuirasse de mâle méfiance.

Il bondit vers le lourd écran, saisit le boîtier de commande des programmes :

— Faut que tu voies ça, alors !

Un kaléidoscope de vignettes animées se matérialisèrent en même temps qu'un logo malvenu en forme de roue solaire : Mandala™. Gemini agita la manette dans sa main, tout fier de sa découverte :

— Avec ça, tu peux agrandir n'importe quelle image pour la voir en grand. Si tu préfères voir autre chose, tu changes quand tu veux. Mais si tu décides de reprendre ton premier choix, ça redémarre là où tu avais quitté le programme. Regarde !

Toutes les vignettes se fondirent en une seule qui prit toute la surface de l'écran. Un homme aux traits durs apparut dans un décor en noir et blanc ; on entendait un piano.

— Hey, dit Justine, mais je connais ça…

Elle se cala dans un autre fauteuil, presque aussi excitée que son voisin :

— *Casablanca* ! Un classique.

Il la regarda, un peu interloqué :

— Tu veux dire que c'est un truc connu ?

— Un classique, je te dis ! Lui, c'est Bogart. Merde, ça fait vingt ans que j'ai pas vu ce film… Monte le son.

Elle lui fit signe de se taire et de regarder. Gemini soupira :

— Ça sert à rien, j'ai déjà essayé de regarder tout à l'heure et j'ai rien compris.

Effectivement, un doublage médiocre en arabe gâchait le spectacle. Le *lip sync* était épouvantable. Il y avait certainement un moyen de changer la langue.

— Passe la télécommande.

Justine appuya au hasard sur quelques touches, sans autre résultat que l'affichage en surimpression de symboles turquoise baveux sur les images du film. Rien de plus. Ce fut déjà assez compliqué de simplement les faire disparaître. Elle coupa le son.

— Merde…

Gemini se releva, vaguement frustré de s'être fait dérober sa prestation :

— Je vais traîner en ville, tiens, histoire de renifler un peu l'ambiance. Justine détacha son regard du film pour le dévisager :

— Méfie-toi, tout le monde ici ne sera peut-être pas aussi ravi de te voir que Khaleel et sa bande. Sois très prudent.

— T'inquiète, j'ai de la ressource.

Petite pause, puis :

— Et toi, tu restes ici ?

— Mouais… Je vais me laisser tenter par une soirée télé.

— O.K., à plus tard, alors.

Elle le regarda partir, vaguement angoissée. Depuis leur arrivée, Gemini était tendu à craquer. C'était plus que leurs éternelles querelles de charognards autour du cadavre de Teitomo. Tout ce qui les entourait semblait l'agresser : le confort tapageur de leurs suites, la haute technologie de la cité et son modernisme inquiétant, jusqu'aux dimensions des matelas. Il se comportait comme le cousin bouseux qui découvre ébahi les lumières de la ville. Elle soupira, saisit la télécommande et chercha comment rétablir le son. Pianotage aléatoire. À l'écran, Rick Blaine envoyait paître Ugarte sans ménagement : « I stick my neck out for nobody. » Miracle, la V.O. était de retour ! Surtout ne plus toucher à rien. Justine s'enfonça béatement dans le fauteuil. Cette soirée s'annonçait bien…

… Fin. Les brumes de l'aéroport de Casablanca avaient fini d'envahir la nuit. Il faisait noir maintenant. Justine soupira d'aise, emmitouflée dans son peignoir. Une brise légère venue du Maroc caressa son visage agité de tics. Elle se sentait plus confite qu'un ver dans une cerise. Impensable de bouger sans briser sa carapace de sucre glace. C'était délicieux. Si seulement elle avait pu empêcher les ombres arboricoles de se faufiler jusqu'à sa cachette. Mieux valait ne pas y penser. Après tout, il n'était pas dit qu'ils sauraient la trouver, si elle ne bougeait pas. Elle étouffa un rire satisfait. C'était vraiment une excellente soirée. Ne manquait plus qu'un peu de raki frappé pour clore le programme en beauté. Peut-être que si elle rampait jusqu'au salon, l'air de rien, les orbes du non-monde n'y trouveraient rien à redire ? Elle leva la tête prudemment, en évitant de croiser leur regard de cobalt. La balise de guidage la plus proche bourdonna d'agacement en percevant sa duplicité. Au loin, par-delà la baie vitrée, un maigre ululement de menace monta vers les aigus. Justine retint son souffle. Elle ne devait plus bouger. Elle n'était pas censée se trouver ici. En même temps, son pied la démangeait affreusement et elle ne savait pas combien de secondes elle saurait se retenir de le gratter. Les orbes perçurent son envie : « Juuuuuustine, laisse-toi faire. Laaaaisse-toi faaaaire. »

— Allez vous faire polir ailleurs, grimaça-t-elle.

Le ululement revint, plus grave, comme des pieds raclant les dalles usées d'un escalier perdu. Justine ferma les yeux. Qu'est-ce qu'elle foutait là ? Elle ne se souvenait pas d'avoir pris de billet pour ce vol en « dingorama ». Elle voulait seulement voir un vieux film… La porte de la suite s'ouvrit sur sa droite et Peter Lerner entra dans la pièce quand elle ouvrit les paupières.

— *Vade retro*, murmura-t-elle en poussant sur ses pieds pour faire reculer le fauteuil.

L'apparition la regarda d'un air inquiétant :

— Justine ?

Il portait une veste blanche et un pantalon large serré aux chevilles. Pas du tout son style. Peut-être que lui aussi revenait du Maroc ?

— Beau temps à Casablanca, sourit-elle.

— Qu'est-ce que tu racontes ?

— Ouais, ouais, c'est ça, fais celui qui comprend pas.

Elle agita un doigt provocateur :

— Mais moi, je te connais, Peter... Et si tu t'approches encore, je te dénonce aux autorités.

Peter désobéit et s'approcha du fauteuil. Justine sentit monter sa peur. Il la dévisagea sans parler, tourna la tête vers la télévision, revint vers elle :

— T'es complètement défoncée, ma petite !

Elle dévoila ses avant-bras en tirant la langue :

— Même pas vrai, j'ai rien pris.

Elle essaya de fixer son regard sur l'apparition, hocha la tête :

— De toute façon, t'es pas vraiment là, tu peux pas être ici.

Une paire de gifles bien appliquées sur ses joues lui prouvèrent le contraire. Sous le choc, elle s'était mordu la langue. La saveur métallique du sang lui réveilla les papilles et, par extension, le cortex tout entier.

— Merde, t'es vraiment là, marmonna-t-elle.

Peter ne répondit rien. Il éteignit l'écran, secoua la tête :

— Je crois que j'ai compris. T'es pas habituée à nos programmes. T'es en surdose.

— En surdose ?

Il montra la télévision de la main :

— Les images diffusées ici sont, comment dire, améliorées. Ça peut causer des perturbations quand on n'est pas acclimaté.

Ça, elle voulait bien le croire. Elle venait de s'offrir un trip d'ordinaire uniquement obtenu sur rendez-vous avec sa came :

— Merci, Mandala, gloussa-t-elle.

— Pas seulement. Mandala régit la diffusion numérique, mais le contenu est une technologie différente, locale.

Sous ses pieds nus, le sol retrouvait une texture plus habituelle. Elle commençait à émerger. Restait à faire le tri entre les différentes couches de délires.

— Comment tu peux savoir ça ?

Rire franc, puis :

— Parce que j'ai supervisé leur création. Et puisque nous en sommes aux confidences : je ne suis pas Peter.

Elle cligna des yeux, scruta un instant les traits presque parfaits de celui qui se tenait devant elle dans sa suite.

— Espèce de petit enculé, siffla-t-elle en réalisant qui se tenait réellement devant elle.

— Salut, Justine, sourit le Roméo goguenard, ravi de son effet. Prépare-toi, cette nuit il y a fête en ville.

*

Deux heures plus tard, Justine entra dans une grande salle de réception somptueusement décorée. Elle portait un pantalon en soie, de coupe orientale, et une chemise brodée de fil d'or. Les deux servantes convoquées par le Roméo pour la préparer avaient fait des merveilles : son maquillage était parfait, sa chevelure sentait bon l'eau de rose, ses ongles laqués luisaient comme des papillons. Elle ne s'était pas sentie aussi sophistiquée depuis… très longtemps. Trop longtemps. À son côté, son cavalier arborait un air de seigneur heureux de présenter sa dame à la cour. La quarantaine de convives applaudirent leur arrivée, puis la fête reprit sans plus se soucier d'eux. Une musique sourde pulsait à travers les baffles encastrées dans les murs ; une mélopée dissonante, pas tout à fait déplaisante mais difficile à apprécier au premier abord. Justine finit par reconnaître sa base rythmique : encore les battements d'un cœur humain, agrémentés d'ornementations électroniques. La mélopée cardiaque du premier magistrat. Un frisson désagréable lui parcourut la nuque. Avec les années, Khaleel avait perfectionné sa technique…

Le Roméo l'entraîna vers le buffet, croulant sous les pâtisseries et les boissons sucrées. Aucun alcool. Justine aurait pu manger une des grandes plantes en pot bordant la piste de danse, tant elle avait faim. Elle avala d'une bouchée un baklava dégoulinant de miel, en observant l'assemblée réunie autour d'eux. À l'autre bout de la salle, occupé à descendre méthodiquement tout verre passant à sa portée, le pilote lui adressa un salut ravi de la tête.

— Dommage que Gemini ait préféré se promener seul, dit le Roméo.

Justine saisit une tasse de thé sucré, avala une gorgée avant de poser sa question :

— Vous l'avez fait suivre ?

— Disons que nous veillons sur lui.

Il fit une pause avant d'ajouter, l'air narquois :

— Nous faisons grand cas de nos invités.

Justine ne répondit rien. Les années n'avaient pas changé les manières du Roméo : une servilité sincère teintée de fausseté complice, le genre qui invite à apprécier en toute connivence la faisanderie dont on est le pigeon. Avec en prime l'air de pas y toucher. Désarmant et furieusement agaçant. Même pas de sa faute, en plus : il avait été conçu pour ça. Prototype Zentech. *Avec un peu de chance, un modèle unique, si les dieux ont un peu de miséricorde.*

— Nous n'espérions pas votre venue si tôt, ajouta le Roméo sur l'air de la confidence. Nous avons dû improviser un peu. Avec plus de temps, l'incident de la télé aurait été évité, en bridant les récepteurs de vos chambres.

— J'étais vraiment partie, acquiesça Justine. Merde, normalement, je dois m'injecter une putain de dose pour arriver à un tel…

Elle se tut avant d'en dire trop. Le Roméo saisit une pâtisserie en faisant celui qui écoute la conversation sans s'y intéresser tout à fait.

— Ça va, sourit Justine, épargne-moi au moins le coup de l'inattention polie.

Il lui adressa un regard velouté, empli de complicité moqueuse. *Sainte merde, un prototype définitivement malsain.* Dans ses yeux, on pouvait maintenant lire toute l'intelligence d'un maître de la manipulation :

— Tu sais, nous aussi nous espionnons Peter. Mais nous n'employons pas les mêmes méthodes… Et nous n'obtenons pas tout à fait les mêmes résultats.

Bon. La conversation prenait un tour officiel. Elle n'y était pas opposée :

— Pourquoi vous avez enlevé le gamin ?

Le Roméo se figea quelques secondes, comme s'il cherchait la réponse correcte parmi différentes options :

— Nous avons estimé qu'il serait plus en sécurité avec nous. Vous n'êtes pas capables de résister à Peter, s'il décide de vraiment vous donner une leçon.

— Et vous, oui ?

Il hocha la tête d'un air satisfait, se tapota la tempe du bout de l'index :

— Khaleel partage avec lui une certaine nature *prophétique*. Il sait encore sentir les événements. Crois-moi, notre action était commandée par la sagesse.

— Il y a eu des morts…

— Bah, tu sais comme moi que c'est inévitable dans ce genre de situation. Mais, vous aussi vous y trouverez votre intérêt.

Justine regarda la grande salle aux murs carrelés, les danseurs se balançant au rythme cardiaque de leur maître, l'ambiance froide et rigide de la fête.

— Et vous espérez me convaincre avec ça ? dit-elle en balayant la scène de la main.

Le Roméo eut un rire joyeux :

— Très franchement, non. Pourtant, tu vas m'écouter, car tu es venue jusqu'ici pour ça… Et puis, tu sais comme moi qu'il n'y a plus de place en ce monde pour la bêtise.

Il lui saisit l'avant-bras et le serra pour appuyer son propos. Elle ne répondit rien, se dégagea pour avaler un deuxième baklava sans trembler. La partie ne faisait que commencer.

— Ce que tu vois ici ce soir, disait le Roméo, c'est la preuve du génie du premier magistrat. Sans lui, rien de ceci n'aurait été possible…

Il ne cessait de parler, d'un ton badin. Elle, courtoise, se contentait d'écouter l'éloquente démonstration. Ils avaient pris place dans un océan de coussins moelleux, à la place d'honneur de la fête. Une servante s'était approchée, offrant drogue et tabac. Elle avait refusé à regret.

—... Il a su vaincre la folie et la mort, nous enseigner la discipline nécessaire à notre survie. Grâce à lui, la barbarie a été jugulée. Tu as vu, en ville ? Le transport, le commerce, l'énergie... Tout, tout a été rétabli ! Grâce à lui. Grâce à Khaleel !

Justine désigna les danseurs du menton :

— Mais vous êtes toujours infectés...

— Oui, c'est vrai. Mais nous sommes redevenus maîtres de nos actes. Nous avons repris le contrôle de notre destin. Nous ne sommes plus vos ennemis. Nous sommes seulement des voisins.

Elle aurait pu lui arracher les yeux de ses ongles, à cet instant. Elle se souvenait parfaitement des mensonges de Khaleel, de la manipulation dont elle avait fait l'objet pour propager plus vite le virus, pour atteindre Karmax et entériner cette révolution en marche. Son époux, Peter, aurait pu trouver une solution. Ça avait toujours été son génie, de contourner les obstacles et proposer une alternative viable. Mais Khaleel avait froidement décidé de l'infecter, comme il avait manœuvré pour pousser Teitomo à la folie et à la mort. Le misérable gredin était un stratège obscène, mû uniquement par le désir de survivre. Comme tant d'autres, elle en avait été la victime, sinon la complice. Que son bras droit affirmât maintenant le contraire était tout simplement intolérable. Mais il était encore trop tôt pour riposter.

Pour cacher le tremblement nerveux de sa voix, elle se força de parler posément :

— Comment êtes-vous arrivé à ce miracle ?

— Simple dans le principe, dit le Roméo, mais compliqué techniquement. Ce que tu as expérimenté en regardant la télévision en fait partie. Toutes les émissions audiovisuelles de la région sont soigneusement modifiées par nos soins. Ça n'altère presque pas la qualité de l'image, mais nos *messages* influent sur le comportement du spectateur.

— Une sorte d'hypnose ?

— Plutôt une sorte de filtre qui parasite les effets violents du Chromozone… Je te l'ai dit, c'est techniquement très pointu et je n'y connais moi-même pas grand-chose.

— Je vois… Et le Mandala ?

Le Roméo grimaça :

— Nous étions bien forcés de passer par lui pour contourner le Chromozone. Tu sais, Peter avait raison d'y croire : son système marche parfaitement. Nous n'avons même pas eu à acheter une de ces versions pirates plus ou moins fiables venues d'Afrique ou d'Europe centrale, non : il nous l'a gracieusement offert. De toute façon, ils ne s'en servent plus. Peter est passé à un autre projet plus ambitieux.

— Je n'en doute pas, asséna-t-elle amèrement.

— Bien entendu, ajouta-t-il, la population est consentante. Personne ici n'a envie de revivre ce qui est arrivé autrefois.

— Et si votre filtre était désactivé ?

— Eh bien, nous pourrions assister à une forte montée de violence, sans doute. Mais cette technique télévisuelle n'est qu'un des outils à notre disposition. Nous en avons d'autres, pour juguler, canaliser et répartir les pulsions de nos concitoyens. Tu devrais voir le stade régional, pendant les grands championnats : une ambiance du tonnerre ! Ça fonctionne plutôt bien…

La réponse avait fusé sans hésitation. Oui, la belle société bien huilée mise en place depuis l'infection était maintenue artificiellement en vie, en bridant de force sa nature féroce. Ils ne tentaient pas de le cacher.

— Et cependant, souffla Justine, vous espérez pouvoir nous convaincre.

— Pas forcément, sourit le Roméo, mais la proposition de Khaleel sera trop séduisante pour que vous la refusiez.

Le rythme de la musique s'emballa. Elle observa les danseurs changer de pas pour coller à la nouvelle émotion crachée par les baffles. Dans un coin, le pilote faisait du gringue à une des servantes. Justine eut envie d'un verre d'alcool glacé pour l'aider à réfléchir.

— O.K., dit-elle, vous proposez quoi ?

Le Roméo se laissa aller en arrière dans les coussins, passa une main dans ses cheveux en regardant le plafond :

— Khaleel vous expliquera tout ça lui-même demain matin. En attendant, la soirée ne fait que commencer…

— T'aurais rien de plus costaud à boire ?

Il rit aux éclats, se redressa pour appeler une hôtesse :

— Tout de même ! Je me demandais quand tu allais te décider à rigoler un peu.

Justine ne put retenir un sourire complice. Une femme qui était restée en retrait depuis le début de la fête s'approcha, portant un plateau garni de petits verres remplis à ras bord. Le Roméo se servit en premier :

— Du raki poivré, importé depuis le khalifat des Carpates. Tu vas adorer.

Il avala le sien cul sec, claqua la langue en grimaçant :

— Glacé, comme tu l'aimes.

Justine le dévisagea, interdite. Le Roméo eut une grimace :

— Je te l'ai dit, nous avons veillé sur vous.

Elle avala son verre sans le lâcher des yeux. Au fond de son ventre, sa colère s'était réveillée.

*

Gemini marchait depuis plus d'une heure. Il avait tourné le dos au port, désireux de voir autre chose que des bateaux et des quais. Le panorama maritime, il connaissait déjà, merci. Il avait observé le ballet des voitures pendant plusieurs minutes devant l'hôtel, dans l'espoir de repérer plusieurs fois la même, d'identifier une mascarade coûteuse destinée à les bluffer. Il aurait presque préféré une telle supercherie au provocant étalage des carrosseries roulant à toute allure. Dans le Nord, les carburants demeuraient un luxe rare. Ici, on aurait pu croire que l'essence était directement puisée dans le Vieux-Port. Puis son envie de calme avait pris le pas sur sa fascination pour la circulation.

À l'écart des grandes artères, le silence revenait rapidement, seulement ponctué par des pépiements d'oiseaux et des bribes de conversations tombant des fenêtres. Rue Beauvau. Rue Sainte. Rue de la Paix.

Il croisait des passants nerveux, aux visages fermés, qui distillaient par chaque pore de leur peau une agressivité qui n'en finissait pas de noircir la façade des immeubles. Gemini se souvenait de ce que lui avait raconté Justine à propos de Marseille : la cité rendue folle par le Chromozone ; les morts et la terreur ; l'implosion des sociétés formatives rongées par le virus ; la propagation de l'épidémie, relayée par les bornes phéromoniques Zentech installées dans la ville. Tout avait commencé ici. Plusieurs années après, les stigmates étaient là, jusque dans le regard des habitants pressés. Leur confort et leur opulence, qu'ils se les gardent !

Il soupira. Peut-être ferait-il mieux de rentrer ? Il ne risquait pas de découvrir grand-chose ici. Il lui aurait fallu plus de temps. Beaucoup plus de temps. C'est alors qu'il les aperçut au bout de la rue... Ses yeux reculèrent jusqu'à son cœur.

Trois tueurs d'Orage. Occupés à vaguement surveiller le prochain carrefour, dans leur uniforme couleur de suie, la dague blanche stylisée bien visible sur leur poitrine.

Ils ne semblaient pas l'avoir remarqué.

Sans plus aucune pensée cohérente, il crut reculer mollement vers la gauche. Il ne devait pas leur tourner le dos, sinon ils fondraient sur lui pour le dépecer. Les silhouettes sanguinolentes, dessinées sur la fresque de Claire, tourbillonnaient dans sa tête. S'il montrait sa faiblesse, ils l'achèveraient en souriant aimablement. Ses pieds refusaient de bouger. Une main passa pardessus son épaule et l'attira violemment en arrière en le bâillonnant :

— Reste tranquille, murmura une voix rocailleuse, ils ne te verront pas.

Les doigts sur ses lèvres avaient un goût d'huile. L'homme devait être costaud car il l'attira vers un renfoncement sans effort apparent. Avant de relâcher son étreinte.

Gemini se retourna : un type enveloppé dans un grand manteau usé le dévisageait en se mâchonnant les lèvres. Quelque chose dans sa dégaine le rendait sympathique. Peut-être sa coupe de cheveux, qui aurait fait s'évanouir d'horreur un escadron de coiffeurs, ou bien sa figure rougie par la boisson et le temps. Il eut un geste nerveux vers le carrefour :

— Toi aussi, t'as une dent contre ces fumiers ?

Il opina lentement, fixa à nouveau son attention sur les Orage. Le gars rigola :

— Faut jamais t'arrêter devant eux, ça les excite encore plus. Un conseil, gars : la prochaine fois passe juste devant l'air de rien, ça les bluffera plein pot.

Gemini n'écoutait pas vraiment. Le trio, directement jailli de ses cauchemars, avait envahi son champ visuel. Ses oreilles bourdonnaient. Au cœur des battements de sa mémoire tachycarde, il crut entendre un hurlement lointain. Diodes médicales qui s'éteignent, en surimpression dans la rétine. L'autre continuait à parler :

— T'inquiète, ils vont pas rester. Y a match, ils font juste une petite patrouille de routine.

Gemini reprit péniblement pied :

— Hein ? Match ?

— Ouais, match. Ils surveillent juste le quartier pendant que le populo est au stade. Le football doit être vécu sur place, sans retransmission télé. C'est ce qu'affirme le Preum's, en tout cas. Presque un devoir citoyen.

Le Preum's, ça devait être le surnom que la rue attribuait à Khaleel. Ça faisait du bien, d'entendre autre chose que les propos policés des dignitaires ; ça laissait supposer des fissures dans le programme officiel. Décidément, le bonhomme était sympathique.

— Je ne suis pas d'ici, balbutia Gemini.

— Je sais, gars. T'es arrivé à l'hôtel aujourd'hui.

Tous les indicateurs de Gemini repassèrent au rouge. L'autre vit sa méfiance, secoua la tête gentiment :

— Tu crois que je t'ai sauvé la mise au hasard ? Je te suivais depuis que t'es sorti, gars !

— Tu me suivais ?

Gemini regretta de ne pas être armé.

— Ouais, pour t'éviter de faire ce genre de conneries.

L'homme montra la patrouille du doigt, laquelle décida à cet instant de tourner les talons et de disparaître vers la gauche.

— Écoute, soupira-t-il, je me doute bien que t'es pas au jus de ce qui se passe vraiment ici, mais si t'es dans la rue, c'est que tu voulais visiter un peu, non ? Alors profite du guide, je suis là pour ça.

Il se releva, lui tendit la main. De face, il sentait la sueur rance et le mauvais pinard. Gemini aussi avait chaud, tout à coup. Il se redressa, accepta le signe de paix en silence. Le gros homme gloussa :

— Cool, gars, on va se faire une petite virée dans le quartier nord. J'ai des amis qui veulent te voir.

— Des amis ?

— Des alliés, gars, des alliés… Au fait, je m'appelle Georges.

Le colosse l'entraîna dans la direction opposée au carrefour d'où avaient disparu les tueurs d'Orage. C'était une bonne raison supplémentaire d'accepter l'invitation. Gemini lui emboîta le pas, un peu indécis. Avec un peu de chance, il allait vraiment découvrir quelque chose de vital pour leur mission.

Le soir tombait quand ils arrivèrent au but de leur excursion. Dominant le quartier, la conforteresse était en mauvais état. Bâtie trop vite, elle se désagrégeait de même. Plus vraiment l'aspect massif d'une citadelle résidentielle. Tout autour, d'autres foyers avaient été construits récemment, plus petits, plus tenaces, pour loger les habitants du secteur nord. Georges tirait sur ses lourdes jambes entre les reliefs de chantier, entraînant à sa suite un Gemini intrigué.

Installées dans les armatures d'échafaudages jamais démontés, des échoppes fuligineuses proposaient des variétés de soupes et bouillons aux forts parfums de crustacés. La population semblait plus dense, ici, moins pressée et paranoïaque que dans le centre-ville. Personne ne semblait s'intéresser à eux. Quelque part en hauteur, une radio crachotait un air populaire du Maghreb. Gemini s'arrêta pour écouter. Son guide rigola en croisant son regard stupéfait :

— D'toute façon, tout est vérolé par le virus, ici, alors y a pas de raison de se priver d'utiliser du matériel contaminé.

— Là d'où je viens, c'est interdit…

— Je sais, sourit Georges, mais t'inquiète, tu crains

rien, tout est sous contrôle. Merci au Preum's et ses méthodes.

Gemini hocha la tête. La politique de Khaleel et de ses semblables était bien établie depuis les premiers jours de l'épidémie : à la terreur de l'infection aveugle, préférer une exposition jugulée aux effets du Chromozone. Quand on voyait ce qui s'était passé ailleurs, on pouvait effectivement admettre qu'il avait vu juste. Ou, du moins, évité le pire.

— N'empêche, ajouta-t-il, ça surprend.

— Ben, attends-toi à une autre surprise, gars : on est arrivés.

Il montra du doigt le grand hall éventré de la conforteresse :

— Reste plus qu'à grimper dans les étages.

À l'intérieur du gigantesque bâtiment, il faisait plus sombre et plus froid. Justine lui avait parlé de ces immenses résidences surprotégées, réservées naguère aux membres obéissants des structures formatives. Rassemblés derrière la carapace protectrice des conforteresses, les nantis avaient laissé les quartiers se transformer en friche inutile. Désormais, la situation était inversée. Levant la tête, il aperçut un treillage de câbles lancés entre les étages et les escaliers, d'où pendaient des lignes de mousse et de verdure humide. Tout était à l'abandon. Montant vers la voûte invisible, leurs voix résonnaient comme dans une cathédrale.

— Personne ne vit ici ?

— Trop triste, gars. Après la catastrophe, plus rien ne fonctionnait. Le chauffage, l'eau, le courant, tout était en rade. Leurs jolis palais sont devenus des pièges à vent, ouais ! Et puis, y a eu trop de morts, aussi. Les gens ont pas envie de se souvenir de ça.

Gemini acquiesça en silence. Il imaginait sans mal les hurlements des victimes pendant l'explosion de violence, les corps projetés du haut des rambardes, le ruissellement du sang le long des marches impeccables.

— Alors on a préféré refaire le quartier autour, conclut Georges en soufflant au moment d'atteindre le deuxième étage.

De leur point de vue élevé, on apercevait mieux les moisissures répandues par la tuyauterie crevée du bâtiment. Les cloisons éventrées libéraient des gerbes de tubes et de câbles épais, d'où gouttait une humidité envahissante. La nature reprenait ses droits sur l'empire des hommes à l'abandon. Ce n'était pas sans receler une certaine beauté sauvage. Gemini tendit la main vers une touffe de mousse épaisse, au long duvet gris-jaune.

— N'y touche pas ! Au mieux, ça te brûle la peau pendant des heures, au pire tu deviens aveugle.

Il s'essuya la main sur sa manche, vérifia s'il y avait d'autres moisissures vénéneuses autour d'eux. Constata qu'il ferait bien de ne toucher à rien : il y en avait partout.

— Allez, inspira Georges, encore deux étages et on y est. Marche dans mes traces, ça évitera les emmerdes.

Effectivement, deux niveaux plus haut, un chemin subtil apparaissait dans l'océan de poussière et de débris qui recouvrait le sol des couloirs. Exercé de longue date aux coups en douce, Gemini cherchait les pièges et dispositifs cachés destinés aux intrus. Il ne repéra rien. Étonnant, pour ce qui ressemblait de plus en plus à une planque d'individus pas tout à fait fans du régime en place.

— Ça n'a pas l'air très difficile d'arriver jusqu'ici… Vous n'avez aucune défense ?

— Bah, s'il leur prenait l'envie de fouiller ici, on n'aurait de toute façon pas les moyens de les en empêcher. Et puis on fait rien de mal. Alors, on attire moins l'attention que si on déployait une batterie de sécurités… Voilà, on est arrivés !

Un couloir aux murs boursouflés par l'humidité menait à une galerie de portes massives protégeant autant d'appartements. Ils avancèrent jusqu'à celle du fond, évitant soigneusement de déranger les colonies de champignons blafards occupées à ronger les plinthes. Georges frappa pour la forme avant de pénétrer dans l'appartement plongé dans l'obscurité.

Objet de soins constants, ce dernier avait mieux résisté que le reste de la conforteresse aux dégâts du temps. Le revêtement plastifié mural gardait une odeur de nettoyant industriel destiné à tuer les moisissures. Répartis dans les deux pièces principales de l'habituation, trois hommes et une femme étaient assis par terre et semblaient attendre leur arrivée. Ils se levèrent ensemble pour les saluer en silence, leurs yeux brillants braqués sur Gemini.

Vaguement gêné par leur attitude, lui n'avait d'yeux que pour l'incroyable motif ornant le mur du fond de la chambre. Quatre lampes fluorescentes éclairaient la fresque impeccable étalée du sol au plafond. Une mosaïque de visages, traités dans des styles différents, d'une même femme au sourire discret. Sans réfléchir, Gemini marcha jusqu'aux portraits. Il connaissait cette manière de faire. Il en avait eu d'autres exemples il y a peu. Claire avait créé ceci, autrefois. Ils devaient être dans son ancien appartement, datant de l'époque où elle était voisine de… Il se retourna comme un ressort vers Georges, le cœur malade d'angoisse et de peine mêlées :

— Lequel est celui de Teitomo ?

— Quoi ?

Du doigt, il montra le couloir qu'ils avaient traversé pour arriver ici.

— Teitomo habitait ici aussi.

La tête lui tournait. Il résista à l'envie de s'asseoir sur le lit près de lui, pour reprendre son souffle. Les autres n'avaient toujours rien dit.

— Je connais celle qui a dessiné ça. Ils étaient voisins, souffla-t-il. Ils se sont connus ici. Je voudrais voir son appartement.

— Teitomo, tu dis ? J'vois pas qui c'est.

Georges s'était approché de lui, l'air ravi. Les autres entouraient toujours leur invité, silencieux et concentrés.

— J'voulais te présenter mes potes, gars, vous avez des choses à vous dire. Ici, c'est une sorte de sanctuaire. (Il montra les portraits.) Elle, c'est l'Oridine, la prophétesse qui annonça le désastre. Eux sont les gardiens de ce sanctuaire.

— L'Oridine, grondèrent les quatre intéressés à l'unisson.

Gemini sursauta, la tête bourdonnante. Leurs voix faisaient comme un écho à son malaise. Il secoua mollement la tête :

— Attendez, vous vous trompez, elle était pas…

L'enfer pénétra dans l'appartement avant qu'il ait le temps de finir sa phrase. Georges fut projeté contre un mur, la poitrine ouverte. Son sang gicla sur la fresque pendant que les tueurs investissaient les lieux. Les gardiens hurlèrent sur un mode hystérique en se griffant les yeux. Gemini crut que ses oreilles allaient éclater. Dans sa tête, le bourdonnement était à son paroxysme. Il glissa sur le sol pendant que les deux agents d'Orage achevaient leurs cibles. Ils se retournèrent vers lui, une expression de fureur extatique déformant leurs traits. Au bout de leurs doigts, les griffes effilées cliquetaient au ralenti. Du sang gouttait de leurs lames, sur le sol et sur les victimes agitées de spasmes. Terrorisé, Gemini n'avait pas la force de réclamer une mise à mort sans douleur. Il ouvrit la bouche sans produire un son. Son esprit, envahi par les silhouettes en cuir noir, vacilla. Le tueur le plus proche tendit une main gantée vers lui :

— Nous vous ramenons à l'hôtel, monsieur. Ravis d'avoir pu être utile.

Il avait dit ça en soulignant son plaisir évident d'avoir pu charcuter quelques corps. Gemini en hurla de rire, avant de se laisser emmener par son pire cauchemar loin de l'appartement dévasté.

## *L'opulence rassasiée des vers nécrophages*

— Admets que nous avons fait du bon boulot ! C'est nous qui avons sauvé la ville… Pour des pertes relativement minimes.

L'haleine alcoolisée du Roméo agressait moins Justine que ses propos. Vautrés dans un empilement de poufs multicolores, ils regardaient la confusion joyeuse des danseurs qui avaient peu à peu envahi tout l'espace disponible. Elle devait parler fort pour se faire entendre par-dessus la musique :

— Fais-moi rire ! T'as fais quoi, toi, exactement, à part coller à la roue du carrosse en faisant mine d'appartenir à la famille royale ?

Son haleine à elle ne devait pas être plus fraîche que celle de son interlocuteur. Entre eux, une seconde bouteille de raki était en passe de rejoindre la première au cimetière des munitions éclusées pour la bonne cause. Les verres se succédaient à un rythme dangereux, mais elle savait pouvoir tenir aussi longtemps que lui.

— Tu es injuste, protesta le Roméo en piochant une poignée de friandises. Injuste et ingrate. Tu ne peux pas nier qu'on vous a toujours laissés en paix.

Elle savait que c'était faux. Elle aurait pu lui citer sans réfléchir au moins trois cas où les négociations commerciales d'*Enez Eussa* avaient été contrariées par les manœuvres des agents de Khaleel. L'année précédente, elle avait dû déployer des trésors de discrétion pour prendre contact avec les technoprinces renégats de Derb Ghallef sans attirer l'attention de... Apercevant l'air matois du Roméo, elle s'interdit de penser plus longtemps à ce contrat-*là*. Elle haussa les épaules :

— Ouais, mais au premier avis de tempête, les mauvaises habitudes sont de retour. Merde ! Vous nous avez attaqués dès qu'on a mis la main sur le gosse.

— Vous n'aviez aucune chance de résister à Peter. Aucune. On n'avait pas le choix. C'était de la prévention. Et puis, il fallait bien vous donner une motivation de venir ici.

Justine ne répondit rien. Elle avala une énième gorgée brûlante, frissonna en se retenant de grimacer. *Sainte merde, je devrais t'écraser la gueule à coups de pompes, rien que pour m'assurer qu'aucune autre traîtrise ne se cache derrière tes jolis yeux... À titre préventif !*

Elle laissa son regard flou dériver vers la piste de danse déchaînée. Une forêt de bras se tendaient vers le plafond, des pieds nus frappaient le sol en cadence pour soutenir le tempo fiévreux de la rythmique. La dernière fois qu'elle avait entendu cette musique infernale, le Roméo l'avait trahie sans hésiter pour Khaleel, convaincu que le vieil homme ferait un meilleur maître. *Peut-être avais-tu fait le bon choix alors, espèce de furoncle à pattes... Peut-être que Khaleel t'a mieux traité que je ne l'aurais fait.*

— Après tout, murmura-t-elle, ce sont nos choix qui nous définissent.

Le Roméo la regarda en hochant la tête. Sûrement par pure politesse. Il ne pouvait pas l'avoir comprise dans le vacarme environnant. Il sirota son verre avec une mine de chat gourmand, s'essuya la bouche, lui fit un clin d'œil :

— Et si on allait se détendre ailleurs ?

Invitation sans équivoque. Il allait s'agir de baiser. Elle affûta son sourire :

— Ne gâchons pas les souvenirs. Et puis, souviens-toi comment notre dernière prestation avait fini...

— Justement, je me disais que je te dois toujours une petite séance de torture. En toute amitié.

Il arborait l'air innocent qui lui allait si bien quand il proférait les pires horreurs. Pas un rictus sur ses lèvres aimables, pas une lueur de malignité dans son regard. C'était sa force. Son meilleur atout. *Ça, plus les phéromones sexuelles dont ton corps trafiqué a été gavé, mon beau salaud.* Le plus drôle ? Il la regardait comme s'il espérait vraiment une réponse à son invitation. Et elle ne pouvait s'empêcher de se souvenir du goût de sa peau. Elle tira la langue :

— Dans tes rêves, foutue crapule !

Le Roméo haussa les épaules comme elle l'avait fait, fit signe à un serveur d'apporter d'autres friandises.

— De toute façon, tu es encore là pour quelques jours. Je ne désespère pas de te faire changer d'avis.

Retour subtil sur le terrain de la négociation. Justine apprécia la manœuvre :

— Et alors ? C'est quoi, la suite des réjouissances officielles ?

— Demain matin, le premier magistrat vous accordera audience.

Elle ne put retenir un petit rire épaté :

— C'est pour ça que tu me fais boire cette nuit ? Merde, tu fais dans la ruse de V.R.P. !

— De quoi ?

Dc V.R.P., de marchand de cravates, si tu préfères… Bah, laisse tomber.

Elle se resservit, leva son verre :

— À Khaleel, à moi, et à toute cette merde !

Le raki tiédasse glissa comme une boule de verre pilé vers son estomac. Il allait être temps d'avaler quelque chose de solide pour bien tasser tout ça au fond de ses tripes. À la recherche d'un serveur attentif, Justine remarqua un début d'agitation sur leur droite. Fendant la masse des danseurs, deux membres d'Orage en grand uniforme de boucher escortaient vers eux un Gemini plus livide qu'un macchabée.

Elle se releva sans réfléchir, prête à cogner le premier qui approcherait. Sous ses pieds, les coussins empilés manquèrent de la faire trébucher. Le Roméo lui fit signe de ne pas bouger, tandis qu'un des tueurs se penchait vers lui pour faire son rapport. Justine eut un geste du menton en direction de son partenaire décomposé :

— Gem ? Ça va ?

Aucune réaction.

— Gem !

Il tourna la tête vers elle, le regard voilé par la panique :

— Ouais, ça va… Ça va.

Elle lui tendit la dernière bouteille presque vide, qu'il porta à ses lèvres sans ciller. La force de l'alcool ne dissipa en rien sa léthargie. Le Roméo congédia les deux mercenaires, tendit la main vers le nouvel arrivant :

— Bonsoir, Gemini. Heureux de voir que notre dispositif de sécurité a su jouer son rôle.

Gemini le fixa comme on regarde un poisson mourir hors de l'eau. Entre ses doigts, la bouteille de raki vidée tremblait. Justine vit arriver le moment où le verre allait fracasser le crâne du Roméo. Elle saisit l'avant-bras de son ami :

— Gem… Tout va bien.

Il lui adressa un regard imbibé de terreur. Ses lèvres se scellèrent autour d'un sourire raté :

— Ils ont déboulé dans l'appartement et ont tué tout le monde. J'ai cru que… J'ai cru que j'étais le suivant. J'ai cru…

Ses jambes cédèrent brusquement. Il s'effondra lourdement sur un pouf bigarré, l'air hagard.

En même temps, la musique cessa dans la salle de réception. Les danseurs s'immobilisèrent presque aussitôt. Certains ramassèrent un vêtement égaré ; d'autres prirent le temps de se recoiffer un peu. Tous quittèrent la grande pièce sans un mot. Justine réalisa que le pilote n'était plus là. Les nerfs tendus à en gémir, elle sentait l'adrénaline la dégriser en accéléré. Lentement, le Roméo les dévisagea avant d'articuler soigneusement :

— Khaleel va vous recevoir tout de suite.

Il n'y avait rien de plus à dire pour l'instant.

*

L'agencement du sanctuaire était singulier. L'aluminium brossé du sol le disputait au bois de cèdre verni du chiche mobilier, pour proposer une ambiance de laboratoire luxueux. Des guirlandes de lierre tombaient de larges coupoles lumineuses suspendues au plafond, aux feuilles d'un vert si profond et luisant qu'elles semblaient plastifiées. Au centre du délicat agencement, posé sur un autel aux proportions parfaites, l'écran plat d'un terminal vidéo scintillait faiblement. À l'extrémité de la pièce, protégé par une épaisse paroi de cristal synthétique, le corps décharné de Khaleel flottait dans l'apesanteur relative d'un vaste bassin bleuté. Aucun son dans l'abri. Pas même celui, insidieux, des battements de cœur de l'unique locataire. Ni le bourdonnement électronique trahissant généralement la présence de coûteuses machines high-tech. Il n'y avait que le silence, modeste et immédiatement haïssable.

— Mince, ricana Justine, vous avez forcé la dose côté améliorations.

— L'apesanteur le soulage. Il passe beaucoup de temps ici.

La porte du bunker se referma en chuintant. Sur la gauche, Gemini étudiait l'agencement du lieu avec une angoisse palpable. Le Roméo s'approcha du pupitre. Au fond de la pièce, Khaleel n'avait pas réagi à leur arrivée.

Leur guide ordonna l'allumage de l'écran d'un simple geste de la main dans l'air.

— Capteurs de mouvement, souffla Justine.

Gemini l'entendit et hocha la tête. Pas question de

jouer aux héros : le sanctuaire ne leur en laisserait certainement pas le temps.

— Approchez, dit le Roméo. Le premier magistrat veut vous parler.

La tête de Khaleel apparut, étrangement étirée sur toute la surface du terminal. Un masque noir, d'où partait un mystérieux faisceau de câbles et de fibres colorées, lui couvrait le bas du visage. Il avait les traits déformés et bouffis par un effet d'agrandissement optique extrême. La voix résonna, tout aussi approximative, caverneuse et emplie d'échos abyssaux :

— Justine… Juuuuustine…

— Khaleel ? Tu m'entends ?

— Oui, dit le Roméo, il t'entend. Veille seulement à parler aussi lentement que lui. Il ne communique plus beaucoup de cette manière. Il n'a plus l'habitude…

Derrière la paroi translucide, le corps bougea faiblement. Un bras décharné se leva au ralenti pour une imitation de salut amical. Sur l'écran, une masse sombre couvrit l'image un instant, le temps que les caméras fassent le point et proposent un grand angle plus approprié. La mise en abyme résultant des deux scènes simultanées, couplées par vidéo, était des plus désagréables. Justine entendit Gemini proférer une obscénité scatologique. Elle revint vers le visage difforme :

— Nous sommes venus, Khaleel. Dis ce que tu as à dire.

Rire gargouillant comme un chapelet de bulles remontant vers la surface :

— Oui, tu es venue. Et ton ami aussi est venu. C'est… C'est bien.

— Va te faire foutre, grommela Gemini.

— Mon garçon, j'ai avancé l'heure de notre entrevue à cause de toi et de ce qui a failli t'arriver dans un certain appartement. Tu devrais plutôt me remercier.

— Va te faire foutre deux fois.

Justine se racla la gorge :

— À ce propos, il s'est passé quoi exactement en ville ?

La réponse mit quelques secondes à venir. Laconique. Gorgée de noirceur et de terreur :

— Les noctivores étaient déjà là.

Justine dévisagea le Roméo, la tête déformée à l'écran, la silhouette dans sa piscine turquoise, revint vers le Roméo attentif :

— Les noctivores ?

— Les agents de Peter. Ceux contre lesquels nous devons faire cause commune. Ils sont... insidieux. Nous avons du mal à les repérer avant qu'ils ne se révèlent... Heureusement que j'avais donné des ordres. Gemini a pu être récupéré avant qu'ils réussissent à le phagocyter.

— Qu'importe, l'interrompit Khaleel, ça signifie surtout qu'ils se sont dévoilés comme je l'avais prédit. Les pièces se mettent en place à leur rythme.

Justine secoua la tête :

— Hey, mollo sur la fontaine à conneries ! Si vous fournissez pas le dictionnaire, on va pas aller bien loin.

Le Roméo posa une fesse sur le coin de l'autel, croisa les bras en regardant son maître :

— Je vais répondre à ça.

Ses yeux revinrent se poser sur Justine et Gemini :

— Nous les appelons les noctivores car c'est ainsi qu'ils se sont baptisés. *Night eaters. Nacht Fresser.* Dévoreurs de nuit. Ils sont infectés par le Chromozone. Mais d'une manière différente. Ils sont... Comment dire ça... pathogènes.

— Des zombis ?

— Non. Ce que vous appelez les zombis sont de pauvres créatures rendues folles et violentes par le Chromozone. L'état zéro de l'infection. Nous serions comme elles, ici, si Khaleel n'avait pas su améliorer notre sort. Dans le cas des noctivores, il s'agit d'autre chose. Ils sont organisés.

— Organisés, hein ?

— Je t'avais prévenue pendant la réception : Peter travaille sur un nouveau projet... Beaucoup plus ambitieux.

Justine se massa les tempes. Une migraine allait venir, elle le sentait. Et le raki avait repris ses droits sur son organisme. Il fallait qu'elle mange, qu'elle dorme, et qu'elle vomisse un peu. Pas forcément dans cet ordre. Gemini aussi semblait complètement dans le cirage. Il écoutait les explications du Roméo, la bouche entrouverte, un air idiot sur la figure.

— Oui, organisés. Pas dans un sens social : dans un sens structurel. Ils agissent *ensemble.* C'est comme ça qu'on les repère, d'habitude. Ils ont tendance à faire la même chose au même moment. Une intelligence de meute, si tu veux.

— C'est ça, dit Gemini. C'est ça qu'ils ont fait dans l'appart' de Claire. Ils parlaient ensemble. Ils ont failli me rendre cinglés !

Cette fois la migraine était là. Justine fronça les sourcils :

— L'appart' de Claire ? Je croyais avoir demandé de couper le robinet à conneries.

— J'ai rencontré un type dans la rue. Il voulait que je rencontre des amis à lui, dans une conforteresse abandonnée... En fait, il m'a conduit jusqu'au vieil appartement de Claire. J'ai reconnu le style des portraits sur les murs. Elle nous en a souvent parlé.

— Et tu ne t'es douté de rien ?!

Le Roméo eut un petit sourire amusé :

— Ils ont su lui présenter la situation sous un jour favorable. Quoi de plus logique, pour des soi-disant résistants ou réfractaires au régime en place, que de se cacher dans le seul endroit auquel Gemini accorde une forte charge émotive positive, qu'il puisse reconnaître à coup sûr ? C'était bien joué. Et ça démontre ce dont ils sont capables. Isoler, séduire, enrôler, c'est leur méthode... La phagocytose.

Justine sentit son esprit dériver un bref instant, gagner des territoires plus cléments où la lutte, le pouvoir, les offensives et les contre-opérations ne seraient qu'une rumeur lointaine. Puis elle inspira profondément pour dominer une montée de bile :

— Et c'est quoi, ça ?

— On ne sait pas comment ils y arrivent, mais ils parviennent à vaincre la volonté de leurs cibles. Comme s'ils te donnaient une surcharge d'émotion, qui ne te laissait comme alternative que de te confier à eux, que de te mêler à eux pour apaiser ta soudaine soif d'amour. C'est à la fois violent et d'une suave addiction. Une délicieuse descente aux enfers.

Elle regarda le Roméo d'un air suspicieux. Ce dernier eut un rire bref :

— Ils ont déjà tenté de me corrompre. À plusieurs reprises. Mais ma propre nature m'a protégé. Et leur capture nous a aidés à mieux comprendre qui ils sont.

Dans le bassin, le corps nu de Khaleel s'ébroua soudain. Les micros crachèrent la voix déformée du vieillard :

— Ils devront être détruits. Tous ! Approche, Justine.

Elle dépassa l'autel et le Roméo attentif, franchit lentement la distance qui la séparait de la cuve, s'arrêta à deux mètres de son ancien ennemi.

— Plus près.

Elle vint se coller contre la vitre. De l'autre côté, les yeux clairs n'avaient rien perdu de leur intensité farouche. C'était d'ailleurs tout ce qu'il restait de vif dans son organisme remodelé par le grand âge et l'immersion prolongée. Gonflées, les chairs molles et blafardes luisaient faiblement sous l'éclairage. À la place de la sécheresse aride des barbons en fin de course, le Premier Magistrat de Marseille préférait afficher l'opulence rassasiée des vers nécrophages. Un pas en deçà de la mort et déjà une certaine parenté avec les asticots. Khaleel la dévorait du regard :

— Tout est un, Justine. Je le sais. Ton amie Claire le sait. Toi aussi tu le sais. Tu as bu la sève de l'arbre de la connaissance. Tu as senti les anneaux du serpent s'enrouler contre ton âme avant de s'endormir. Et maintenant, il rêve de l'enfant.

— Tu veux parler de Cendre ?

— Cendre... Oui... C'est lui. Le venin des dieux.

— Tu l'as fait enlever par tes tueurs. Jasmine était avec eux. J'ai vu les bandes.

— C'est vrai. L'enfant est en route. Il sera bientôt ici.

— Je sais, on me l'a déjà dit. Mais ça n'explique rien.

— Au contraire, ça explique tout. L'enfant est la clef.

— La clef de quoi, bordel ?

Elle montra Gemini du pouce :

— Nous l'avons vu faire un truc impossible. Balayer un village de zombis avec l'air de pas y toucher.

Justine fit une pause. Les mots suivants franchirent ses lèvres comme on dit une prière, comme on réclame la lumière de l'ecclésiastique ou du sage quand les ténèbres sont là :

— Qui est ce gosse, Khaleel ?

Ce fut la voix du Roméo qui monta derrière elle. Elle se retourna pour entendre les révélations de son ancien amant d'une nuit :

— C'est un prototype Zentech. Comme moi. Comme beaucoup d'autres pauvres cobayes trafiqués par ces salauds. Mais lui a quelque chose en plus. Il était un de leurs derniers projets, sinon le dernier de la chaîne, juste avant la destruction de leurs laboratoires.

Justine se laissa glisser contre la paroi du bassin jusqu'au sol. Un prototype Zentech. C'était tellement évident. Dieu n'avait aucune place ici bas. L'époque était aux savants fous, aux mutations de masse et aux enfants qu'on charcute. Elle eut envie de rire de sa propre bêtise, ne produisit qu'un hoquet douloureux :

— Il est l'antidote, fabriqué par les fossoyeurs du monde. C'est pour ça qu'il peut tuer ceux qui portent le virus. Seigneur !

Gemini s'était statufié à l'autre extrémité de la salle. Le Roméo s'approcha et s'assit en face d'elle :

— Pas tout à fait. Plutôt une tête effaçante. Il ne guérit rien.

— Et Peter le veut…

La voix de Khaleel l'interrompit :

— Peter est un génie. Il avait créé le Mandala pour protéger les systèmes informatiques du Chromozone. Maintenant, il a donné naissance aux noctivores pour contourner les ravages de sa propagation chez l'homme. L'enfant est l'outil nécessaire à l'accomplissement de son plan.

Justine secoua la tête. Il restait pourtant trop de zones d'ombres. La révélation de la nature de Cendre ne suffisait pas à tout expliquer. Et pour commencer :

— Une minute, connard !

Elle se releva pour faire face à Khaleel :

— C'est toi, le bâtard qui a infecté Peter. En m'utilisant, moi, pour être sûr de le piéger.

Les yeux du vieillards ne cillèrent pas quand il répondit :

— C'est vrai, Justine. Ce fut ma plus grande erreur. Je n'agirais plus ainsi aujourd'hui. Mais tu dois comprendre pourquoi j'ai fait ça. J'étais le seul à l'époque qui devinait réellement les conséquences des horreurs commises par Zentech. Je devais survivre pour sauver ce qui pouvait l'être. J'ai cru que Peter saurait être un allié de choix, mais il était plus résistant que je ne le supposais. J'aurais dû le tuer. Il est devenu un rival.

— Un rival ? Putain de merde ! Et tu espères quoi maintenant ? Que je t'aide à le contrer ?

— Oui, Justine. C'est exactement ça, puisque tu n'as pas le choix.

— Tu m'as dit ça aussi la dernière fois qu'on s'est vus. Et tu m'a bien baisée !

Elle se retint de frapper bêtement la paroi du bassin. Gemini eut un rire sans joie derrière elle. Le pauvre avait l'air totalement dévasté par la somme des révélations entendues ici :

— Non mais je rêve ! Merde, Justine, on a touché le fond, là !

Il frappa du poing le terminal vidéo où s'étalait le visage de Khaleel.

— Doucement, l'avertit le Roméo.

— Toi, ta gueule ! Je t'ai pas oublié non plus, fils de pute ! Je me rappelle de ta tronche de faux cul sur la tombe de Teitomo. Tu sais, le mec que ton boss a rendu dingue, le seul type qui a essayé de faire quelque chose pour nous sortir de cette merde ! Alors quoi ? Lui aussi c'était un rival ? Fallait l'éliminer, c'est ça ? Enculés !

Il saisit le moniteur posé sur l'autel, le souleva pour le fracasser par terre.

— Gem, cria Justine, arrête !

Trop tard. Le lourd écran éclata avec un fracas épouvantable contre l'aluminium du sol. Des étincelles électriques crépitèrent en même temps que monta une odeur de fumée acre. Éberlué par son geste de rage, Gemini se dandina gauchement :

— Voilà ! Ça lui a coupé le sifflet, à cette vieille raclure.

— Khaleel, je suis désolée, souffla Justine en se retournant vers le vieil homme immobile dans son bassin. Son regard muet ne la lâchait pas.

Le Roméo agita les mains :

— On va se calmer. Ce n'est pas si grave. Ça n'est rien de plus que du mobilier hors de prix.

— Merde, cria Gemini à Justine, tu vas pas prendre leur parti, en plus !

— La ferme ! T'es pas au bar du coin. On réglera rien à coups de baston. Tu peux comprendre ça, au moins ?

Elle avait hurlé comme lui pour le faire taire. Pour le ramener à la raison. Pour apaiser son envie brûlante de faire la même chose que lui. *Oh, pardonne-moi, pauvre cloche, c'est sans doute toi qui as raison, mais c'est pas comme ça qu'il faut jouer la partie. Du moins pas tout de suite.* Elle s'approcha de lui, caressa son visage tendrement :

— On va jouer en finale. Faut pas te faire disqualifier avant le match.

Sous ses doigts, il y avait un visage tendu et saturé de tics. Mais il trouva la force de sourire :

— Mince, t'es pas marseillaise pour rien, toi... Tu me la fais footballistique.

Elle rit aussi :

— Ça doit être dans les gènes... Allez, on arrête là les conneries, O.K. ?

Il hocha la tête sans répondre, interpella le Roméo qui était prudemment resté près de son maître :

— Désolé pour la casse. Ça va prendre longtemps à réparer ?

— Tu crois peut-être qu'on dispose de stocks de ce genre de matériel ? Mais on va trouver une solution. D'ici là...

Il leur indiqua la sortie :

— Je vous ramène dans vos chambres. Nous venons de perdre un temps précieux.

Il montra le corps de Khaleel, condamné au silence forcé, qui les fixait sans bouger :

— Le premier magistrat n'aura pas eu le temps de vous le dire, mais sachez que Peter est en route. Il va venir ici négocier l'acquisition de Cendre. Nous comptons sur votre présence.

Justine sentit son estomac remonter dans sa gorge :

— Peter vient à Marseille ?

— Oui, sourit le Roméo. Parce que Khaleel a eut la clairvoyance de vous retirer l'enfant. Parce que Peter sait désormais que ses agents sur place ont été repérés. Et parce qu'il en a désespérément besoin.

Gemini ne put s'empêcher de rougir :

— Pourquoi croyez-vous qu'on va accepter de vous aider ?

— J'aurais pu dire : pour rembourser la casse, mais…

Le Roméo regarda Justine sans ciller :

— Parce que tu ne voudras pas le laisser gagner la partie ?

## *Il faut vomir ou avaler*

Justine se réveilla avec la tête en fusion. Les litres de flotte avalés avant d'aller s'effondrer dans le grand lit de sa suite n'avaient rien changé à sa gueule de bois « pur premium ». Il fallait manger quelque chose de consistant. Rapidement. Tout de suite.

Un grognement sourd attira son attention, en provenance du salon. La tête de Gemini apparut au-dessus du sofa, à peu près aussi radieuse que la sienne :

— Merde, quelle nuit pourrie, t'as pas arrêté de râler en dormant.

— Qu'est-ce que tu fais là ? Je me rappelle pas t'avoir invité.

Il se redressa, bâilla à s'en faire bronzer les molaires, se massa consciencieusement les tempes :

— T'étais pas en état de te souvenir de quoi que ce soit...

Il marqua une pause, eut une grimace complice :

— Mais je me suis invité sans permission. J'avais pas envie de dormir seul.

— D'accord, grogna-t-elle, je préfère cette version... Et je suis pas encore gâteuse au point de pas me rappeler ce genre de détails.

— Touché.

— Tu prépares du café ? Je vais me doucher.

— Prends ton temps. Le rendez-vous est fixé à midi.

— Rendez-vous ?

— Hé, hé, tu vois que t'étais dans le cirage. Le vieux, Omar, est passé pendant que tu dormais : nous sommes invités à accueillir les émissaires de Peter dans deux heures. J'ai dit que je ferais la commission.

— Deux heures ? Quelle merde... Fais-le épais, le café, je veux pouvoir le manger en tranches.

— Ça marche.

— Et faut que j'avale un truc solide, aussi.

— Je m'occupe de tout.

Elle gagna la salle de bains tandis que Gemini commençait à fureter du côté du coin cuisine.

Son estomac saturé d'alcool menaçait de ruer dès qu'elle tournait la tête trop vite. Heureusement, le parfum de muguet de la salle d'eau l'aida à reprendre pied. La biture de la veille avait été une erreur. Une terrible erreur.

— Misérable conne, dit-elle aux murs, c'était juste, ce coup-ci.

Son désir de battre le Roméo avait failli la mettre hors course, mais la soirée n'avait pas été totalement un fiasco. En fait, quelques pépites avaient été dénichées. Restait à en faire le meilleur usage. *Sainte merde, Peter est en route.* Cette pensée surnageait dans la bouillie de sa cervelle empâtée. Rien que ça aurait été suffisant pour lui coller une authentique envie de gerber. Le raki, c'était juste le nappage merdique sur un gros gâteau pourri. Il fallait qu'elle se reprenne. Il fallait qu'elle fasse le point. La sensation désagréable qu'elle oubliait quelque chose d'essentiel venait de germer dans son esprit.

— Gem !

La tête de l'intéressé ne tarda pas à se glisser dans l'encadrement de la porte.

— Oui ?

— On n'a pas eu de nouvelles de Khaleel ? Ils en sont où des réparations de son écran ?

— Omar m'a rien dit. Je crois pas qu'ils seront du genre à nous faire ce genre de confidences… On est punis, au coin les vilains garnements.

Justine eut un sourire malade. C'est vrai que ça la foutait mal de venir tout casser dès la première rencontre. Mais ça inciterait le Roméo et ses sbires à leur foutre la paix, elle ou Gemini, désormais. L'un dans l'autre, l'incident était plutôt profitable.

— Ces connards sont un peu trop sûrs de leur coup, souffla-t-elle.

— Qu'est-ce que tu dis ?

Elle ferma les robinets, saisit la grosse serviette-éponge qui, luxe suprême, était gardée chaude par une petite plaque de céramique grise placée sous elle. *Seigneur, voilà le genre de détails qui pourrait presque me faire passer dans leur camp.* Ses jambes lui faisaient mal. Crampes postéthyliques.

— Je disais qu'ils ont l'air un peu trop confiants. Peter est vraiment redoutable. Il n'a pas fini de dérouler son plan de bataille.

Sifflement d'une bouilloire depuis la cuisine.

— Le café est prêt, la bouffe arrive.

— Parfait.

— Et en ce qui concerne Peter et Khaleel…

— Oui ?

— Ces deux-là jouent dans la même catégorie. Je parie sur match nul.

Justine enfouit son visage dans le tissu moelleux, expira profondément, releva la tête :

— Tu commences à faire des progrès en politique.

Il lui décocha un sourire triste, fila vers l'entrée pour accueillir le garçon d'étage qui apportait de quoi nourrir un régiment. Justine finit de se sécher. Lentement, pour ne pas accentuer son malaise. Et l'alcool n'avait plus rien à y voir.

*

Dans le petit verre en cristal posé sur la margelle devant elle, la poudre avait fini de se dissoudre. Citrate de bétaïne, aimablement fourni par le Roméo quand elle l'avait rejoint sur le balcon de la vieille mairie rénovée. « Radical dans ton cas, tu as une mine épouvantable », avait-il dit en l'accueillant. Pourtant, elle n'avait pas envie d'y toucher. Non pas qu'elle craignît une tentative d'empoisonnement — ils disposaient de moyens tellement plus subtils d'y parvenir — mais plutôt parce qu'elle tenait à sa nausée. Elle s'y accrochait comme à une bannière farouche, clamant à la face du monde sa nature de femme libre. Idiot, sans doute. Mais il lui fallait des hameçons cruels, à cette heure, pour rester ancrée dans la réalité.

Devant elle, les eaux calmes du port agitaient mollement les coques des navires à quai. Le soleil se reflétait sur la forêt de mâts et d'écoutilles chromés, plantait mille éclats mesquins dans ses pupilles fragiles. À côté d'elle, Gem et Omar conversaient poliment autour d'un petit buffet débordant d'écœurantes pâtisseries. Leurs parfums sucrés auraient suffi à la faire vomir. La discussion traitait de voitures et de pollution. *Foutus connards de mâles, seraient capables de commenter la vitesse de pointe de la roquette qui viendra sceller leur dernière heure !* Elle n'avait envie de parler à personne. Et surtout pas à ceux qui viendraient bientôt les rejoindre.

En bas, devant le bâtiment officiel, une colonne de longs véhicules sombres vint se garer au ralenti. Les premiers noctivores posèrent le pied sur le trottoir bordant la mairie. :

— En piste, dit le Roméo.

Elle avala le médicament d'un trait, sans grimacer, avant de le suivre dans la grande salle du conseil. Au moins, elle n'avait pas encore vu Peter parmi les arrivants. La partie allait être serrée. Très serrée.

— Par commodité, vous pouvez m'appeler Tacio, pour le temps que durera notre rencontre, dit Tacio.

Ses paroles résonnèrent dans le grand hall de réception de la mairie, converti en salle de banquet. Attablés à ses côtés, ses compagnons hochèrent la tête en signe d'approbation. Puis ils pointèrent tous leur index vers Justine, qui avait été placée à l'écart au bout de la longue table :

— La présence de cette femme n'est pas souhaitée.

Le Roméo se tourna vers elle pour lui laisser le soin de s'expliquer.

— Oui, reconnut Justine, j'ai eu affaire à monsieur et à son comparse lorsque j'ai arraché Cendre à leurs griffes.

Sa réponse eut un effet étrange sur les visiteurs : leurs regards s'étaient soudain faits plus denses et attentifs. Comme si le son de sa voix avait éveillé leur intérêt. Tous perçurent le phénomène. Le Roméo eut un petit sourire satisfait. *Sainte merde, je vais faire la putain de chèvre dans leur plan pourri. Ils m'ont fait venir pour ça.* Puis leurs traits redevinrent impassible quand ce fut à Tacio de parler :

— Vous nous avez pris l'enfant. Il est à nous. Vous devez nous le rendre.

— Je ne suis plus en charge de Cendre. Voyez ça avec vos hôtes.

Le responsable des noctivores pivota vers les officiels marseillais.

— Nous voulons l'enfant, répéta-t-il.

Le Roméo leva les mains en signe d'apaisement :

— Nous voulons tous l'enfant. Ça ne suffit pas à déterminer qui en aura la garde légitime.

— Vous ne comprenez pas. Nous le voulons et nous allons le reprendre. Vous n'avez pas les moyens de nous résister. Nous sommes prêts à négocier le degré de violence nécessaire à votre acceptation de cette réalité.

— Évitons d'en arriver là.

— Nous vous avons offert le système Mandala. Nous sommes généreux et déterminés. Rendez-nous l'enfant. Nous pouvons établir un prix ensemble.

Gemini se pencha discrètement vers l'épaule de Justine :

— On se croirait sur l'île, à négocier du carburant ou des médicaments avec les continentaux.

— Faut bien commencer quelque part, répondit-elle sur le même ton. J'ai l'habitude de ce genre de poker menteur.

— Poker mon cul ! Ces enfoirés-là sont des fientes, suffit de les regarder en face dix secondes.

— T'as pas tort.

Autour de la table, les négociations continuaient sur le même ton.

— Nous pourrions convenir d'un arrangement profitable pour tous, assurait le Roméo calmement. Après tout, le monde ne repose pas sur les épaules de ce gosse.

— Une balle dans la tête, articula Justine d'une voix empâtée, ça réglera le problème.

À nouveau, tous les regards se rallumèrent en convergeant vers elle.

— Nous n'aimons pas la présence de cette femme, répéta Tacio.

— Justine est notre invitée, précisa le Roméo.

— Quels intérêts représente-t-elle ici ?

— Les siens propres.

— Je vous ai volé le gosse, coupa-t-elle en mimant l'action de ses mains, puis Khaleel me l'a volé à son tour. Ça fout une jolie pagaille, pas vrai ? Reste une petite question : de quel droit quiconque peut déclarer être le propriétaire de Cendre ? Que diriez-vous de le laisser choisir seul quand il sera là ?

Tacio eut un sourire subtil, relayé par les visages de tous les noctivores présents dans la pièce :

— Cette proposition est acceptable. Qu'en pense Marseille ?

Le Roméo ressortit son sourire carnassier :

— Il faut y réfléchir, mais… Ce pourrait être une possibilité. Resterait à déterminer la manière dont ce choix serait proposé à l'enfant. Et comment garantir que sa décision sera respectée.

Un noctivore hocha la tête vers Justine :

— Votre présence fut utile. Nous sommes satisfaits.

— Pas de problème, mon gros. Dis, Tacio, je peux te poser une question ?

Aucune réaction. Celui qui avait autrefois répondu à ce prénom n'existait plus. Justine ne l'avait vu qu'une fois auparavant, mais les changements étaient flagrants. On avait l'impression de parler à un patient assommé de calmants, totalement anesthésié et pourtant capable de formuler des phrases cohérentes, voire malignes. « Une intelligence de meute », avait dit le Roméo.

— Oh ! Je peux te poser une question ?

Cette fois, l'intéressé eut une moue molle qui pouvait passer pour un acquiescement.

— Tu te souviens de ton pote ? Celui que j'ai flingué sur le bateau ?!

— Oui.

— Comment va-t-il ?

— Il est mort.

Ton atone. Même pas la trace d'un effort pour cacher son émotion dans la réponse. Non. Seulement la formulation mécanique d'un fait. L'application stricte d'une grammaire pour échafauder un propos. Justine se demanda si elle ne préférait pas la furie aveugle des zombis à ça. La tête lui tournait. Elle eut du mal à garder son attention braquée sur Tacio :

— Mort, hein ? C'est tout ?

— Je ne comprends pas.

— Seigneur, siffla-t-elle, ils t'ont enlevé quel morceau de ta cervelle pour en arriver là ?

— Justine, intervint le Roméo, ce n'est peut-être pas l'endroit idéal...

— Non, laissez-la s'exprimer. Elle doit aussi apprendre à mieux nous connaître.

— Nous ne sommes pas là pour ça.

— Plus tard alors...

Tacio détourna les yeux de son interlocutrice, revint vers les représentants du Premier Magistrat :

— Nous allons vous laisser déterminer le protocole qui permettra à l'enfant de choisir ses tuteurs. Fixons un autre entretien.

— Pourquoi pas ce soir ?

Instant de réflexion silencieuse, puis :

— L'enfant sera là ?

— Peut-être, sourit le Roméo.

— Bien... Vous nous préciserez l'heure plus tard. Nous avons de nouvelles instructions : la femme peut nous accompagner si elle veut mieux nous connaître.

Un frisson désagréable glissa le long des jambes de Justine. Sous la table, ses pieds lui semblaient en plomb :

— Vous accompagner ? Où ça ?

Les noctivores ne répondirent pas tout de suite. Puis celui qui était le plus près de Justine prit la parole :

— Sur le port ?

— Je viens aussi, dit Gemini.

Les visiteurs se levèrent à l'unisson.

— C'était convenu ainsi, conclut Tacio.

Le Roméo profita de la petite confusion provoquée par le départ pour s'approcher de Justine :

— Tu veux une escorte ?

— Non merci, Gemini va m'accompagner.

Ce dernier tira la langue au Roméo, le bouscula au passage, arrachant un sourire à Justine.

— Soyez très prudents. Nous vous garderons à l'œil, de toute façon.

— Je n'en doute pas.

Près de la sortie du grand hall de réception, la délégation des noctivores attendait sans un bruit. L'un d'entre eux ouvrit les portes. Toute la colonie se regroupa autour de Justine et Gemini pour les conduire à l'extérieur, vers les quais voisins.

Ils dépassèrent les lourds véhicules diplomatiques garés devant la mairie, traversèrent la rue vers le port. Là, trois hommes au regard inexpressif les attendaient au bord de l'eau. Coiffure et allure passe-partout.

Tacio fit les présentations :

— Ceux-ci sont des subalternes, mais ce sont de bons communicants. Ils vont vous aider à mieux nous comprendre.

Gemini dévisagea les trois nouveaux attentivement. Blouson de ville, chemise et polo. Pantalons de toile pour tout le monde. Difficile de les prendre pour de dangereux ennemis. Mais l'épisode de l'appartement de Claire était encore frais dans sa mémoire. Il désigna le plus proche du menton :

— Des subalternes ? Vous avez une hiérarchie ?

— Non, répondit Tacio, pas dans le sens où vous l'entendez. Ils sont légèrement déficients. Leur intelligence est relative. Mais en même temps, ça les rend plus réceptifs à certains égards.

— En clair ?

— Vous allez comprendre… Tendez-leur la main.

Justine se retourna vers la mairie. Sur le balcon, les représentants du Premier Magistrat observaient la scène. Le Roméo n'était pas visible. Nul doute qu'une marée de soldats étaient prêts à investir la place à la moindre alerte. Ça n'empêcha pas ses doigts de trembler quand elle obéit.

— Fermez les yeux, dit celui qui prit la main. Plus facile, comme ça.

Gemini saisit son avant-bras :

— Justine, fais gaffe…

— Tout va bien.

Son cœur cognait dans sa poitrine. Non, tout n'allait pas bien. Elle avait mal partout. Ses lobes étaient brûlants et son front glacé. Ses genoux la lançaient terriblement. Entre ses doigts, la paume de l'homme était étrangement fraîche malgré la température ambiante. Ses ongles courts caressèrent ses phalanges. C'était intime et désagréable.

— Fermez les yeux, répéta-t-il.

— Je fais que ça !

Elle sentait la présence des autres noctivores autour d'elle, qui l'entouraient entièrement.

— Fermez les yeux, dirent-ils à l'unisson.

Elle força ses paupières à rester closes. Une pulsation douloureuse naquit entre sa gorge et sa mâchoire. Son estomac gargouilla. Sa nuque lui sembla plus lourde, irrésistiblement attirée en arrière. Elle aurait aimé s'allonger pour profiter du soleil sur son visage…

… lumière…

… Peut-être qu'elle pourrait demander une boisson fraîche pour faire passer la douleur dans sa gorge. Une orange ou un citron pressé…

… giclée acide dans sa bouche…

… Un flot de salive noya ses gencives. Sa langue pâteuse était collée à son palais. Elle ne pouvait plus parler…

— Dites quelque chose, murmura une voix inconnue à son oreille.

Non, pas dans son oreille : derrière sa tête… *Dans* sa tête.

Un souffle léger vint balayer ses cheveux pour mourir sur son front.

Elle devint le pivot du non-monde…

# Interface #4

Sphères du non-monde. Torrent couleur de soleil embrasant tout sur son passage. Chagrinées par la fragilité de leur conscience, des balises ronronnent le long de sa course vers une destination incertaine. Justine glisse dans le courant sans chercher à lutter. La voûte du ciel métallique renvoie les reflets orbes de guidage filant haut dans l'atmosphère en direction des horizons en flammes.

Le non-monde est en combustion. Il brûle d'en savoir davantage. Chaque parcelle d'information rougeoyante tourbillonne jusqu'à sa chute incandescente vers le lit du fleuve assoiffé de fraîcheur. De nouveauté.

Justine parcourt mille mondes le temps d'un battement de cœur. Un flot acide transperce son estomac au rythme des voiles cognitifs qu'elle déchire sur son passage. Échos de mémoires en partage. Planifications illicites. Déchets mémoriels. Bribes de projets abandonnés ou à venir. Des amours passées ou qui n'ont pas encore éclos jalonnent sa course. Elle sent sa conscience se scinder en scories fumantes à chaque rencontre avec un de ces agglomérats de sentiments solidifiés, avant de fusionner plus loin, plus vite, dans un scintillement de particules subatomiques. Justine appréhende de ne retrouver que des versions fractionnées d'elle-même au bout de la route. Des spectres altérés à son image la dépassent en hurlant des lamentations à la tierce. L'un d'eux se tient devant elle, immobile, ouvre une bouche démesurée pour l'avaler quand elles se traversent mutuellement. Brûlure citron sur sa langue. Parfum de muguet au-dessus du vacarme. Justine sourit. Elle sait que c'est elle qui a mangé l'autre. Elle a gagné la course. Elle a battu sa peur. Le fleuve s'élargit en un vaste delta mordoré. Des orbes de guidage s'arrachent à la tourbe de l'inconscient collectif du non-monde pour saluer sa victoire. Leurs ronronnements étonnés apaisent peu à peu la furie des flots incandescents.

Le ciel s'éteint sur l'océan.

La nuit propice au silence vient border la gagnante hors d'haleine.

Le temps reprend son règne.

Le sable roux grésille d'aise quand Justine pose son pied sur la plage. Les grains de mica tressautent au rythme d'une activité tectonique lointaine. La roche pulvérisée forme lentement un visage sur le sable. Justine reconnaît facilement les traits du Roméo.

— Juuustiiiine, dit le sable, Juuuustiiine…

— Je t'entends, Peter.

Elle s'assied en face du dessin hésitant. Se retient de souffler sur le visage pour voir à quelle vitesse il se reconstituerait.

— Nous ne sommes pas Peter. Nous sommes ce qu'il dit. Nous entendons ce qu'il est.

— Test micro, un, deux, un deux… Sois plus clair, mon gros.

— Nous sommes l'écho de la convoitise de Peter.

— Vous êtes plusieurs ?

— Notre nature et son explication prendraient trop de temps. Fixons que nous sommes une interface, entre sa volonté et tes sens.

— Et s'il me prenait l'envie d'ouvrir les yeux, là, maintenant ? Je me retrouverais entre les pattes de vos singes sur le même quai pourri ?

— As-tu envie d'ouvrir les yeux ?

Elle réfléchit un instant à la question. Reconnut que c'était une idiotie, vu qu'elle ne savait plus comment les ouvrir. Un poisson sans yeux sauta dans les vagues près de Justine avant de disparaître dans l'écume. Elle apprécia la plaisanterie :

— O.K., vous marquez un point. Le tournoi de colin-maillard continue.

Le visage granuleux sourit à pleines dents.

— Nous sommes heureux. Il le dit. Il est heureux de te faire rire.

— Vous parlez de Peter ?

— Oui. Peter. Nous sommes lui un peu plus à chaque instant qui passe. S'il le désirait, chaque grain de sable de cette plage se joindrait au motif pour l'améliorer. Nous savons faire ça. Il nous l'a appris.

— Pourquoi vous ne le faites pas ?

— Cette résolution est suffisante. D'autres événements accaparent d'autres ressources, ailleurs.

— Ce monde n'existe pas, pourtant.

— Si, il existe. C'est le tien. Mais il n'a pas d'origine ni de destination. Il est à mi-chemin entre ta peur et nos convictions. Il nous faut du temps pour interférer avec ta vision des choses.

— Je pourrais décider de vous faire disparaître ?

— Oui. En théorie. Mais tu ne sais pas comment faire. Contrairement à nous. Seule, tu as dû utiliser des drogues pour te mettre au diapason. Pour nous entendre. Nous le savons. Nous n'aimons pas ce que tu as ressenti, cela était sûrement effrayant. Et dangereux.

Un éclair craqua au loin sur la mer. Justine eut une bouffée d'angoisse.

— Tu n'es pas encore prête, dit le visage. Ton procédé grossier faussait ta perception de la réalité de notre état. Nous avons déjà dépassé la limite, Justine. Peter a abrogé la loi fondamentale de l'espèce. La découverte qui en découle est prodigieuse.

— Moins vite. Il a découvert quoi ?

— Le mensonge n'existe plus. Seule subsiste la lumière. Nous avons mangé la nuit.

— Je ne comprends pas...

— Nous sommes ensemble. Comme jamais aucun homme ni aucune femme ne l'ont été. Nos pensées se mêlent et se mélangent. Plus de douleur solitaire dans le torrent du savoir. Plus de fiel dans le lit de l'empathie globale. Nous nous entendons. Nous nous comprenons. Et il y a encore mieux...

Le visage prit du relief comme pour s'approcher de Justine avant de continuer :

— La haine a disparu. Ce fut notre première révélation. Mises en commun, nos peurs se sont dissipées. Nous n'avons plus peur. Nous ne voulons de mal à personne. Nous allons éradiquer la violence en partageant ses racines.

— Mon cul. Vous avez piégé Gemini.

— De notre point de vue, il a seulement refusé notre invitation. Nous ne lui avons causé aucun dommage. Si nous avions pu continuer, il serait devenu un noctivore, sans violence ni contrainte.

— Et que se passe-t-il quand on décide de quitter votre joli petit programme commun ?

— Ce n'est jamais arrivé, Justine. Ce n'est pas possible. Nous sommes la solution, la réponse, la clef de l'avenir de notre espèce. C'est inéluctable. C'est ainsi. Tu le sauras quand tu nous rejoindras.

— Et le libre arbitre ? La passion ? La création ? La beauté ? L'étincelle d'humanité qui nous rend tous différents ?

— Cela viendra en son temps. Nous sommes encore jeunes. Nous croyons à d'autres formes d'art qui émergeront. Comme émergent déjà des consciences plus fortes parmi nous, capables de générer des courants dans la masse, de faire évoluer plus vite les choses. Nous sommes le futur. Irrémédiable, Justine. Sans arme ni malignité.

— Et ceux qui n'accepteront pas de vous rejoindre ?

— Leur violence les desservira. Ils se perdront eux-mêmes et disparaîtront. C'est aussi inéluctable que les lois de l'évolution. Nous sommes le futur. Nous sommes le présent. Vous n'êtes plus qu'une étape déjà dépassée. C'est pour cela que nous voulons l'enfant.

Justine leva la tête vers les étoiles invisibles au-dessus du non-monde :

— Pourquoi est-il si important ?

— Il est un outil puissant. Pour améliorer et accélérer notre épanouissement. Ceci est la vérité, Justine, plusieurs centaines de milliers de pensées le clament à l'unisson. Nous ne savons pas mentir. Entre les mains de Peter, les prodiges dont Cendre est capable seront exploités à leur pleine mesure. Pour le bien de tous. Dans un but de progrès et de paix.

— Vous ne pouvez pas mentir, hein ?

— Non.

Le visage se tut. L'odeur de muguet revint, portée par des vents qui n'existaient que dans sa tête. Elle regarda vers l'horizon :

— Putain de merde…

Les vagues se figèrent. Une aube nauséeuse émergea d'entre les flots sales.

— S'il est si beau que ça, pourquoi j'ai envie de vomir à chaque fois que je me branche sur votre bonheur en bouteille ?

— Tu as conçu une interface hostile parce que tu nous présupposes hostiles. Représentation intuitive. C'est ainsi que fonctionne ton cerveau droit. C'est lui qui traduit en images réflexes ce que tes sens perçoivent de notre conscience. Mais sans tes drogues et avec notre influence partielle, ta vision est déjà beaucoup plus paisible. Aurais-tu pu imaginer ce visage, sans nous ?

Les traits de Peter affichèrent une grimace familière. *Directement puisée dans mes souvenirs, bande de fumiers.*

— C'est logique, ta mémoire constitue ta banque de données visuelles immédiates.

La réponse fut comme un déchirement. Elle n'avait pas voulu formuler cette pensée, mais ils l'avaient perçue quand même. Le ciel se fendit en deux larges parts inégales et suintantes. Maintenant, elle avait envie d'ouvrir les yeux !

— Sortez de ma tête, bâtards ! Qu'est-ce qui me dit que vous n'êtes pas en train de me contaminer ?

— Justine, ne sois pas idiote. Tu es déjà contaminée, depuis longtemps. Sinon, comment pourrions-nous te parler ? Comment nous aurais-tu espionnés ?

Elle planta ses ongles droit dans les yeux du visage en hurlant.

Le sable retomba en grains froids et ternes entre ses doigts.

## *C'est l'histoire de l'image de l'homme qui flottait dans l'eau qui flottait dans les airs*

L'obscurité était retombée sur Marseille. La nuit tiède avait coulé jusqu'à la mer, murmurant des promesses d'apaisement pour d'autres que Justine. Le front appuyé contre la baie vitrée du salon, elle regardait la Méditerranée assoupie. Traîtresse. *La mer a toujours su que nous nous mentions, elle nous a observés pendant chaque putain de jour passé sur cette putain d'île, et elle savait que nous ne pouvions pas gagner.* Une larme coula jusqu'à ses lèvres entrouvertes. Elle lécha le sel machinalement.

— L'océan n'est qu'une garce vérolée, murmura-t-elle dans le silence confortable de sa suite.

Après sa rencontre avec les noctivores, ils l'avaient portée à moitié inconsciente jusque dans sa chambre. Gemini et une poignée de membres de la sécurité. Tacio s'était excusé, paraît-il. Gemini avait eu des mots. Terribles. Presque définitifs. Mais elle n'avait rien de grave. Les tensions s'étaient momentanément apaisées.

— Rien de grave…

Elle ne parvenait plus à sourire, même en se forçant. Son visage était un masque durci, figé par la douleur. La lisière de ses yeux lui brûlait. Dans quelques minutes, Cendre arriverait en ville. Alors l'enfer se répandrait sur Marseille. En attendant, elle ne parvenait pas à se retenir de pleurer. Ça faisait mal. Les sanglots lui avaient déchiré les côtes et la poitrine. Respirer faisait mal. Réfléchir faisait mal. Elle ferma les paupières. Derrière leur écran rougeoyant, sous sa peau, à chaque battement de cœur, le Chromozone était à l'œuvre. Oh, bien sûr, ça aurait pu être une misérable ruse de l'adversaire pour la déstabiliser. Bien sûr. *Et parfois, des malades condamnés connaissent une rémission inespérée, c'est bien connu. Les livres sont remplis de ces belles histoires qui se finissent bien.* Sauf que… Elle savait qu'ils ne lui avaient pas menti. Elle le sentait.

En la laissant retourner à son hôtel, celui qui lui avait saisi les mains l'avait retenue quelques secondes avant de la lâcher. Le temps d'un dernier contact. Le temps d'une mise en garde :

— Contaminée, ça ne veut pas dire condamnée. Nous avons survécu.

Elle avait cherché ses yeux pour s'en persuader, pour y puiser la parcelle de vérité nécessaire. Elle n'avait croisé que le regard froid et morne d'un idiot léger. Rappelez plus tard, le cortex est dans l'escalier. « Contaminée, ça ne veut pas dire condamnée. » Elle pouvait se raccrocher à ça. Ou faire semblant d'y croire. Au moins, elle n'était pas comme les misérables zombis sans cervelle qui rôdaient de place en place, incapables de trouver la paix ailleurs que dans le massacre et la destruction sans motif. *En es-tu si sûre, ma pouffe ? En es-tu certaine ?* Elle se revit sur le bateau pendant l'abordage, abattre le type à bout portant. Pourquoi ? Parce qu'il n'avait pas obéi tout de suite ? Et les pupilles de Richard, de Michel, de tous les autres, quand il s'était agi de mettre l'assassinat du gosse aux voix. Pour quel volume de compassion dans tous ces regards réunis ? Pour quel poids d'intime satisfaction de faire couler le sang, sous couvert de nécessaire sécurité ? Dans un certain sens, ça rendrait la suite plus facile. *Le sprinter doit trouver la course moins longue avec un flingue sur la tempe.*

L'air inquiet, Gemini entra dans le salon. Il s'était changé, avait troqué sa tenue d'îlien contre un pantalon de toile claire et une chemise à manches courtes. Manufacture locale.

— Hey… Tu te sens comment ?

Elle ne pouvait rien lui dire. Pas encore.

— Ça va, renifla-t-elle pour cacher son malaise. J'ai dormi un peu. Quoi de neuf en bas ?

Ne pas lui laisser le temps de l'examiner.

— Paraît que Cendre sera bientôt là. Ça court dans tous les sens. Nos hôtes ont l'air à peine moins vicelards que les autres enfoirés. Ça sent la fusillade dans pas longtemps.

Il se laissa tomber dans le canapé le plus proche, tapota sur ses genoux, tenta la question qui fâche :

— Alors ? C'était comment, de l'autre côté du miroir ?

Elle ne pouvait pas lui en vouloir. De toute façon, ça n'aurait servi à rien de s'énerver, maintenant.

— C'était comme d'habitude. Un peu plus proche de leur vision des choses, peut-être.

— Et ça change quoi en ce qui nous concerne ?

Justine vint s'asseoir à côté de lui :

— Pas grand-chose… Je suis toujours moi. Ils ne m'ont pas retournée, si c'est ce que tu veux dire.

— Claire avait raison : c'est pas possible de laisser le môme repartir avec eux. Ces raclures méritent pas de vivre !

Il avait tellement changé depuis qu'ils avaient quitté la Bretagne. Lui, si mesuré et prudent, d'ordinaire. Comme si toute sa rancœur et sa frustration pour tout ce qu'il avait enduré devaient se répandre ici et maintenant. Dans la tête de Justine, les paroles des noctivores : « Ne sois pas idiote. Tu es déjà contaminée, depuis longtemps. » *Et lui ? Et mon idiot de rebelle idéaliste ? Est-ce qu'il est atteint aussi ? Est-ce moi qui lui ai transmis l'infection ? Est-ce sa rage ou celle du Chromozone qui s'exprime ?* Elle lui prit la main gauche dans les siennes, serra ses doigts chauds entre ses paumes :

— Gem… Tu en es persuadé ?

— De quoi ?

— Qu'ils ne méritent pas de vivre… Qu'il faudrait tous les éliminer.

— Putain de oui ! Et désolé si ton ex-mari est dans le tas !

Direct, comme toujours. Elle se souvint comment sourire. Gemini la dévisagea, intrigué :

— Pourquoi tu te marres ?

— Peter n'est pas dans le tas, il *est* le tas.

— Mouais… Ben j'imagine qu'ils ne nous en laisseront pas l'opportunité. Tu verrais ce qui se met en place à la mairie, c'est carnaval. Tout le monde a fini par se mettre d'accord sur le nombre de participants et ça tourne à la foire de printemps. Avant la foire d'empoigne.

— Ils n'oseront pas s'affronter maintenant. Leur objectif est ailleurs. C'est pour ça qu'ils cherchent tant à équilibrer les forces en présence. Pour garantir le match nul. Et laisser le gosse décider.

— Sans déconner ? Tu crois vraiment qu'ils vont laisser la partie de roulette se mener jusqu'à la fin ?

Elle soupira :

— Ils n'ont pas le choix. Quitte à organiser plus tard un joli petit rapt bien ficelé chez le vainqueur du gros lot. Ils savent faire ça très bien. De toute façon, chaque camp a besoin de Cendre vivant. Ils ne risqueront pas de le mettre en danger.

Gemini réfléchit un instant. Il avait laissé sa main entre celles de Justine.

— Ils ont vraiment pensé à tout, alors, grimaça-t-il.

— Oui, à tout. Et même au reste.

— Et nous là-dedans ?

— Tu sais comment est Khaleel : tout a une raison... Je devine qu'on est là pour faire grincer la belle mécanique de Peter.

Gemini hocha la tête :

— J'ai l'impression d'avoir fait le mur pour aller voir ceux du dortoir des grands jouer au poker jusqu'au matin.

— Y a de ça, dit Justine. On va leur servir les boissons fraîches.

*

Il avait fait le voyage depuis Berlin. Peter Lerner était venu. Entouré des siens, le génie affichait un air absent et détendu. L'estomac affreusement noué par la proximité, Justine n'arrivait pas à détourner son regard de son ex-époux, l'homme qu'elle avait aimé follement, désormais tellement différent. Sa garde rapprochée évoluait lentement, tournait autour de lui, sans cesser de faire face à leurs hôtes. Leur manège aurait pu sembler totalement ridicule dans d'autres circonstances.

Pas moins d'une trentaine de noctivores étaient présents dans la grande salle de réception, reconvertie en bunker de conférence. En face, le même nombre de tueurs au service du Premier Magistrat. Sans compter leurs nombreuses troupes respectives massées à l'extérieur, plus ou moins officiellement cachées autour de la ville. *Seigneur, autant courir dans une poudrière avec une bougie allumée dans le cul.* Justine et Gemini avaient été prévus au second rang des représentants marseillais, juste derrière le Roméo et les autres dignitaires, mais ils avaient préféré décliner l'invitation pour se translater à l'écart.

— Désolée de te décevoir, avait-elle ricané, mais on n'a pas encore signé pour l'*Anschluss*.

Au-dessus de la tête du Roméo, soutenu par deux énormes chaînes fixées au plafond, les ingénieurs avaient attaché un gigantesque écran plat. Sur le moniteur, la silhouette masquée de Khaleel-Damoclès flottait dans son réservoir géant. *Ça doit être un signe des temps : c'est l'histoire de l'image de l'homme qui flottait dans l'eau qui flottait dans les airs... Chierie !* Personne ne parlait. Les visages impassibles des noctivores répondaient à ceux, fermés, des dignitaires locaux. Justine s'attarda sur l'attitude des visiteurs. Il y avait un peu de tout : hommes, femmes, jeunes, anciens, habits de ville, tenues plus habillées, coiffures soignées et fronts crasseux, grands et petits. Jaunes,

Blancs, Noirs, métisses. Seul trait commun : une flagrante santé physique. Tous avaient l'air parfaitement nourris et en bonne santé. Une vraie guirlande publicitaire.

Pendant qu'elle les dévisageait sans vergogne, Justine sentit le regard de l'un d'eux s'éclairer et dévier dans sa direction. C'était une femme au visage doux, aux longs cheveux gris soigneusement coiffés en chignon sur le haut du crâne. Elle portait une tenue discrète, une simple et longue robe en laine brune. Pendant un court instant, un léger sourire sembla apparaître sur ses lèvres fines, qui s'envola quand le Roméo prit enfin la parole :

— Le Premier Magistrat va parler.

Sur l'écran, la caméra zooma jusqu'à saisir plein cadre la tête de Khaleel partiellement dissimulée par son fatras de prothèses et de tubes. Les yeux du vieil homme ne cillaient pas. Sa voix monta, retransmise par les micros intégrés dans son harnachement jusqu'à la batterie de haut-parleurs :

— J'ai tenu ma promesse, Peter. L'enfant est arrivé en ville et il sera parmi nous dans quelques minutes. Tiendrez-vous votre parole ? Le laisserez-vous choisir librement son destin ?

Justine sentit ses oreilles virer au rouge quand Peter répondit :

— Dans le cas contraire, je ne serais pas venu ici.

C'était sa voix ! Inchangée depuis leur dernière rencontre. Elle aurait préféré entendre une contrefaçon, grossière ou subtile, une copie électronique, plutôt que ce timbre trop familier. Quand il lui avait parlé par l'intermédiaire des noctivores, il n'avait pas eu ces accents de sincérité, cette écorce de *réalité* qui la saisissait maintenant. Un début de vertige la saisit.

— Parfait, dit Khaleel. Il ne tardera plus à vous rejoindre. Tu auras tout le temps que tu désires pour le convaincre. Si tu échoues, il demeurera avec moi et vous repartirez libres. Nous sommes d'accord ?

— C'est ce qui a été convenu.

— L'enfant est là.

Il y eut un léger flottement dans les rangs des Marseillais. Les dignitaires s'écartèrent pour laisser passer Cendre. Une femme à l'air farouche l'accompagnait, portant une tunique brodée aux couleurs vives et une large ceinture de cuir d'où pendait un poignard à large lame. Le garçon lui tenait la main, visiblement impressionné par l'attention que chacun lui portait. Justine reconnut la femme qui avait dirigé le commando lors de l'attaque d'*Enez Eussa* :

— Jasmine… Toujours aussi mauvaise.

— Elle n'est pas seule, souffla Gemini, regarde qui arrive derrière.

Une tête blonde apeurée marchait derrière le couple. Fardée et habillée à l'orientale, Lucie avançait sans broncher, encadrée par deux tueurs d'Orage en grande tenue noire.

— Elle a l'air d'aller bien, dit Justine.

Jasmine mena son protégé jusqu'au Roméo. Les noctivores cessèrent leur ballet et lâchèrent un murmure satisfait. Cendre balaya leur assemblée de ses yeux de souris terrifiée. Puis son regard se fixa sur l'un des visiteurs, sa bouche s'ouvrit pour dire quelque chose mais aucun son ne franchit ses lèvres. Il se mit à trembler. Sans le soutien de Jasmine qui le retint par le biceps, il serait tombé sur le sol cimenté.

Le Roméo fit un geste de la main pour retenir ses tueurs de massacrer leurs invités. Un remous agita les Marseillais regroupés autour de leur porte-parole.

— Tout le monde reste calme, tonna le Roméo.

La femme que Justine avait remarquée quelques minutes auparavant se détacha légèrement du groupe des noctivores et s'accroupit face à Cendre en tendant les bras. Un hurlement :

— Maman !

Il se débattit mais Jasmine refusait de le lâcher. Lucie, qui s'était glissée derrière eux, saisit le poignet de sa gardienne pour la forcer à le libérer. Regard interrogateur vers le Roméo, qui acquiesça en silence. Cendre courut se blottir contre sa mère.

— Merde, murmura Gemini, celle-là je crois que personne ne l'avait vue venir. Regarde leur tête.

Dans la délégation marseillaise, les visages s'étaient fermés. On murmurait, on s'agitait, on commentait. Le Roméo demanda à chacun de faire silence. Le brouhaha s'évanouit. Pendant ce temps, la mère étreignit son fils tendrement en lui murmurant des paroles apaisantes. Lentement, sans le brusquer, elle le poussa vers Peter, immobile au cœur de sa troupe. Le garçon tourna brièvement la tête vers Jasmine, restée près de Lucie parmi la délégation marseillaise, puis s'approcha du leader des noctivores. Celui-ci s'accroupit vers l'enfant et commença à lui parler, tandis que sa garde rapprochée se déplaçait lentement pour faire écran de leur corps sur la scène. Des tueurs d'Orage prirent nonchalamment position près des issues de la place-forte pour parer à toute tentative de subtilisation de l'enfant. Mais après quelques minutes de discussion inaudible, le cercle s'ouvrit de nouveau sur la mère et son fils.

— Je crois que Cendre est prêt à prendre sa décision, dit Peter. Il nous a écoutés attentivement.

Dans son bassin, Khaleel ne bougeait pas. En fait, personne ne bougeait plus. Justine tenta désespérément de capter l'attention de Lucie, mais la pauvre semblait incapable de lâcher l'enfant des yeux.

— Ça va vraiment péter, murmura Gemini.

— Ils n'oseront pas, répondit-elle, le ventre noué. Ils ne peuvent pas se le permettre. Ça serait la fin de toutes leurs belles combines. C'est une victoire pour la galerie…

— À ton avis ? Qui a remporté le prix ?

— C'est évident : celui qui contrôle la mère.

— Je vois…

Cendre était retourné au milieu de la salle, à mi-chemin entre les deux factions. Il regarda Jasmine. Puis Lucie. Puis sa mère. Ses joues étaient baignées de larmes. Il tremblait. Un court instant, chacun crut qu'il allait s'évanouir. Alors, au moment où il allait parler, la première bombe explosa à l'extérieur, privant la salle de lumière.

— Je crois que la soirée ne fait que commencer, sourit amèrement Justine dans le noir.

LIVRE TROIS

# LUCIE

## *Jeune femme cherche rivale à détester*

Le projectile atteignit Lucie dans le dos. Cendre bascula avec elle dans l'eau froide. Le rugissement sous-marin recouvrit son cri pendant qu'elle buvait la tasse. Aveuglée, elle voulut battre des bras pour se raccrocher à quelque chose. Ses muscles refusèrent d'obéir. Impact chimique. Venin paralysant. Plus de haut ni de bas, seulement le froid, partout, et le manque d'air croissant dans ses poumons. Une main la saisit par les cheveux pour la tirer vers la surface. L'oxygène s'engouffra mal dans sa gorge. Le sel lui brûlait les yeux. Ses doigts agrippèrent les pans d'une veste épaisse. Elle cracha un mélange d'eau salée et de bile acide. La voix d'une femme retentit dans le vacarme du monde retrouvé, ses accents s'adressèrent à quelqu'un d'autre :

— T'as pas mis longtemps à me trouver une remplaçante.

— Elle va mourir ?

Ça, c'était la voix calme de Cendre. Engluée dans les rets de la drogue, Lucie essaya de rassembler ses pensées. Son cœur était une enclume. Les vagues continuaient de lui gifler les oreilles. À genoux dans les vagues, incapable de marcher, elle refusait de lâcher les vêtements de son ennemie.

— Pas encore, dit la voix inconnue.

— Ne la laisse pas se noyer.

— Cette gourde ?

— Elle a été gentille... Andréa, s'il te plaît.

— Commence par te rhabiller.

On la saisit par les épaules pour la tirer jusque sur le sable. Respirer faisait mal. Sa poitrine se soulevait trop vite. Elle ouvrit l'œil gauche, aperçut Andréa à travers un voile trouble. Combinaison noire. Chevelure corbeau nattée serrée dans le dos. La gardienne de Cendre, qu'il avait laissée dans les Pyrénées, affichait un air mauvais en ramassant les vêtements abandonnés près du pique-nique :

— Dépêche-toi !

Lucie ne pouvait toujours pas bouger ses jambes. Radieux, Cendre enfilait pantalon et chaussures en quatrième vitesse :

— Comment on va partir ?

— Tu me suis et tu obéis.

Il hocha la tête. Andréa dégaina un long poignard, visa la gorge de Lucie :

— On va pas traîner ici.

— Ne la tue pas !

La femme hésita pendant une poignée de secondes. Au bout de sa main, la lame n'avait pas dévié d'un millimètre :

— Ça me ferait mal, souffla-t-elle.

Piqûre aiguë entre les seins, puis le couteau retrouva son fourreau. Coup de pied pas trop appuyé dans les côtes :

— Debout. Tu suis ou tu crèves.

Cendre s'approcha de Lucie pour l'aider à enfiler ses vêtements ensablés. De sa peau percée, un peu de sang coulait vers son ventre.

— Je ne peux pas marcher, geignit Lucie.

Andréa eut un geste vers l'obscurité environnante. Un homme surgit de l'ombre, portant le même uniforme noir. Ils n'avaient jamais été seuls. Combien d'autres, embusqués autour d'eux ? Sur son torse, le motif d'une dague dans un cercle. Andréa montra Lucie du menton :

— On embarque celle-ci.

Regard froid de l'homme vers leur prisonnière :

— Une seule ?

— Elle fera l'affaire.

Deux coups de feu retentirent, en provenance des terres. Cendre frémit et se colla contre sa protectrice. Les îliens organisaient la riposte. Lucie se retint d'appeler à l'aide : Andréa n'attendait que ça. Le soldat la souleva par le bras et la traîna fermement, manquant de lui déboîter l'épaule. Assommée par la drogue, les jambes tétanisées, elle se laissa mener en gémissant. D'autres coups de feu, plus lointains. Deux hommes les rejoignirent pour les protéger jusqu'au point d'embarquement. Devant elle, un Cendre aux anges marchait d'un pas vif à côté de sa gardienne. Les rôles avaient été inversés. C'était Lucie l'étrangère, entourée d'ennemis. Elle retint un hoquet de noire frayeur.

Dix minutes plus tard, ils avaient rejoint un autre petit groupe protégeant une vedette rapide. Les vagues venaient se briser contre la coque noircie du bateau. Proue effilée. Odeur d'huile lourde. Aura mauvaise d'un navire militaire. Peu à peu, l'ensemble du commando se rassembla sur la plage. Les derniers arrivés échangèrent quelques mots avec Andréa. Sans en comprendre un traître mot, Lucie crut reconnaître des accents arabes dans leur brève conversation. Ni hésitation ni discorde. Leurs gestes exsudaient la discipline et la rigueur. Ces hommes étaient des professionnels. Des tueurs d'élite. Lucie n'avait aucune chance de leur échapper. L'ordre d'embarquement claqua. Elle réussit à grimper seule à bord. La marche forcée avait rendu un peu de leur souplesse à ses muscles. Elle se cala au fond de la vedette, sous la surveillance étroite d'un gardien au visage serein. Le grondement du moteur lui fit baisser la tête. En quelques secondes, ils s'étaient déjà éloignés de la plage et filaient vers le continent. La vitesse et les embruns giflaient les passagers. Jamais Gemini et les autres ne pourraient la rattraper. Blotti contre Andréa, Cendre se laissait caresser les cheveux en souriant, pendant qu'elle aboyait des ordres à ses hommes. Encore de l'arabe. Lucie s'efforça d'écouter, mais les quelques mots appris en fréquentant les diplomates maghrébins qui visitaient régulièrement *Enez Eussa* ne lui furent d'aucun secours. Puis Andréa murmura quelques phrases à son jeune protégé aux anges. Dans le cœur de Lucie, dans son ventre, une étincelle de haine venait de naître. Brûlante. Exquise. Tout entière destinée à son ennemie, pour la façon dont elle avait violé son territoire et l'avait arrachée aux siens. La garce la traitait comme une enfant, comme un paquet à transporter sans même prétendre s'en méfier sérieusement. Non, en fait, ce n'était pas ça le pire : sur l'île, pendant les débats à la mairie, Lucie savait qu'elle n'était écoutée que pour avoir appartenu à la prestigieuse bande de la maison-tortue, autrefois dirigée par Gemini. Elle savait qu'elle ne pouvait pas rivaliser avec Justine ou Simon quand il s'agissait d'asséner son point de vue. Depuis longtemps, elle avait accepté d'être l'éternelle cadette, quitte à en rajouter dans les grimaces et la fausse jovialité de circonstance. Parce que tel était le rôle qu'on attendait d'elle. Andréa ne l'avait pas prise au sérieux ? Quelle blague : elle-même savait qu'elle ne valait pas grand-chose. Mais... La façon dont Andréa avait immédiatement repris son ascendant sur Cendre... La façon dont Cendre s'était réfugié entre ses bras en oubliant Lucie... Ça, ça faisait mal. Même si elle n'avait aucune légitimité à espérer autre chose de la part de son ex-petit protégé. Même si elle avait eu l'intention de le tuer avant le matin. Toutes ces pensées tourbillonnaient dans la tête de Lucie. Alluvions saumâtres, chaque débris d'amertume venait cimenter sa haine grandissante. Jeune femme en devenir cherche rivale à détester. Quand les quais de Recouvrance apparurent et qu'il fut temps de débarquer, le jour avait balayé sa peur et sa faiblesse. Elle serait solide. Elle tiendrait bon. Dès qu'elle le pourrait, elle tuerait Andréa. Soutenue par cette pensée, elle parvint à afficher un sourire confiant au moment de poser le pied à terre.

Andréa lança quelques ordres brefs. Ses hommes débarquèrent prestement. Le temps de faire monter Lucie et Cendre sur le quai, une voiturette filait déjà vers eux. Milice douanière. Lucie eut une bouffée d'espoir. Elle ne venait pas souvent à Brest. Ses tâches quotidiennes la maintenaient sur *Enez Eussa*. En fait, elle n'aimait pas trop la ville, ni ses habitants. Mais ce matin, elle aurait embrassé les miliciens pour leur zèle cupide : ils allaient retenir par tous les moyens les étrangers, le temps de leur soutirer les bakchichs nécessaires au bon déroulement des procédures portuaires. Les douaniers savaient être épouvantablement procéduriers et chaque minute perdue jouait en sa faveur.

Leur chef bondit hors de l'étroit véhicule. Uniforme impeccable. Arme à la ceinture. Andréa cracha une poignée de mots. Le commando prit position autour d'elle avec l'infini détachement des fauves en maraude. L'officier eut un sourire avenant :

— La traversée fut agréable ?

— Idyllique, répondit Andréa sur le même ton.

— Si vous le permettez, mes hommes vont reprendre le contrôle du bateau.

— Il est à vous, c'est bien normal.

Le ventre de Lucie se durcit. Comment ne s'en était-elle pas aperçue plus tôt ? Tournant la tête vers la navette rapide, elle vit l'ancre de marine et les chiffres romains peints sur la coque, indiquant l'origine du bateau : douanes portuaires de Brest. Dans la confusion de son enlèvement, elle n'avait rien remarqué. Ces bâtards n'allaient rien faire en sa faveur. Ils avaient déjà été soudoyés par Andréa et sa clique. L'écœurement lui fit monter le rouge aux oreilles.

— Nous pouvons considérer que notre affaire est terminée ?

— Oui, répondit Andréa, merci pour tout.

La femme avait laissé une note de mépris dans sa réponse. Elle n'avait certainement pas l'habitude de devoir composer avec les hordes de cafards profiteurs qui rôdaient par ici, toujours prêts à boulotter une miette de chaque gâteau passant à leur portée. Un quart de seconde, Lucie partagea son dégoût, avant de se souvenir de sa condition. L'officier eut un hochement de tête courtois, puis il leva la main :

— Il reste tout de même un léger détail à régler...

Andréa eut un regard noir :

— Oui ?

— C'est à propos de cette jeune fille... Vous m'aviez bien parlé de ramener un passager, pas deux.

Le douanier avait pointé Lucie de l'index. Prise d'un fol espoir, elle eut un sourire triste au moment de parler. Andréa l'interrompit :

— Mademoiselle n'est effectivement pas ravie de faire partie du convoi. Est-ce que cela vous pose un problème ?

Autour d'eux, ses hommes s'étaient faits plus menaçants. Oh, rien d'appuyé, non. Juste une nonchalance concentrée, une manière légèrement différente de placer ses pieds ou ses mains. D'être prêt à bondir. Dans la voiture, les autres douaniers ne bougèrent pas d'un cil.

— Je vous déconseille d'en arriver là, dit l'officier, vous n'avez aucune idée de la montagne de désagréments que vous vous attireriez.

— Au contraire, sourit Andréa, j'en ai une idée assez précise.

Personne ne bougeait. L'officier se racla la gorge :

— Je ne demande rien de plus que quelques explications. Vous vous imaginez bien que mes services auront des comptes à rendre aux îliens et aux communautés locales en cas de... réclamations.

— Un des nôtres a été tué sur place, la fille le remplace, ça vous convient ?

Le regard de l'homme s'éclaira :

— Elle représente une sorte de compensation ?

— Appelez ça comme vous voulez.

Il retourna vers sa voiture, parla quelques secondes à un subordonné, qui lui tendit prestement une poignées de documents vert pâle. Et un crayon.

— Ce bordereau pourrait constituer une reconnaissance officielle de prise en charge de cette jeune personne. Si vous voulez bien remplir et signer.

Andréa ricana :

— Pas de bordereau pour la mort de notre homme ?

— Ouessant ne dépend pas de ma juridiction, madame.

Elle saisit le papier, le lut rapidement, remplit les blancs à la vitesse de l'éclair. Au moment de signer, elle leva la tête vers sa prisonnière :

— Tu t'appelles comment ?

— Quoi ?

— Ton nom ? Pour en finir avec cette paperasse et filer d'ici.

Lucie hésita un instant à répondre. Confusément, elle sentait que c'eût été avouer quelque chose, faciliter la bonne marche du plan de son ennemie. Cendre, lui, n'eut pas ce raisonnement :

— Elle s'appelle Lucie. On peut partir, maintenant ?

Évitant son regard, le garçon regardait ailleurs. Lucie sentit le froid de la trahison ruisseler dans son dos jusqu'à ses talons. Évidemment qu'elle n'avait aucune raison de lui en vouloir. Elle aurait fait pareil à sa place. Par conséquent, elle lui en voulut deux fois plus.

Le douanier reprit ses formulaires, osa une question :

— Lucie, avez-vous quelque chose à ajouter ?

Elle regarda Andréa, amusée par la situation. Puis la tête de Cendre, contrit et honteux.

— Non, murmura-t-elle, je suppose que non…

— Mais si, la coupa Andréa, elle a un message. Faire prévenir Justine et les siens que notre prisonnière n'est pas blessée et que ça devrait durer si tout le monde est raisonnable.

Interloqué, le douanier opina lentement. Il regagna son siège pendant que deux de ses subalternes descendaient récupérer leur bateau. Le grondement de son puissant moteur salua Andréa et sa troupe qui s'éloignaient des quais, direction le centre-ville.

Cendre glissa sa main dans celle de son aimée :

— Nous rentrons chez nous ?

— Non.

Le visage du garçon s'assombrit.

— Où allons-nous ?

— Chez un vieil ami. Il t'expliquera tout mieux que moi.

— Je n'ai pas envie d'y aller, bougonna Cendre.

Andréa rit franchement :

— Mais si, tu as envie d'y aller.

Cendre lança un regard furtif vers Lucie qui écoutait la conversation, le visage fermé.

— Je veux rentrer à la maison. Je veux revoir ma mère.

Sans ralentir, Andréa le saisit par l'épaule pour le

serrer contre sa hanche. Elle ébouriffa amicalement la tignasse du garçon :

— Tais-toi et marche. Je te promets que tu vas l'adorer, ce voyage.

— Ça m'étonnerait, ronchonna son protégé.

*

Deux heures plus tard, Cendre n'était pas encore remis de la surprise que lui avait préparée Andréa. À deux doigts d'imploser d'excitation, il ne cessait d'arpenter le train, *son* train, pour en saisir chaque détail. Il collait son nez aux vitres, regardait indéfiniment filer le monde, inspectait les portes en verre, la courbure des sièges en skaï, l'intelligence et l'élégance de l'agencement de chaque compartiment. Au-dessus de leur tête, des photos en noir et blanc de lieux inconnus, certainement traversés par leur train. Quand Andréa fit se déployer la tablette fixée sous la fenêtre pour y déposer quelques gobelets et des biscuits, il exigea qu'elle répète la manœuvre trois fois, pour bien visualiser le procédé. Et puis, plus que tout, il y avait le *ta-tac-ta-toum* hypnotique du voyage, qui ponctuait chaque seconde, chaque geste, chaque mot, accompagné des vibrations à l'unisson du wagon, qui remontaient jusque derrière le crâne, qui faisaient tressauter la colonne vertébrale, qui reliaient les corps aux rails jusqu'à ne faire qu'un avec la machine en marche. Un prodige sans fin.

Il aurait voulu déchirer le sol du wagon pour voir défiler les traverses près de ses yeux. Saisir à l'arrachée une poignée de ballast malgré la folle vitesse puis se faufiler jusqu'au toit pour hurler sa joie inquiète. Être emporté par le vent et les sons du paysage pour se noyer dans l'ouragan ferroviaire.

Une ombre au tableau, pourtant : la folie de Lucie en traversant la gare. Un geyser de terreur pure au moment d'avancer vers le train. Une panique sans âge, sans autre raison que la peur elle-même, sans autre issue que la vaporisation de la conscience. Cendre en avait été bouleversé. Une telle douleur devait vous blesser jusqu'à l'âme. Quand il lui avait pris la main, il avait senti la raideur et les tremblements, le blocage total de l'esprit et du corps, arc-boutés contre l'imminence du départ. Irritée par son caprice, Andréa avait failli manquer de patience. Cendre savait de quoi elle était capable quand elle était en colère. Il avait tiré sur le bras de Lucie en lui murmurant des paroles réconfortantes. Sans résultat. Son regard d'écureuil terrifié cherchait une improbable échappatoire. Cendre avait dû crier à son tour en désignant Andréa :

— Elle va te tuer !

Un rictus effrayant avait tordu le visage de la jeune fille.

— Je suis déjà morte, avait-elle répondu.

Cet aveu avait brisé sa résistance. Elle s'était laissé emmener comme si ça n'avait plus d'importance. Depuis, elle ne sortait pas de son compartiment sous haute surveillance, au bout du wagon.

L'incident avait profondément troublé le garçon. Il se souvenait de son effroi quand Justine l'avait arraché à la garde de Tacio et Joao. Quand il était devenu le prisonnier modèle des îliens. Était-ce la nature des hommes, que de ne jamais partager une seule vision des choses ? La terreur de Lucie l'empêchait de jouir *entièrement* de son bonheur. Dans un réflexe égoïste fardé de bonté, il voulait convaincre la jeune fille que tout irait bien. Nous ne pouvons rien pour vous, merci de taire votre chagrin.

Il remonta donc le couloir jaune pâle en s'amusant à marcher au rythme des soubresauts du wagon. Parvint à atteindre le compartiment de Lucie en n'ayant touché les parois que deux fois. Il s'améliorait.

Le garde le laissa entrer mais refusa de fermer la porte derrière lui. Lucie était prostrée sur sa banquette, le front collé contre la vitre. Elle regardait vaguement le paysage se diluer devant elle. Lignes d'arbres ployant sous la pluie. Friches dévorées par le colza. Squelettes noircis de fermes incendiées depuis longtemps. Ils franchirent un court tunnel. La cabine trembla sous la pression de l'air. Retour à la lumière et au monde dévasté. Cendre s'assit en face d'elle :

— Salut…

Elle lui accorda un bref regard avant de reprendre sa contemplation.

— Tout ira bien, tu sais…

— Tu sais où on va ?

— Heu… Non, j'ai pas demandé à Andréa.

Elle soupira, lui accorda un maigre sourire :

— Alors quand tu auras fini de t'extasier sur ton stupide train, commence donc par te renseigner à ce sujet. Tu pourrais avoir quelques surprises.

Vexé, Cendre ne répondit rien. Lucie en profita pour prendre l'avantage. Elle montra du pouce le garde planté dans la coursive :

— Tu connais ces gars-là ?

— Non.

— Il y a plusieurs années, ils ont essayé de tuer Gemini. Ce sont des monstres sans pitié. Tu ne te demandes pas pourquoi ta chérie leur donne des ordres ? Ni pour qui elle travaille ?

Cendre observa le garde impassible, qui suivait la conversation sans broncher, et se pencha vers Lucie :

— Elle travaille pour moi.

Elle le dévisagea tristement :

— Cendre, tu es un garçon intelligent, mais tu devrais être plus vigilant.

Lucie vit à sa tête qu'elle l'avait vexé. Pire, même.

— Excuse-moi, je voulais pas dire ça… Je sais que tu en as bavé ces derniers jours.

— Et toi ? Pourquoi tu as tellement peur d'être ici ?

Lucie regarda dehors. Le même paysage désolé, hachuré par la pluie, se déroulait devant l'écran de la fenêtre. Elle soupira :

— Ça n'a plus d'importance, maintenant.

— Pourquoi tu dis ça ?

Elle eut un spasme d'angoisse au moment de répondre :

— Parce que je vais mourir.

Un voile d'inquiétude ternit le regard du garçon :

— Mais non, tu ne vas pas mourir.

— Tu sais qui contrôle ces trains ? Tu sais ce que ça *signifie*, de circuler à bord ?

— Non…

— Alors tais-toi.

Cendre obéit, la mine contrite. Il aurait tellement voulu que ça se passe autrement. Que Lucie reste avec les siens. Pourquoi l'avoir emmenée avec eux ? C'était stupide et méchant. Elle avait été gentille avec lui. Il n'avait pas envie qu'elle soit malheureuse.

— Nous allons à Marseille, dit Andréa d'une voix forte, et personne ne va mourir.

Lucie et Cendre tournèrent la tête à l'unisson. Ils ne l'avaient pas entendue approcher. Elle devait avoir écouté toute la conversation. Lucie sentit revenir sa haine. Elle détestait les manières provocantes de cette femme. Celle-ci s'installa à côté d'elle, en face de Cendre, ordonna au garde de refermer la porte. Le compartiment se métamorphosa en cabinet intime.

— Lucie a raison, dit Andréa, tu n'es pas assez méfiant. Je te l'ai pourtant répété des centaines de fois.

Elle gratifia l'intéressée d'un sourire méchant.

— Va te faire foutre, grogna Lucie.

— Quelle conversation ! Faudrait t'aérer la tête plus souvent, ma petite, le vent du large t'a érodé le vocabulaire.

Lucie se retint tout juste de se jeter sur elle. Pas encore le moment. Pas envie de crever tout de suite, aussi, sans doute. Elle décida de se taire, de ne rien accorder à Andréa qui puisse la mettre en joie. Surtout pas un motif pour se faire rosser. Elle n'attendait qu'un prétexte, ça se lisait dans ses yeux. Le visage inquiet de Cendre confirmait ses soupçons : oui, sa protectrice maniait couramment la violence. Étrangement, cela la réconforta. Elle ne savait pas encore comment, mais elle pressentait qu'elle pourrait utiliser cette brutalité à son profit si le garçon en était le témoin. Bien qu'épris et fasciné par Andréa, il abhorrait la cruauté. Il y avait fort à parier qu'il n'accepterait pas de voir Lucie maltraitée. Le plus délicat serait de doser les provocations sans y laisser sa peau.

— Cendre, dit Andréa, beaucoup de choses ont changé depuis ton départ de Lourdes. Veux-tu qu'on en parle maintenant ?

— Oui... Mais je veux que Lucie entende aussi.

Cendre avait parlé avec force. Andréa eut un léger froncement de sourcils, hocha la tête :

— Qui sait, ça pourrait même lui ouvrir des horizons inespérés ?

La jeune femme se cala plus confortablement contre la banquette avant de prendre une grande inspiration :

— Les Maîtres du château t'avaient vendu au diable, mon garçon. Sans Justine et sa bande, il faut reconnaître que tu serais déjà entre ses griffes...

*Ta-clang ! Ta-clang !*

— Pourquoi tu dis ça ?

Il y avait du tangage dans la voix et les yeux de Cendre. Ça faisait presque mal de le voir se recroqueviller ainsi sur son siège. Andréa ne le laissa pas se dérober :

— Parce que c'est vrai… Les Maîtres t'ont trahi. Tu te rappelles de l'accrochage avec Pascal, la dernière fois que je t'ai conduit au château ? Tu te souviens de leur inquiétude, à tous, de leur impression qu'il se passait quelque chose ?

Le garçon se souvenait de la scène, mais c'était comme si elle avait eu lieu des siècles plus tôt.

— Oui…

— Ils avaient raison ! Appelle ça l'instinct du mouton qui sent venir le loup, ou je ne sais quoi d'autre, mais ils l'avaient senti ! Ils avaient bien deviné que ça sentait mauvais. Les Maîtres avaient préparé leur fuite depuis des mois. Lourdes était de plus en plus isolée, les signes de la crise étaient chaque semaine plus palpables… Et ces bâtards ont décidé de filer. Tout avait été minutieusement préparé.

— Mais… Et ma visite chez le pape ? Pour trouver des alliés ?

— Un vaste mensonge pour justifier ton départ. Depuis le début, Tacio et Joao étaient dans le coup pour te conduire à Berlin, là où t'attendait ton nouveau propriétaire. C'est avec lui que les Maîtres ont négocié leur défection vers un climat plus favorable… Ta livraison, vivant et en bonne santé, était la seule condition de cet accord. Ils t'ont fait partir discrètement avant de s'échapper à leur tour. Et puis ils ont tout fait sauter pour effacer leurs traces. Boum ! Et tu retourneras à la poussière…

Elle avait prononcé cette dernière phrase sur le ton emprunté des sermons des Maîtres. L'imitation était inutilement cruelle.

— Genèse trois dix-neuf, murmura Cendre ébranlé.

Lucie se remémora tout ce que le garçon lui avait raconté, pendant leurs discussions sur l'île : la pénible survie des Lourdais, le voyage précipité, les mises en garde du vieux capitaine en pleine nuit au milieu de l'océan… Confusément, elle devinait qu'Andréa ne mentait pas. Son histoire recoupait parfaitement les quelques informations récoltées par Justine. Elle ne put se retenir de parler :

— Nous avions intercepté quelques-uns des messages codés parlant de ton transfert vers Berlin. Elle dit la vérité…

Cendre la regarda sans répondre. Des larmes épaisses coulaient vers ses lèvres tremblantes. Lucie crut qu'il allait s'effondrer devant elles. Vite, donner du grain à moudre à son esprit, le forcer à réfléchir, le maintenir de ce côté de la réalité… Maintenant qu'elle était intervenue dans la conversation, rien ne la retenait plus.

— Andréa a dit la vérité, répéta-t-elle, mais elle n'a pas tout dit… Comment elle t'a retrouvé ? Pour qui elle travaille vraiment ? Qu'est-ce qui nous attend au bout de ce voyage ?

Elle avait posé ces questions lentement, en tournant la tête pour regarder la campagne qui défilait derrière la vitre. Cendre ne réagit pas. Sans le voir, elle sentit le sourire cruel d'Andréa se planter dans sa nuque :

— Je disais donc : les Maîtres ont organisé leur fuite, parce que leur petit royaume s'effondrait. Ils n'avaient qu'une marchandise à vendre, mais d'une valeur telle qu'ils ont tout de suite trouvé un repreneur très intéressé. Suffisamment, en tout cas, pour leur passer quelques caprices. Heureusement, j'avais…

— Et ma mère ? Comment va-telle ?

Coupée au milieu de sa phrase, Andréa marqua un court temps d'arrêt. La naïveté de la question, le sens caché de sa formulation laissaient peu de place aux calculs et aux manœuvres. Cogner fort sur sa pauvre caboche de gosse, pour lui ouvrir et la cervelle et les yeux :

— Elle va bien… Très bien, même. Elle aussi a quitté Lourdes avec les Maîtres. Elle fait partie des caprices dont je parlais.

Compatissante, Lucie ferma les yeux. Elle avait bêtement envie de serrer Cendre contre elle, pour aspirer un peu de sa douleur. Parce qu'elle était plus résistante que lui. Parce qu'elle savait depuis longtemps que rien de vraiment apaisant ne naît du temps qui passe. Parce que partager la détresse bâillonnerait temporairement la sienne. Pourtant, elle laissa Andréa finir. Parce qu'elle avait aussi envie de savoir.

— Je disais : heureusement, j'avais pris mes précautions. Quand ils ont essayé de me tuer, je me suis échappée à temps. Plutôt que de perdre du temps à essayer de te rattraper, j'ai pris contact avec celui qui m'avait placée auprès de toi depuis des années, en prévision d'un événement comme celui qui venait de se produire. J'ai suivi ses consignes… et nous voici !

Voilà, c'était dit. La dernière salve avait été tirée. Le silence se fit dans le compartiment. Lucie s'amusa presque à compter le nombre de saccades imposées au wagon par les jointures entre les rails. Ta-clang ! Ta-clang ! Ta-clang ! Lentement, les rouages faisaient leur office dans le cerveau de Cendre. Ta-clang ! Ta-clang ! Enfin, la question tomba. Hésitante. Essentielle :

— Pour qui travailles-tu vraiment ?

— Il s'appelle Khaleel. Il t'attend à Marseille. Il t'expliquera tout ce que tu veux savoir… et même plus.

— Khaleel…

Andréa se leva, ouvrit la porte, se retourna une dernière fois :

— Il y a des couchettes dans le wagon voisin, si tu veux te reposer…

Le garçon ne réagit pas. Elle aussi s'était jouée de lui. « Celui qui m'avait placée auprès de toi. » Il se rappela la manière violente dont elle avait obtenu de haute lutte le droit exclusif de veiller sur sa sécurité. La fascination et l'amour qu'il avait éprouvés envers celle qui s'était tant battue pour lui. Maintenant, elle lui disait que ça n'avait été qu'une *mission*. Qu'elle l'avait parfaitement accomplie, parce qu'elle était redoutablement douée. Même en lui avouant tout ça, elle suivait encore certainement ses ordres. À quoi pouvait bien servir une couchette, désormais ? Cendre ne voulait plus jamais dormir. Il souhaitait seulement effacer ces dernières minutes de sa mémoire et de l'histoire du monde, ou bien disparaître sur-le-champ. Un voile sombre tomba sur ses yeux. Il se sentit glisser derrière la banquette, entre les essieux, sous l'acier tordu des rails et le bois des traverses, gagner le centre de la Terre pour brûler dans son magma. Rejoindre les étoiles.

— Il a une crise, cria Lucie.

Des mains le soulevèrent. Il les repoussa de toutes ses maigres forces. La voix d'Andréa :

— Empêche-le de tomber !

— Lâche-le !

— Petite conne !

— Lâche-le !

Bruits de lutte, frottement de tissus, sifflement glaçant du métal qui jaillit hors de son fourreau.

— Ne la tue pas, ordonna faiblement Cendre.

Quinte de toux qui lui arracha les poumons. Hésitations gênées. Claquement d'une ondée plus vive cinglant le verre épais de la vitre. Andréa céda la première :

— Ne t'avise plus de le toucher.

— Je t'emmerde, dit Lucie, dégagez, je m'occupe de lui !

La porte du compartiment se referma sèchement. Les doigts de Lucie vinrent caresser son front. Ils étaient seuls, tous les deux.

— Maman, murmura-t-il avant de s'évanouir, maman, nous allons mourir…

*

— Réveille-toi, on est arrivés.

Lucie secoua doucement l'épaule d'un Cendre vaseux. Par la vitre, les puissants éclairages orangés de la gare plongeaient les couchettes dans un faux coucher de soleil flamboyant. L'enfant réagit mollement, se retourna vers la cloison pour dormir encore. Dormir… Lucie n'avait pas fermé l'œil depuis plus de vingt-quatre heures. La tête cotonneuse et les jambes raidies par la fatigue, elle était à peine plus vaillante que la marmotte devant elle, roulée en boule sous le tas de couvertures. Lui qui ne voulait rien rater du trajet, il n'avait plus ponctué que par des bougonnements fiévreux les petites péripéties du voyage. Les arrêts sans raison en rase campagne. Les chocs grinçants quand il avait fallu changer de motrice. La traversée empressée d'un cimetière de wagons rouillés. Le franchissement successif de gares fantomatiques, peuplées d'ombres craintives. La pluie avait cessé en fin de matinée, avant de reprendre son concert crépitant jusqu'au milieu de la nuit.

Et maintenant, ils étaient arrivés à Marseille. Terminus.

Dans la coursive, les membres d'Orage attendaient patiemment qu'elle parvienne à arracher Cendre au sommeil. Tâche pénible.

— Rends-toi utile, avait dit Andréa, occupe-toi de lui.

Elle avait obéi sans broncher. Sans même essayer de s'enfuir pendant les quelques courts arrêts. Où qu'elle aille, un garde l'avait à l'œil. Avec au fond des pupilles l'envie amusée de la voir courir. « Occupe-toi de lui... » Elle n'avait que ça à faire, de toute façon.

— Cendre, lève-toi !

Il grogna encore un peu.

Sa crise avait été moins grave que celle qu'il avait eue sur l'île. Pas de coma profond. Pas de crise de nerfs. Juste trop d'émotions en trop peu de temps. Lucie insista une dernière fois :

— Debout, on est à Marseille !

— Marseille ?

Il se frotta les paupières, lança un regard embrumé vers le paysage de béton gris planté au-delà de la vitre :

— On voit rien...

— Il fait encore nuit. Dépêche-toi, on nous attend.

— Tu restes avec moi, hein ?

Il lui avait tendu la main. « On fait la paix ? » disaient ses yeux en tressaillant. Elle serra ses doigts pendant quelques secondes :

— Oui, je reste avec toi.

Il se leva, se frotta la tête, fronça le nez en apercevant le garde planté à l'entrée du compartiment. Bienvenue dans la réalité.

— Où est Andréa ?

— Sur le quai. Y a beaucoup de monde qui veut te voir.

— Reste avec moi, répéta-t-il.

Elle hocha la tête. Oui, elle resterait avec lui. Tant qu'on le lui permettrait. Tant qu'elle supporterait la pression. Tant qu'elle serait vivante. Marseille. Terminus. « Occupe-toi de lui... » Quelle merde !

Sous le feu orange des rampes de néon, une poignée d'inconnus aux regards vifs attendaient l'arrivée de l'enfant. Cendre se colla contre Lucie tandis qu'ils approchaient du comité d'accueil.

Andréa, fraîche et hautaine, patientait au côté de la délégation.

— Bonjour, Cendre, dit un homme en s'avançant à leur rencontre. Je m'appelle Omar. As-tu fait bon voyage ?

Allure de patriarche. Voix usée qui se voulait douce :

— Il est encore très tôt, mais tu as peut-être faim ? Veux-tu manger ou boire quelque chose ?

— Non, monsieur.

Personne ne proposa rien à Lucie. Sur un geste d'Omar, la troupe se mit en route vers la sortie. Au bout du quai, la motrice émettait un bourdonnement grave qui faisait trembler les rails. Une sonnerie de service retentit. Des employés en combinaison bleue couraient vers le train. Beuglement d'une sirène annonçant la fermeture d'un monte-charge. L'air sentait le chaud et l'électricité. Craquements secs de la caténaire et des pantographes. Cendre sursautait à chaque nouveau bruit. Les mystères ferroviaires avaient perdu de leur charme.

Lucie lui tint la main pour se rassurer. Autour d'eux, l'ennemi sournois et la contamination. Les signes flagrants de la technologie vérolée. Devant la gare, elle refusa d'avancer en découvrant la colonne de longues voitures noires qui les attendait. Cendre s'arrêta aussitôt :

— Qu'est-ce qu'il y a ?

— J'entre pas là-dedans.

— Avancez, ordonna Andréa qui revenait vers eux.

— Non !

Cendre la tira en avant :

— Viens, on reste ensemble. D'accord, Andréa ?

Hochement de tête circonspect de l'intéressée. Lucie se résigna à marcher, le feu aux joues et le front glacé. La portière de la voiture la plus proche s'ouvrit vers un intérieur sombre. Grondement du moteur qui démarre. Elle sursauta. Cendre passa devant elle, se glissa sur la banquette en cuir frais, apprécia le confort de l'habitacle :

— Y a de la musique sans musiciens !

Elle frissonna. De la musique. Sans instruments. Bien sûr que c'était possible. Technologie ancienne et électronique. Virus. Toute la ville suintait l'infection.

— Viens, insista le garçon.

De toute façon, elle était déjà morte. Elle se tuerait, dès les premiers symptômes. Elle ricana intérieurement en ressassant cette résolution : elle ignorait à quoi ressemblaient ces premiers symptômes. Une main puissante lui saisit l'épaule, la fit se retourner :

— Tu entres, dit Andréa, tu te tais, et tu laisses au petit le numéro du sauvageon craintif.

Elle avait dit ça sans son habituel petit sourire moqueur. Presque avec douceur. C'était encore plus insultant. Mais elle accepta d'entrer dans la voiture. La portière se referma violemment. Murmure narquois des sécurités qui se bloquent. Pas de garde ni de chaperon. Juste elle et le garçon. Plus la silhouette indistincte d'un chauffeur derrière sa vitre fumée. Impossible de fuir. Mais elle pourrait étrangler l'enfant... Ce serait une manière honorable de finir la mission confiée par Justine. Elle regarda le ciel au-dehors. Les étoiles avaient pâli. Il ferait bientôt jour. Elle se surprit à penser qu'elle aimerait voir le soleil se lever une dernière fois. « Quand le soleil sera là, je le tuerai », pensa-t-elle, « quand le soleil sera là ».

Puis la voiture démarra au son d'une musique étrange, soutenue par ce qui semblait être un battement de cœur.

Une heure plus tard, la musique n'avait pas changé et Cendre était toujours vivant. De toutes ses forces, malgré son épuisement, Lucie s'était résolue à lui saisir la gorge pour écraser sa trachée. Ou bien lui fracasser le crâne contre la vitre. Elle y était presque parvenue, ses mains avaient lentement quitté ses genoux... Puis il s'était retourné brusquement, avait planté son regard fiévreux dans le sien :

— Tu as vu ça ? Tu as vu ce dessin sur le mur de la maison ?

— Non...

— C'était un visage géant du Christ ! Ils ont peint le Sauveur !

Il s'était retourné prestement, cherchant à apercevoir une dernière fois l'icône par la vitre arrière :

— Regarde vite, on le voit encore !

Elle ne fit même pas mine de regarder. Cendre s'était rassis, épaté :

— Tu crois qu'on en verra d'autres ?

— Peut-être, avait-elle murmuré.

Ses doigts étaient retombés sur ses genoux. Cendre avait repris son observation zélée. Les premières lueurs de l'aube étaient apparues. Lucie n'avait pas trouvé le courage de recommencer. Lorsque la voiture manœuvra pour se garer impeccablement, toute force l'avait quittée. Elle descendit la première quand Andréa leur ouvrit la portière :

— Tu vois, se moqua-t-elle, ça n'a pas été si terrible !

Lucie ne répondit rien. Elle ferma les yeux pour mieux apprécier le soleil sur son visage. Ses jambes tremblaient. Elle faillit perdre l'équilibre, rouvrit les yeux en grimaçant à cause de la lumière.

Cendre se planta à côté d'elle :

— On est arrivés ?

Devant eux, il y avait un immense bâtiment à la façade blanche et défraîchie. Deux tours élégantes l'encadraient, surmontées d'une coupole torsadée aux reflets dorés. Une volée de larges marches permettait d'accéder à un perron désert et à deux grandes portes sculptées. En regardant mieux, on pouvait apercevoir sous la peinture des fragments de textes, tout en lignes et courbes élégantes, qui avaient été mal recouverts. Lucie ne savait pas les lire, mais elle reconnut un alphabet arabe. Elle se souvint des terribles récits de Justine sur ce qui s'était passé ici. Les massacres quand la contamination avait frappé. Tout avait commencé dans ces rues. Sur cette place. Dans ce palais abîmé.

— Oui, c'est ici. Khaleel vous attend, dit Andréa.

Autour d'eux, Omar et les autres émissaires formèrent une haie d'honneur compacte pour les forcer à avancer. Plus aucune trace des soldats en uniforme noir. Cendre se colla contre Lucie. Andréa fut la seule à les accompagner à l'intérieur. Au-delà des portes massives, un couloir aux murs craquelés les mena jusqu'à un monte-charge presque neuf.

— Vos chambres sont à l'étage, dit-elle pendant que la cabine s'enfonçait dans les sous-sols du bâtiment, je vous y conduirai tout à l'heure.

Dormir… Lucie n'attendait plus que ça. Mais il y eut encore des portes, des couloirs et des grilles. La température avait baissé. Une pulsation sourde et régulière se faisait entendre, comme jaillissant du plafond et des murs. Le rythme était semblable à celui de la musique diffusée dans la voiture. Un battement de cœur, comme si le bâtiment était vivant. Elle avait mal à la tête. Ses genoux étaient douloureux. Elle aurait pu s'allonger sur le sol et trouver le sommeil en dix secondes. Enfin, Andréa se présenta devant une lourde paroi métallique. Elle s'approcha lentement, fredonna une courte mélopée aux accents joyeux… Un cliquetis mécanique se fit entendre, puis la porte s'ouvrit pesamment. Sécurité vocale. Microphones. Analyseurs. Vérins pneumatiques. Brevets technologiques inédits. *Contagion*. Lucie franchit le seuil du sanctuaire parce qu'elle n'avait plus la force de refuser.

Des plantes grasses suspendues cascadaient jusqu'au sol impeccable. Plus de musique. Une lumière douce, qui apaisait ses paupières épuisées. Et, au fond de la grande salle aseptisée, un énorme aquarium dans lequel flottait un cadavre ligoté. Un large écran gris s'alluma. Gros plan sur les lèvres pincées, molles et bleuâtres, du zombi.

— Bonjour, firent les haut-parleurs, je suis Khaleel.

Cendre hurla. Lucie sentit sa cervelle ruisseler le long de sa colonne vertébrale. Le corps immergé avait ouvert les yeux pour les dévisager froidement.

— Je suis heureux de te rencontrer enfin mon garçon, poursuivit l'horrible apparition. J'ai beaucoup de choses à te dire… Mais pour commencer, tu dois approcher.

— Non, glapit Cendre, je ne veux pas !

## *Une légende vivante annonce sa mort*

Peut-être qu'en reculant jusqu'aux confins de la terre, la rémanence des chairs boursouflées ne la suivrait pas. Peut-être abandonnerait-elle la partie ? Se sentait-elle capable de gagner la course contre cette horreur ? La planète est constituée de soixante-quinze pour cent d'eau, tout le monde savait ça. Cette abomination savait nager ? « Parle tant que tu veux, agite tes bras dans ton bocal si tu en as envie, mais par tout ce qui peut exister de bon ici-bas, *ne sors pas de ta cuve* ! » pensa Lucie. Cendre hurlait toujours, incapable de dominer sa terreur. Les cris perçants du garçon atténuaient sa panique, tant ils lui vrillaient les nerfs. Andréa n'avait pas bronché. Elle avait sûrement l'habitude.

Lucie ne sentait plus ses jambes. Elle se laissa tomber lourdement sur les fesses. Sous son aisselle gauche, un muscle palpita jusqu'à la crampe.

— Quelle horreur, gémit-elle.

À l'autre extrémité de la pièce, Khaleel ne disait plus rien. De toute façon, on ne l'aurait pas compris. Il se contentait de flotter paisiblement derrière le verre de son aquarium bleuté.

Ce n'est qu'à cet instant que Lucie remarqua l'autre homme présent dans le bunker. Mouvement élégant et souple quand il fit un pas vers eux pour sortir de l'ombre relative de sa cachette. Sourire inconcevable dans cette scène :

— Bonjour, Lucie.

Propre. Bien coiffé. Inconnu. Incongru.

Elle lut son propos sur ses lèvres sans l'entendre. Aucun intérêt, de toute façon. Ceci n'avait aucune chance de devenir un bon jour.

— Va crever, grimaça-t-elle en guise de réponse.

Un... Deux... Trois... Quatre... Clignement d'yeux. Ce n'était pas une illusion, l'homme était toujours là. Et l'autre qui ne cessait pas de brailler.

— Cendre, hurla-t-elle, tais-toi !

Une bulle de silence éclata en écho à son ordre grésillant encore entre les murs de métal.

— Merci, dit l'homme.

Cendre sursauta en découvrant le cinquième participant. Se rapprocha spontanément de Lucie. Choix qui ne laissa personne indifférent dans la pièce. Andréa haussa les épaules :

— Je vous attends dehors.

Elle sortit sans un bruit. Les vérins fermèrent le sas derrière elle. Le mausolée était maintenant totalement hermétique. Ne restait plus qu'à le remplir d'eau et à ouvrir la porte du bassin. Si Lucie ne s'était pas déjà assise, cette pensée aurait suffi à la faire glisser par terre. Elle adressa un petit message mental aux ordonnateurs invisibles de l'univers tout entier : « Je plaisantais, hein, merci de le laisser où il est. »

— Vous ne devez pas avoir peur, dit l'inconnu, Khaleel est seulement un très vieux monsieur aux os fragiles. Ce traitement soulage ses douleurs. Il est beaucoup plus à plaindre qu'à craindre, vous savez.

Hochement de tête bonhomme pour forcer leur acquiescement. Encore ce sourire déplacé, vu les circonstances :

— Bon... Si vous êtes calmés, il serait peut-être temps de le laisser parler, vous ne croyez pas ? Khaleel est très occupé mais il a tellement de choses à vous raconter. Cendre, tu veux bien l'écouter ?

— Je ne crois pas...

Désarmant d'honnêteté. L'homme s'adressa à Lucie :

— Tout ce chemin pour rien ? Vous n'avez pas envie de comprendre enfin la raison de votre voyage jusqu'ici ?

— Moi j'ai plutôt envie de dormir, osa-t-elle crânement.

Mais le ton n'y était pas. S'il était capable de vivre en compagnie de Khaleel en trouvant ça normal, ce type lui collait tout autant la frousse. Elle se souvint des vieilles leçons de Gemini : le vrai talent d'un chef, c'est pas d'ordonner, c'est de se faire obéir. Ce n'est pas du roi qu'il faut se méfier le plus, c'est du baron en mal de distinction. Dans la catégorie lèche-boules, celui-ci devait avoir la langue usée.

— Vous dormirez bientôt, c'est promis. Mais avant...

Il leva le bras en reculant, désigna le visage-vidéo impassible de Khaleel. Dans le bassin et sur l'écran, la bouche du vieillard s'anima :

— Tu sais, mon garçon, je ne suis qu'un barbon décati... Dans un certain sens, tu as raison d'avoir peur. On ne devrait pas pouvoir continuer à vivre dans ces conditions...

Rire aigrelet trahi par la traduction électronique. Le discours était effroyablement lent et ampoulé. Lucie roula des yeux effarés : barbon décati, un vocabulaire plus trépassé que celui qui l'employait. Le genre qui connaît des mots. Elle-même comprenait à peine. Elle doutait fortement que le môme ait seulement saisi le sens. Pourtant, il écoutait, subjugué par l'image qui imitait les gestes de l'original plongé dans l'eau.

— Je suis un mauvais homme, mon garçon, mais j'ai l'honnêteté de l'admettre. Je mens, je triche, je fais tout ce qui est en mon pouvoir — et il est considérable — pour parvenir à mes fins. Je pourrais justifier ta présence ici, devant moi, par mille ruses et mensonges. Je pourrais te faire espérer les plus agréables conclusions, t'arracher de gré ou de force ta participation à mes projets. Mais je pourrais aussi te faire encore plus de mal en te cachant la vérité... Est-ce que tu comprends ce que je veux dire ?

— ...

Dans le bassin, Khaleel agita lentement les bras.

— Je suis mourant... Je le sais... Ce corps est à bout. Trop usé. Trop malade. Mais je n'en suis pas mécontent. J'ai eu une vie... bien remplie.

Encore le rire brouillé. Lucie aussi écoutait attentivement, maintenant. C'était fascinant, d'entendre une légende vivante annoncer sa mort.

— Tu es encore trop jeune pour imaginer ce que c'est, que d'être responsable. Sais-tu seulement ce que ça veut dire, être responsable ? Ça ne signifie pas que tu seras montré du doigt en cas d'erreur ou d'échec. Non… Cette bêtise-là, c'était la gangrène et le poison de la société d'antan. Personne pour assumer quoi que ce soit. Toujours s'assurer qu'on était couvert… Et le cas échéant offrir une chèvre à sacrifier pour apaiser le peuple. Des primitifs à moteur, voilà ce que nous étions. Des barbares peureux… Dont la lâcheté a engendré ce que nous sommes devenus. Être responsable, c'est savoir que, quand tu as pris une décision, personne ne sera là pour valider ton choix. Tu saisis la différence ? Ce n'est pas un traquenard, c'est une distinction…

Lucie jeta un œil à Cendre. Le garçon semblait écouter avec intérêt. Quant à elle, ce genre de discours vaseux lui aurait plutôt donné envie de jeter une brique dans la vitrine. Dans son bocal, l'empalmé poursuivait son laïus :

— … J'ai eu la responsabilité d'embrasser l'avenir. Quand le fléau de la contamination nous a frappés, j'étais le seul à deviner ce qui allait se produire. Un cataclysme. Une horreur sans nom. J'ai agi seul. J'ai pris mes responsabilités. Et j'ai échoué…

Lucie releva la tête. La voix de Khaleel s'était brisée. Elle regarda l'homme qui surveillait l'entretien, lut l'inquiétude dans ses yeux. Ce n'était pas du cinéma. Il se passait bien quelque chose, là, en ce moment, devant eux. Le vieux était en train de craquer.

— Tu vois, Cendre, je te dis la vérité, tout simplement. Parce que les mensonges coûtent trop de temps. J'ai échoué. Notre économie est rétablie, nos besoins sont satisfaits, la folie est jugulée et la ville est prospère… Et pourtant, j'ai échoué.

Cendre était si concentré qu'il en aurait oublié de respirer. La bouche ouverte, il buvait les paroles.

— J'ai échoué, parce que j'ai trouvé plus fort que moi. J'ai échoué, parce que j'ai cru au rétablissement des machines. Sais-tu ce que c'est que le système Mandala ? Non, bien sûr, tu ne peux pas connaître. Disons que c'était une manière de retrouver le monde d'avant. Un procédé unique, révolutionnaire. Presque un miracle, comme toi. Sans lui, nous en serions encore à rôder dans les ruines du monde en nous partageant les miettes de festins rancis. Mais son inventeur, un génie, a eu la bonté de l'offrir à quiconque le désirait. Grâce à lui, nous avons rétabli les communications, rallumé les maisons, redécouvert le confort… Donnez-moi un appui, je soulèverai le monde ! Cet homme nous a rendu le monde. Le Mandala nous a rendu le monde. Dès lors, tout était perdu. Je l'ai compris trop tard. J'en assume la responsabilité…

La respiration sifflante, entrecoupée de gémissements, crépita dans les haut-parleurs. « Il va mourir avant la fin », pensa Lucie.

— Tous les deux, vous avez des points communs… Toi, Cendre, tu as grandi à l'écart de la vérité du monde. Toi, Lucie, tu partages ta vie avec des gens trop bien informés… Vous ne savez pas comme vous avez eu de la chance… Notre opulence est factice. Nous avons dépensé trop d'énergie à retrouver les manières de vivre d'autrefois, pendant que d'autres en inventaient de nouvelles. C'est évident, désormais. Comme il est évident, également, que Peter Lerner ne nous a pas offert le Mandala par pur altruisme.

Oh, non ! Il avait vu plus loin. Il avait saisi le danger de sa découverte, celui qui va tous nous précipiter à la mer. Je vous l'ai dit, c'est un véritable génie, lui.

Ricanement sec de tuyau rouillé.

— Il s'est débarrassé de son hochet parce qu'il en avait déjà trouvé un nouveau... Et celui-là, mes enfants, il ne laissera personne mettre la main dessus... Pas question ! Avec celui-là, il sait qu'il va résoudre tous nos problèmes. Les miens. Les tiens, Cendre. Les tiens, Lucie. Même ceux de mon cher Roméo ici présent... Oui, cette fois-ci, Peter sait qu'il a trouvé la solution miracle. Et qu'il a besoin de toi pour y parvenir, mon garçon.

Il y eut un long silence. Chacun encaissait la salve comme il pouvait. Lucie dévisagea le Roméo, qui lui opposa un regard aussi morne que trompeur. Oh, elle avait beaucoup entendu parler de lui... Quand il était venu à *Enez Eussa*, elle était encore trop jeune pour participer à la rencontre. C'était il y a tellement longtemps. Presque une autre vie. Le Tore venait de mourir. Teitomo venait de mourir. Gemini était inconsolable... Puis ce Roméo était venu sur l'île, mandaté par Khaleel, jurer qu'il n'y aurait pas de guerre. Promesses et pommades. Le Roméo : un serpent au visage remodelé pour ressembler à Peter Lerner dans l'espoir de manipuler Justine, avant de passer au service de Khaleel. Lucie ne connaissait pas tous les détails de cette histoire, mais se retint tout juste de lui cracher à la gueule.

Si fluette qu'elle serait passée par le chas d'une aiguille, la voix aigrelette de Cendre palpita brièvement :

— Pourquoi moi ?

La question demeura suspendue dans l'espace clos du sanctuaire. Le temps que les machines qui régissaient la vie de Khaleel comprennent qu'il y avait bien une information à traiter. Le temps de tuer quelques anges.

— Pourquoi moi, répéta-t-il, pourquoi toujours moi ? Pourquoi ?

— Ce n'est pas la bonne question, dirent les haut-parleurs. La bonne question est : comment ? Jasmine t'a déjà expliqué un certain nombre de vérités sur tes anciens Maîtres, comment ils t'ont exploité, et comment ils t'ont vendu.

— Jasmine ?

— Andréa, si tu préfères. Ce n'est pas son véritable prénom. Elle travaille pour moi depuis très longtemps. Depuis bien avant toute cette affaire. Elle est ma plus ancienne servante. Et la plus fidèle, aussi.

— Elle était votre espionne…

— Non. Elle était ta gardienne. C'était son unique tâche. Veiller sur toi. Elle s'est dévouée entièrement. Elle ne t'a jamais trahi.

Lucie vit les petits poings du garçon se crisper jusqu'à s'écorcher les paumes. Elle se releva péniblement :

— Il a besoin de se reposer. Laissez-en pour plus tard.

— Non, non, nous n'avons pas le temps.

Dans le bassin, Khaleel s'agitait. Le Roméo leva les mains :

— Assieds-toi, Lucie. C'est bientôt fini. Ensuite, tu pourras dormir.

Dormir… Quelle bonne blague ! Elle dormait déjà, assommée par les avalanches incompréhensibles débitées par cet homme enfermé dans son bocal. Depuis qu'elle avait été enlevée sur la plage, elle traversait le cauchemar le plus long et le plus dérangé de sa vie.

— Tu es la clef, poursuivait Khaleel. Tu es le point de mire de tous ceux qui ont un projet pour l'humanité. Je veux te convaincre de l'importance de ton rôle. Je souhaite que tu disposes de toutes les informations nécessaires pour décider librement de ton destin.

— Mon destin est entre les mains de Dieu, murmura le garçon.

— *Inch'Allah*… Tu as raison. Tu es l'outil du divin. Tu es celui à travers lequel s'exprime Sa volonté. D'entre toutes les trames du hasard et de la prédestination, tu as émergé en ces temps d'infortune pour répandre ton amour et ton don.

Le volume sonore des propos de Khaleel monta soudain. Les baffles saturées grésillèrent :

— Tu es notre avenir à tous. Tu es l'instrument du possible. Tu dois te révéler ! Tu dois embrasser la vérité du monde, pleine et entière.

Lucie secoua la tête. Gemini aurait adoré entendre ça. Il adorait les mauvaises blagues.

— Parlez-moi de la vérité du monde.

Cendre énonça sa requête sans trembler. Difficile de savoir si c'était le sens ou la forme enflammée de la dernière tirade qui avait fait mouche, mais il avait manifestement été touché.

— Parlez-moi de cette vérité, répéta-t-il sérieusement.

Khaleel plaqua une main contre la paroi de son aquarium. Derrière le verre épais, ses doigts gonflés formèrent une étoile obèse, aux profonds sillons creusés par l'eau et le temps.

— Autrefois connus sous le nom de Soubiriens Révélés, les Maîtres de ta cité étaient des imposteurs. Ils galvaudèrent ton talent afin d'asseoir leur petit pouvoir terrestre. Il y a très longtemps, quand tes parents vinrent à eux, aux abois, ils furent accueillis par leurs sourires charognards. Les Maîtres avaient perdu de leur prestige. Ton père et ta mère cherchaient un refuge. Ils passèrent un marché. Sous leur contrôle, tu contribuas à rajeunir leur misérable domination égoïste, en bâtissant une nouvelle escroquerie. Tu as été modelé et canalisé pour servir leurs intérêts et leur confort. Mais un tel secret ne pouvait être gardé. D'autres, moins mesquins, avaient lu les signes annonçant ta naissance. D'autres te recherchaient activement pour bénéficier de ta nature unique. Les Maîtres ont été approchés et séduits par les émissaires de Peter, qui leur promirent ce qu'ils voulaient entendre. Richesses et voluptés. L'assurance de s'asseoir au banquet des futurs seigneurs. Dès lors, ton transfert n'était plus qu'une question de temps. Je dois admettre qu'ils ont agi plus vite que prévu, tant étaient immenses leur appétit et leur désir de gloire. La vérité, c'est qu'une poignée de profiteurs en mal d'ascension t'ont vendu comme du bétail à un forain démoniaque, contre un tour gratuit de sa nouvelle attraction. Attraction dont tu seras la vedette, bien entendu…

— Puis vous m'avez capturé.

— Puis je t'ai libéré pour le plaisir de les contrarier, opina Khaleel sobrement.

Cendre réfléchit un instant, désigna Lucie du menton :

— Lucie et ses amis aussi ont essayé de me capturer. Leurs intentions n'étaient peut-être pas plus mauvaises que les vôtres.

— Justine est une tête brûlée, glousse Khaleel, mais je lui reconnais un certain panache idiot. Le genre de panache totalement dérisoire face à la puissance de Peter. Ne t'y trompe pas, mon garçon : je constitue le seul rempart valide entre toi et ses projets.

— D'accord...

Cendre hocha la tête avec conviction. Lucie ne put dissimuler un sourire amer. Elle doutait fortement que le garçon vît clairement quoi que ce soit. Mais c'était presque amusant de l'entendre commenter sérieusement les explications tordues du vieillard. De toute façon, elle avait surtout envie que cesse cette discussion pour enfin aller dormir. Un halo cotonneux lui nimbait le crâne, qui émoussait les sons et les pensées. Elle connaissait bien cet état d'épuisement. Elle savait qu'en ce moment la fatigue l'empêchait d'analyser et de saisir pleinement les propos et la situation. Encore une heure ou deux et elle ne serait même plus capable d'avoir conscience de cette érosion de sa perception.

— Vous avez tous peur de moi, si j'ai bien compris... Vous feriez mieux de me tuer.

La conclusion de Cendre tomba comme un iceberg dans un verre d'eau. Dans le silence qui suivit, on aurait entendu pousser les plantes. Khaleel ne bougeait plus, le regard braqué sur l'enfant. Le Roméo ne put dissimuler un rictus amusé au moment de répondre :

— D'autres, moins scrupuleux, auraient sans doute préféré cette solution. Mais pour avoir expérimenté la violence et la haine plus que quiconque, nous estimons justement que tout serait préférable à cette conclusion. Sinon, nous ne vaudrions pas mieux que ceux que nous affrontons.

Lucie sentit ses joues s'empourprer. Elle parla pour masquer son embarras :

— Peter aussi le veut vivant, non ? Il a besoin de lui ?

— Je me suis mal exprimé, jeune fille... On peut parfois demeurer vivant et connaître un destin pire que la mort. C'est ce qui attend Cendre s'il tombe entre leurs mains.

Lucie eut une moue dubitative. Ça ne signifiait pas que la seconde option était plus agréable. Depuis des années, ceux d'*Enez Eussa* avaient appris à se méfier des manières mielleuses de Marseille. Leurs largesses avaient toujours un coût... conséquent !

— Cendre, reprit posément Khaleel, notre société est malade. Mandala était un leurre. Nous avons tourné le dos à l'espoir en tentant de reproduire le passé. Nous avons besoin d'une espérance pour bâtir un futur. Nous avons besoin d'avoir foi en toi. C'est aussi simple que ça. Je t'offre mon hospitalité, mon garçon. Et tous les moyens dont je dispose pour garantir ta sécurité. Tu deviendras notre torche ! Jasmine, je veux dire Andréa, peut rester à ton service, si tu veux. Elle en sera ravie. Elle t'aime, tu sais...

Le garçon ne répondit rien. Que pouvait-il répondre, de toute façon ? « Oui, bien sûr, j'ai confiance en l'amour de celle qui me ment depuis que je la connais. » Quelle blague.

— Je veux me reposer, dit-il finalement.

— Vous allez être conduits dans vos appartements, conclut le Roméo. Nous nous reverrons plus tard.

Claquement des verrous. Glissement magnétique du sas chromé. Derrière la porte, dans le couloir nu du complexe souterrain, Andréa/Jasmine attendait patiemment.

*

Silence et douceur. Voilà ce qui définissait l'univers de Lucie à cet instant. Confortablement roulée sous la couverture, le corps revigoré par une interminable douche, délicatement parfumée, elle se laissait glisser dans un sommeil parfait. On aurait pu lancer un œuf dans l'oreiller sans le casser, tant il était épais et moelleux. Les draps diffusaient une odeur de fleurs et d'herbe fraîchement coupée. Ne plus jamais bouger. Petite extase sans prétention.

On frappa à la porte de la chambre plongée dans la pénombre.

— Lucie ? Tu dors ?

Rarement la débilité de cette question ne lui avait paru si flagrante. Alors, pourquoi répondre ? Mais Cendre insista :

— Lucie ?

Léger grincement huilé de la poignée, trottinement de souris qui s'arrête au pied du lit. Les yeux de la jeune fille s'ouvrirent contre sa volonté. Elle sortit la tête de sa tanière :

— Qu'est-ce que tu veux ?

Cendre posa une fesse sur la couverture. Il était affublé d'une robe de chambre trop grande pour lui. Sa tignasse emmêlée et ses joues sales laissaient supposer qu'il avait esquivé la douche. Et qu'il avait pleuré.

— J'arrive pas à dormir.

Jasmine les avait installés dans des chambres contiguës, au second étage du palais de Khaleel. Un service de sécurité plus fourni qu'une compagnie de crabes autour d'une charogne surveillait chaque porte, chaque couloir, chaque accès. Aucune fenêtre. Une élégance de cercueil.

— Dommage, soupira Lucie, moi j'y arrivais très bien…

Cendre s'installa plus confortablement, fit mine de jouer avec sa ceinture :

— On pourrait dormir ensemble ?

La question ne la désarçonna pas. Ni le regard triste du garçon. Ni le sous-entendu charnel du ton. Elle sourit :

— Tu inverses les rôles. C'est moi la plus âgée.

— Je l'ai déjà fait, tu sais…

Il rougissait maintenant. Elle parvint presque à se fâcher, mais sa lassitude était trop grande.

— Mais c'est évident, soupira-telle.

Elle écarta les draps d'un geste ample, avant de reposer sa tête sur l'oreiller.

— Dors, ajouta-t-elle, on en a besoin.

Il contourna le lit, se défit de son peignoir avant de se glisser derrière elle. Quelques secondes d'agitation, le temps de trouver une position confortable, puis il cessa de remuer. Lucie allait replonger dans le sommeil quand elle sentit son pied froid contre ses mollets :

— Tu as peur de mourir ?

— Je n'ai plus peur de rien. Tais-toi et dors.

Les mains du garçon vinrent chercher son ventre. Il se colla contre elle, avec son torse creux contre le dos de son aînée et son pénis recroquevillé contre ses fesses. C'était la posture de deux chiots surpris par l'orage et terrifiés. Elle ne le repoussa pas. Rien de sexuel. Dans le silence de la chambre, elle compta machinalement les expirations hésitantes réchauffant ses omoplates. Avant la première centaine, elle s'était endormie.

Beaucoup plus tard, quand elle sentit les doigts du garçon glisser sur ses cuisses, ce fut elle qui l'attira vers elle pour goûter un peu de son innocence. Ils firent l'amour maladroitement, comme une course perdue d'avance contre le soleil déclinant, avec des gestes moites et des regards gênés.

Cendre n'avait pas menti. Il avait déjà fait ça.

La jouissance du garçon fut brève et surprenante. Quand il changea de position, avec l'intention de la satisfaire à sa manière, Lucie feignit d'apprécier ses caresses avec l'indulgence attendrie des maîtresses attentives. Avant la fin, elle eut la preuve que Jasmine avait été une initiatrice habile. Leurs corps souples trouvèrent des raisons idiotes de ne pas se repousser. Elle n'eut pas d'orgasme, mais un tendre frisson qui se prolongea après qu'ils eurent cessé de s'agiter.

— Je crois que nous allons mourir, murmura Cendre, la tête posée sur son ventre.

Elle continua à lui caresser le front tendrement, le souffle apaisé et l'esprit serein. La chambre était silencieuse. Sa transpiration froide la fit frissonner. Elle avait soif.

— Oui, dit-elle enfin, c'est probable.

Il soupira, effleura la toison claire de Lucie du bout des doigts :

— Je suis content de t'avoir rencontrée.

La tristesse de l'aveu faillit la faire suffoquer.

## *Post-humanité triomphante*

Trois soubrettes vinrent sans ménagement les arracher au confort des draps. Hors du lit, sans vêtements, il faisait presque froid. Impossible de savoir s'il faisait encore nuit. Par la porte reliant sa chambre à celle de Cendre, Lucie vit une Jasmine goguenarde assister à leur réveil forcé. Assise sur le grand lit, portant une livrée somptueuse faite de broderies et de voilages, elle surveillait nonchalamment le ballet des domestiques s'agitant autour d'eux.

— Debout mes mignons, c'est un grand jour pour tous !

Les femmes frictionnèrent vigoureusement la bouille et le corps malingre de Cendre. On alluma de l'encens. Un délicat bouquet de parfums remplaça les relents de sueur qui rôdaient dans la pièce. Lucie put se laver seule dans un angle, avec un savon et une cuvette d'eau tiède, avant de subir l'assaut professionnel des jeunes femmes. Elles la firent asseoir sur le bord du lit avant de s'en prendre à son visage. Fards, crayons gras et boîtes de poudres voletèrent devant ses yeux papillonnants. Des doigts précis s'en prirent sans ménagement à ses sourcils et à ses cheveux. Elle parvint à ne pas grogner, jusqu'à ce qu'elles s'en prennent à ses aisselles. Le caramel brûlant lui arracha autant de poils que de cris. Quand l'impitoyable commando la libéra, son crâne lui faisait mal à force d'avoir été brossé et sa peau lui cuisait férocement. Des vêtements neufs, soigneusement pliés, les attendaient dans la pièce voisine. Jasmine chassa les servantes d'un geste autoritaire. Cendre ne pipait mot. Le feu de ses joues devait moins au vinaigre de toilette qu'à l'embarras de la situation.

— Dépêchons, nous sommes attendus.

Les costumes étaient de même facture que celui de leur gardienne. Une pute des bars de Brest n'aurait pas atteint vivante la sortie si on l'avait jetée ainsi attifée dans une réunion de marins. Lucie batailla plusieurs minutes avant de comprendre comment ranger ses seins sous les fragiles bandes de soie rehaussées de sequins. L'exercice ne consistait pas tant à se couvrir qu'à répartir au mieux les rares portions de tissus aux endroits stratégiques. Une vraie panoplie de harem. En comparaison, les fines sandales lacées faisaient presque trop habillé. Au terme de l'essayage, Jasmine hocha la tête d'un air satisfait puis désigna du menton un grand miroir sur pied qui avait été apporté dans un coin de la chambre. Lucie eut un choc en y découvrant son reflet.

De sa vie, elle n'avait eu ses traits maquillés. Sur *Enez Eussa*, elle avait toujours méprisé les filles, parfois plus jeunes qu'elle, qui minaudaient auprès de leurs petits copains pour qu'ils leur ramènent du continent de quoi se peindre la figure ou les ongles. Quel intérêt ? Leur plaire un peu plus ? Se conformer un peu plus à ce qu'ils attendaient d'elles ? Leur arracher quelques attentions supplémentaires ? Elle, quand un garçon lui plaisait, elle le lui faisait savoir avant la tombée du jour, elle prenait une douche et elle enfilait une culotte propre avant le rendez-vous. Ses efforts s'arrêtaient là.

Mais dans le miroir, elle devait admettre qu'il y avait quelque chose. En dépit du costume trop voyant — ou grâce à lui. Les maquilleuses avaient soigné leur travail. Elle aimait sa bouche trop rouge et ses paupières trop noires. Sur ses joues, sur l'arête de son nez, les fards proposaient des ombres et des reliefs subtilement corrigés. Pour la première fois de sa vie, elle se sentit… désirable ? magnifiée ? Non, seulement changée. Et ce changement avait du bon, il l'aidait même à assumer la malhonnêteté de ses soieries. Dans le reflet, elle vit le regard intéressé de Cendre. Au lieu de lui retourner une baffe, elle le gratifia d'un clin d'œil triste. Un condamné à mort mérite un peu de satisfaction. Elle se souvint de sa prédiction de la nuit précédente : « Je crois que nous allons mourir. » Elle ferait un beau cadavre. C'était une infâme consolation.

— Allons-y, murmura-t-elle.

Dans le couloir, deux gardes en combinaison noire la prirent en charge poliment. La porte de la chambre se referma derrière elle avec un cliquetis aigu. Lucie remarqua qu'il n'y avait pas de poignée.

Sur le trajet, Jasmine ne cessa de répéter les dernières recommandations. Pas de gestes précipités. Pas de crise nerveuse. Cendre écoutait en silence. Il avait l'habitude de ses conseils et de ses remarques. Que l'endroit, l'enjeu et l'autorité ne soient plus les mêmes ne changeait rien au rituel.

— Tiens-toi droit, lui dit la femme, fais-leur bonne impression. Mets-en-leur plein la vue. Ils vont te manger dans la main.

À sa ceinture pendait un large poignard, posé sur le ventre. Elle sortit la lame sur quelques centimètres avant de s'adresser à Lucie :

— Tu reconnaîtras sans doute plusieurs invités, pendant la rencontre. Si tu essaies de te faire remarquer…

Inutile de continuer. La jeune fille ne put retenir un sourire. Se faire remarquer ? Avec les frusques qu'elle avait sur le dos ? Si elle croisait quiconque de sa connaissance, ce serait ce dernier qui ne la reconnaîtrait pas. Jasmine sembla apprécier l'ironie de son conseil et lui sourit en retour. Lucie lui aurait cassé les dents à coups de talon.

Ils délaissèrent l'antique monte-charge de service en faveur d'un grand escalier en pierre aux rambardes de cuivre étincelant. Sur leur passage, le personnel et les sentinelles en armes saluèrent respectueusement. Jasmine tenait Cendre par la main mais le laissait avancer à son rythme. Quand ils furent arrivés au rez-de-chaussée, elle l'entraîna vers l'aile gauche du bâtiment. Le large couloir qu'ils empruntèrent les mena jusqu'à une antichambre noire de dignitaires et de gardes du corps, regroupés autour de buffets auxquels personne ne touchait. Des grappes de chandelles parfumées saturaient l'air de fumée sucrée. Des dizaines de chuchotements respectueux produisirent un vif brouhaha au passage du cortège. Nullement embarrassé par la pression des regards posés sur lui, Cendre continuait d'avancer calmement vers leur destination : deux grandes portes en bois fauve, sous haute surveillance. Lucie saisit fugacement l'expression du visage de Jasmine, attentive au côté de son jeune protégé : de la fierté. Oui, elle était fière du garçon, capable d'assumer si parfaitement son rôle en cet instant où l'angoisse devait lui ronger les entrailles. Elle l'avait bien dressé ! La gratitude du maître envers l'esclave zélé. Lucie était écœurée.

Devant la porte, un officiel en livrée brodée leur fit signe d'attendre.

— Vous êtes en retard, grinça-t-il.

— Et alors ! cracha Jasmine.

Haussement d'épaules. Son caractère sanguin devait être bien établi ici aussi.

— Ce sera bientôt le moment de faire votre entrée… Soyez prêts.

Jasmine se tourna une dernière fois vers Lucie, tapota le manche de son arme en guise d'avertissement. Puis les portes s'ouvrirent lentement, en laissant passer les échos d'un banquet ou d'une réunion animée. Lucie reconnut les accents de la voix de Khaleel.

Cendre fut poussé du coude par sa gardienne. Il fit un premier pas hésitant, puis franchit l'entrée de la vaste salle de réception. Il devait y avoir une centaine de participants, répartis en deux groupes de taille équivalente. Jasmine conduisit le garçon jusqu'au Roméo. Juste derrière eux, toujours encadrée par ses deux escortes impassibles, Lucie pénétra à son tour dans le vaste hall. Exclamations diverses sur leur passage. Une forêt de regards scrutateurs l'empêchait de fixer son attention. Trop de têtes. Trop de commentaires entendus. La voix et l'image du Premier Magistrat étaient diffusées par un lourd écran vidéo suspendu au plafond.

Soudain, Cendre manqua s'effondrer sur le sol. Dans le brouhaha de surprise, Lucie l'entendit pousser une plainte sourde. Jasmine soutint fermement le garçon par le bras. Il avait vu quelque chose, mais quoi ? Il tirait de toutes ses forces maintenant, pour que sa gardienne le lâche et le laisse filer vers le groupe qui leur faisait face. Lucie balaya les individus qui en composaient le premier rang… Ne reconnut personne.

— Tout le monde reste calme, cria le Roméo.

Son ordre repoussa l'instant du bain de sang. Une femme au regard doux s'accroupit lentement en tendant les bras vers l'enfant.

— Maman, hurla Cendre.

Il continua de se débattre, mais Jasmine maintenait sa poigne de fer. Le cœur en fusion, du plomb dans les jambes, Lucie lui saisit brusquement le poignet :

— Laissez-le y aller.

Le Roméo acquiesça sans mot dire. Jasmine relâcha son étreinte. Cendre se précipita vers sa mère, qui le serra contre clle tendrement. La gorge de Lucie se serra. Il avait retrouvé la seule qui comptait réellement à ses yeux. Elle était heureuse pour lui.

— Faites silence, ordonna le Roméo.

Le chuchotis des paroles maternelles réconfortantes parvint jusqu'à Lucie. Elle pouvait deviner leur contenu sans le comprendre. C'était des paroles sans âge, des promesses de baisers et de repos. Puis la femme se redressa lentement pour présenter à son fils l'homme qui les avait enfin réunis. Grand, mince, le regard vif, il avait les traits du Roméo, en un peu plus vieux et fatigué : Peter Lerner… Lucie dévisagea l'adversaire de Khaleel, le monstre froid des contes anciens, l'incarnation du Mal.

Le génie sourit à l'enfant, s'accroupit à son tour pour se mettre à sa hauteur. Cendre sembla très intrigué par ses premières paroles. Dans un mouvement concerté, leurs voisins se placèrent autour d'eux pour dissimuler leur entretien au reste du monde. En réaction, les sentinelles marseillaises prirent ostensiblement position devant les issues pour parer à toute manœuvre soudaine.

Plus personne ne parla. Lucie ne parvenait pas à quitter la scène des yeux. Confusément, elle sentait qu'un malheur arriverait à Cendre si elle relâchait son attention. Elle était devenue son lien, ténu, avec la vie. Son oxygène. Elle ne devait pas le laisser se noyer dans la masse des étrangers venus le séduire.

Derrière l'écran de ses gardes du corps, Peter continuait à parler avec l'enfant. Pas d'éclats de voix, pas de cris. Juste l'écho étouffé d'un monologue paresseux.

Lucie sentit qu'on cherchait à attirer son attention sur sa gauche. À la périphérie de son champ visuel, une *présence* se manifestait. Mais elle refusait de se laisser distraire. « Pas maintenant, il a tellement besoin de moi », se dit-elle. « S'il doit mourir à cet instant, je veux le voir, je veux assister à son assassinat et pouvoir témoigner de ses derniers instants. Je le lui dois ! »

Puis le cercle s'ouvrit sur Peter et Cendre. Lucie retint sa respiration. Le garçon semblait détendu. Peter se releva pour prendre la parole :

— Je crois que Cendre est prêt à prendre sa décision. Il nous a écoutés attentivement.

Le garçon lâcha la main de sa mère, fit quelques pas pour se placer à une distance équivalente entre les deux factions face à face. Il fixa brièvement Jasmine, avant de poser son regard sur Lucie. Elle lut un apaisement sincère dans ses yeux, une sérénité nouvelle avait gagné son visage. Il pleurait de joie. Des larmes avaient coulé sur ses joues et sa poitrine s'agitait au rythme de ses sanglots silencieux. Saisi par l'émotion, il faillit perdre l'équilibre, se ressaisit, prit une grande inspiration pour s'adresser à toute l'assemblée…

Une explosion violente lui coupa la parole et plongea la salle dans l'obscurité.

La panique s'empara des participants. Lucie fut violemment heurtée par un corps massif qui se précipitait en direction de la délégation invitée. Beuglement rauque sur sa droite. Quelqu'un avait été blessé. Instinctivement, elle protégea son visage de ses bras pour anticiper un mauvais coup. À tout moment, une lame pouvait venir trouver sa gorge ou ses reins. Elle recula lentement, la tête baissée, bousculant au passage quelques officiels affolés. Un coude s'enfonça violemment dans ses côtes, lui coupant la respiration. Quelque part devant elle, Jasmine rôdait, la lame au poing. Elle avait forcément des instructions. Protéger Cendre devait être sa priorité. Derrière elle, les portes s'ouvrirent en grand, laissant passer les lumières parfumées des chandelles de l'antichambre. Un flot de dignitaires et de soldats déboulant en renfort. Quiconque aurait le malheur de trébucher serait impitoyablement piétiné par la marée humaine. Une main lui saisit maladroitement le poignet. Elle se débattit en criant.

— Lucie ! C'est moi !

Le timbre familier de la voix lui fit perdre pied. Le visage de Gemini apparut devant elle, reconnaissable dans la pénombre. Il lui pressa les épaules pour la motiver :

— On se tire d'ici !

Jouant des coudes, poussant les obstacles en grognant, il l'entraîna vers le mur le plus proche.

— Attends, dit-elle, Cendre...

— Justine s'en occupe. Suis-moi.

Malgré le vacarme, elle avait saisi la nuance de colère dans le ton du jeune homme.

— Justine ?

— Ouais ! On est venus te chercher.

Ils se plaquèrent contre le mur, repoussant ceux qui venaient s'écraser contre eux. Une deuxième série d'explosions fit trembler le bâtiment. Le bombardement se rapprochait. Gemini était furieux :

— Faut pas rester ici, ils vont tout raser !

— Qui ?

— Les Chamans... Ils ont sorti le grand jeu, toute leur putain d'escadrille. Justine avait monté le coup avec Claire depuis le début... Surprise !

— On sortira jamais d'ici vivants !

Gemini ricana :

— J'ai pas l'impression que ça fasse partie du plan...

Le cœur de Lucie battait à tout rompre. Ses oreilles bourdonnaient. Dans la cohue, elle crut apercevoir la silhouette d'un enfant passer sur sa droite, à contre-courant. Près de lui, une furie grimaçante jouait du couteau pour se frayer un passage. Ils disparurent en direction des portes. Elle se colla contre Gemini :

— Je vais trouver Cendre !

— Aucune chance dans ce bordel !

— Je sais où ils vont l'emmener.

Gemini réfléchit moins de cinq secondes, fouilla sous sa chemise et lui tendit un objet métallique effilé. Un stylet poisseux de sang. Gemini sourit cruellement :

— Prends-le, je m'en trouverai un autre.

Nouvelle explosion. Le plafond commença à perdre des morceaux en provoquant un nuage de poussière clair. Hurlements des victimes piégées sous les épais blocs de ciment. Quand Lucie rouvrit les yeux, Gemini avait disparu. Elle se faufila vers la sortie, la dague serrée dans sa main droite.

*

Justine avait crié quand la lame du tueur lui avait percé le dos. Le feu de la blessure lui bloquait le dos, raidi par la douleur. Gemini avait déjà sauté à la gorge de l'assassin pour lui casser la tête. Craquement sourd des vertèbres brisées à coups de talon. Puis il l'aida à rester debout dans la bousculade.

— Va chercher Lucie, souffla-t-elle, je m'occupe du gosse.

Il lui saisit la mâchoire entre ses doigts :

— Tu savais, hein ?

Elle ne dit rien.

Il brandit l'arme effilée, encore couverte de son sang :

— Tu savais ?

— C'était une occasion unique, articula-t-elle péniblement. On ne pouvait pas prendre de risques.

L'esprit de Gemini tournait en surmultipliée. Il se souvint des airs complices de Justine et de Claire, à la clinique. Leur écœurante connivence. D'autres pièces du puzzle vinrent compléter le tableau. Les Chamans. Les Chamans et leurs putains de bombardiers dont on suspectait l'existence de longue date.

— Salope, cracha-t-il avant de disparaître.

Justine parvint à échapper au flot aveugle des dignitaires affolés. Un autre tueur passa devant elle sans la voir, le regard braqué sur une autre cible. Son dos lui faisait horriblement mal. Un autre chapelet de bombes frappa le quartier, accélérant la panique de ses voisins. Elle visualisa les lourds engins volants, leurs entrailles gorgées de merdes mortelles prêtes à être déversées sur le palais de Khaleel. Elle assumait sa décision. Peu importe qu'une de ces bombes lui pulvérisât le corps maintenant, dans cinq secondes ou dans une minute. Dans sa tête, les paroles de Peter : « Tu es contaminée depuis longtemps... » Vite qu'on en finisse. *Visez bien, mes petits bâtards, venez voir maman !*

Deux mains lui saisirent les bras pour la tirer en arrière. Justine battit des jambes en hurlant. Giclement de douleur dans son dos. Le décor devint flou. Elle bloqua sa respiration pour demeurer consciente, ne chercha plus à résister. Ses deux ravisseurs l'entraînèrent dix mètres plus loin. Jusqu'à un Peter souverain, au milieu de ses troupes.

— Bien joué, sourit-il, totalement inutile mais bien tenté.

— Crève, gémit-elle.

Il soupira, regarda nonchalamment les rangs serrés de ses partisans occupés à tranquillement repousser les assauts aveugles des officiels. Ils étaient dans l'œil du cyclone. Leur efficacité était démoniaque. Leur précision, inhumaine. *C'est exactement de ça qu'il s'agit, ma pouffe, bienvenue dans la post-humanité triomphante.*

— Non, dit-il, je ne vais pas mourir tout de suite… Et toi non plus.

Le moyeu mouvant des noctivores se mit en marche vers la porte. De leurs mains, de leurs corps, ils creusèrent un sillon dans le troupeau humain en direction de la sortie. Peter aidait Justine à marcher en la maintenant contre son épaule. Elle ne put réprimer un frisson de dégoût.

— Nous serons bientôt dehors, dit-il.

Elle réalisa qu'il n'y avait aucune bravade dans son propos serein. Ils allaient effectivement échapper au piège. Parce qu'il le voulait. Un ennemi enragé se précipita vers le noctivore le plus proche, une jeune femme aux gestes calmes. Elle encaissa élégamment la charge, recula avec son agresseur dans la masse de ses semblables qui le désarmèrent sans effort. La femme reprit sa place dans le ballet mouvant sans un regard pour le vaincu.

Justine appela la prochaine bombe de tous ses vœux, là, maintenant, droit sur elle. Puisse son sang répandu servir de marqueur. Une traînée vive à remonter jusqu'à sa blessure, pour la faire imploser. Mais rien ne vint.

Les noctivores poussèrent leur avantage jusqu'à la sortie de la pièce. Parvenus dans l'antichambre désertée par les convives, ils optimisèrent leur ballet pour s'adapter à la nouvelle configuration des lieux.

Peter serra Justine un peu plus fort contre lui. Il exultait :

— Nous sommes ravis que tu sois venue pour assister à ça. Une démonstration vaut mieux que tous les discours.

— Vous ne passerez pas...

— Diagnostic présomptueux... Regarde mieux.

Autour d'eux, plusieurs noctivores s'emparèrent des chandeliers disposés sur les tables. Le cœur de Justine manqua un battement. Parmi eux se trouvaient des dignitaires de Khaleel, l'air encore farouche, un peu plus maladroits que leurs voisins, mais déjà totalement intégrés à la ronde de leurs semblables. Elle reconnut celui qui s'était jeté sur eux quelques minutes plus tôt. C'était démoniaque. Derrière elle, la lutte continuait dans le hall de réception entre les fidèles de Khaleel et ceux qui le trahissaient. Justine fut prise de vertige, réfléchit en vain à un moyen de s'assurer qu'elle disposait encore de son libre arbitre.

Peter saisit son désarroi :

— Ne t'inquiète pas, pas question de te phagocyter. Pas toi. Nous t'accordons le droit de choisir librement.

— Je pourrais m'accorder celui de te tuer.

— Fais-le, n'hésite pas.

Il s'était arrêté. Et les siens avec lui.

— Une petite part de hasard pimente agréablement les plans les mieux préparés, glousssa-t-il. Nous n'avions pas pensé à ton attaque aérienne. Bien joué !

Justine hésita. Il l'avait relâchée. Elle se tenait devant lui, seule, à moins d'un mètre. Deux secondes pour lui déchirer la gorge avec les dents… Un peu plus pour qu'il se vide à mort… Avec un peu de chance, ils ne trouveraient pas de parade à son hémorragie avant la poignée de minutes fatales. Avec un peu plus de chance, elle survivrait assez longtemps à ses blessures pour le voir crever face à elle. *De la belle tragédie antique, sale con ! De quoi faire bander les futurs chroniqueurs de notre jolie petite histoire d'amour, pas vrai, fumier ?*

Peter éclata de rire en lisant son intention :

— Mais tu le ferais ! Ah, Justine, Justine, que deviendrais-je sans toi ?

— Un lauréat sans contrariétés ?

— Quelque chose comme ça, oui.

Elle ne put retenir un sourire mauvais. Ce salaud et elle étaient tellement semblables. *Ce qui ne m'empêchera pas de te tuer.* Il la serra de nouveau contre lui. D'aussi près, il diffusait une odeur de sueur acre. Les noctivores reprirent leur marche à travers l'antichambre. Une nouvelle explosion fit trembler les murs du palais.

— À ton avis, où se cacherait un vieux bonhomme dans un aussi prestigieux bâtiment ?

Elle ne répondit pas. S'il n'avait pas changé de cachette, Khaleel barbotait dans les sous-sols. Là où aucune bombe ne saurait les atteindre. Justine n'avait aucune envie de lui mâcher le travail.

— Je plaisantais, fanfaronna Peter, nos nouveaux amis nous l'ont déjà soufflé.

Tournant à gauche au croisement suivant, le groupe prit la direction du monte-charge de service. Un dignitaire marseillais, l'air hagard, appuya sur la commande d'appel. Un bourdonnement sourd résonna en même temps qu'une sonnerie stridente de fin de non-recevoir.

— Tout simplement mesquin, décréta Peter. Nous mettrons ça aussi sur la note de Khaleel quand nous le trouverons.

Peter se retourna vivement, imité par plusieurs des siens. Cinq tueurs d'Orage avançaient vers eux depuis un corridor secondaire, avec l'air satisfait du chasseur pistant sa proie. Leurs doigts bardés de griffes cliquetèrent joyeusement au moment de se placer dans les rangs des noctivores. Il y avait du sang sur leurs lames. Justine imagina en frissonnant la terreur des dignitaires, quand la garde rapprochée de leur maître s'était retournée contre eux... Elle ferma les yeux en tremblant. La douleur dans son dos se réveilla.

Peter hocha la tête :

— Nous sommes prêts à mener une véritable exploration des sous-sols, maintenant. Par ici...

Guidés par les assassins sous contrôle, le groupe se reconfigura une nouvelle fois avant de s'engager dans le labyrinthe des galeries de service. Avant d'avoir atteint les premières marches menant aux étages inférieurs, leur nombre avait presque doublé.

Justine commença à se dire qu'amener des avions militaires à portée de Peter n'était pas une si bonne idée.

## Homo erectus *meurt*
## *mais ne se rend pas*

Lucie bénissait sa présence d'esprit d'avoir bien mémorisé le chemin à l'aller. Même dans l'obscurité des couloirs privés d'éclairage, elle parvenait à progresser sans trop d'hésitation. Elle avait bien pensé se munir d'une des chandelles parfumées éclairant l'antichambre, mais elle aurait risqué d'être trop facilement repérée. Non ! Avec la confusion qui régnait dans le palais, sa meilleure option était de profiter de l'ombre.

Une partie d'elle était terrifiée par la situation. Une autre exultait. Elle était de nouveau libre. Elle était armée. Elle était sur les traces de Jasmine et celle-ci n'en savait rien. Le plus important, maintenant, c'était de ne pas gaspiller son avantage, de tirer profit de la surprise, et d'arracher *une bonne fois pour toutes* son sourire à cette garce ! Lucie l'avait bien vue, dans la mêlée, taillader dignitaires ou inconnus, tout ce qui se présentait devant elle, pour faire sortir Cendre au plus vite du piège de la réception.

Au fil de sa progression, la fureur des combats diminua, jusqu'à ne plus être qu'une rumeur aiguë derrière elle. Dans le silence retrouvé des corridors désertés, les voilages de sa tenue bruissaient distinctement au rythme de ses pas. Elle déchira les étoffes prestement, de la pointe de sa lame, s'imaginant faire de même avec celles de son ennemie. Presque nue, Lucie se mit en chasse, avec l'aisance retrouvée de ses années de maraude.

Le hall d'entrée du palais était vide. Les sentinelles avaient abandonné leur poste. Tout le personnel avait disparu. Les larges vantaux de l'entrée principale étaient ouverts en grand, nappant les carrelages d'un flot de lumière crue. Lucie fit quelques pas prudents vers les escaliers, recula, méfiante. Son instinct lui disait que quelqu'un était tapi dans les escaliers, au-dessus de sa position. Impossible de se signaler sans savoir de qui il s'agissait. Un tueur en embuscade ? Un serviteur terrifié ? Pire ? Il fallait agir, elle ne pouvait pas rester ainsi, à la vue de tous… Après quelques secondes d'hésitation, elle retourna sa lame contre le creux de l'épaule et appuya. La pointe s'enfonça vers les chairs, mais la douleur lui fit retirer sa main avant d'avoir fait plus qu'égratigner la peau. Pas comme ça. Grimaçant, elle plaça à deux mains le pommeau contre le mur le plus proche, cala sa clavicule contre la lame et avança d'un coup sec. La souffrance lui arracha un gémissement, elle manqua lâcher son arme. Le sang commençait à couler de la plaie. De ses doigts tremblants, elle s'en barbouilla le sein gauche et la gorge, craignant de s'être entaillée trop profondément. Son bras gauche était comme engourdi, sans doute le contrecoup de sa mutilation. Puis elle cacha le couteau contre son avant-bras avant de s'engager résolument dans les escaliers. Ainsi blessée, elle paraîtrait moins dangereuse.

Le visage crispé, les yeux implorants, elle monta cinq marches avant de lever les yeux vers l'inconnu : c'était un domestique, en livrée d'apparat. Quelqu'un lui avait placé une arme à feu entre les mains et lui avait ordonné de protéger l'accès. Il était jeune, guère plus âgé qu'elle. Ses mains tremblaient. Braquant son pistolet sur Lucie, il bredouilla une phrase en arabe. Elle réfléchit à toute vitesse. Était-ce Jasmine qui l'avait posté là pour protéger sa fuite ? Agissait-il de son propre chef ? Il ne tirerait pas sans une menace sérieuse. Mais dans ses yeux, on voyait briller un océan de peur. Le genre de peur qui pousse à agir bêtement.

Feignant une grande faiblesse, Lucie gémit en se laissant lentement glisser contre la rambarde. Elle prit même le risque de fermer les yeux, le temps d'effleurer sa blessure du bout des doigts. Poussa un autre gémissement. L'astuce fonctionna. Hypnotisé par le sang qui maculait son buste, le garçon baissa sa garde pour s'approcher. Une marche. Deux marches. Il prononça autre chose, sur un ton interrogatif. Lucie ouvrit les yeux. Trois marches. Elle lui sourit misérablement. Quand il fut près d'elle, le regard hésitant entre sa blessure et son visage, elle leva lentement son bras blessé comme si elle craignait qu'il la cognât. Le domestique fronça les sourcils comme s'il se sentait insulté, posa son arme derrière lui. L'autre bras de Lucie remonta pour le poignarder, de toutes ses forces, avant qu'il ait eu le temps de comprendre. La lame lui perça le cœur jusqu'à la garde. Il eut un hoquet de surprise, sa bouche s'ouvrit pour dire quelque chose mais il tomba en arrière en râlant. Il mourut presque aussitôt.

Haletante, Lucie se releva maladroitement, manquant de glisser sur le sang de sa victime. Elle repoussa le corps pour prendre le pistolet, ne trouva pas le courage de retirer la lame de sa poitrine et s'enfuit vers les étages, des larmes de haine plein les yeux.

Elle rattrapa Cendre et Jasmine devant les grilles du monte-charge. Ce furent les ordres rageurs de la femme qu'elle repéra en premier, à l'entrée du deuxième étage. Glissant un œil discret depuis les escaliers, Lucie les vit, à moins de dix mètres, au milieu de la galerie. Cendre était allongé par terre, sur le dos, la bouche grande ouverte. Sa gardienne lui criait dessus, l'arme au poing :

— Lève-toi ! Fais un effort !

— Je ne peux plus marcher, haleta le garçon. Je ne peux plus…

Son souffle était court. Son teint cireux. Il avait une vraie crise, cette fois-ci.

— Dis plutôt que tu préférerais retourner pleurer dans les jupes de ta mère. La chienne ! J'aurais jamais pensé qu'elle oserait ramener sa gueule. Il doit bien lui avoir bourré le mou, l'autre enfoiré, pour la convaincre de venir jusqu'ici. Avec tout le sang qu'elle a sur les mains !

Cendre écoutait à peine, totalement accaparé par ses efforts désespérés pour respirer. Jasmine caressa sa joue avec douceur.

— T'inquiète pas, ajouta-t-elle plus gentiment, je vais te porter. Ce n'est plus très loin.

Lucie remarqua que la cage de l'ascenseur était ouverte. Si elle n'agissait pas maintenant, ce serait trop tard. Jasmine se redressa pour ranger sa lame à sa ceinture. Lucie visa consciencieusement sa tête, appuya sur la détente. Détonation assourdissante. La balle passa bien trop à gauche et alla s'écraser dans le mur. Jasmine pivota, poussa un hurlement terrifiant en reconnaissant son adversaire et bondit vers Lucie. Affolée, celle-ci tira encore deux fois, au jugé, hurlant en retour pour dominer son ennemie. Les deux balles trouvèrent leur cible. Jasmine bascula sur le côté, touchée à la cuisse gauche et au foie. La mâchoire serrée, elle s'appuya contre le mur, le poignard brandi, hurlant de rage et de douleur. Elle était une bête féroce protégeant son petit.

Lucie avança dans le couloir. L'air sentait la poudre. Les détonations n'allaient pas tarder à attirer du monde. Allongé par terre, hors de sa portée, Cendre avait tourné la tête pour entrevoir le duel opposant ses deux maîtresses.

— Pas mal, grinça Jasmine, j'aurais dû te tordre le cou depuis longtemps. Il n'est pas trop tard.

— Ne bouge pas, gronda Lucie terrifiée.

— Mais je ne bouge pas… Regarde, tu m'as éclaté le fémur, je suis bloquée ici… Mais toi, tu peux approcher… Approche, sale petite vicieuse…

Entre ses doigts, le couteau suivait chaque mouvement de Lucie.

— Laisse-moi passer ou je te tue, dit cette dernière en braquant son pistolet.

— Approche, grimaça la furie en tirant la langue.

Plaquée contre le mur opposé, Lucie glissait lentement dans sa direction, redoutant de se mettre à sa portée, redoutant encore plus de devoir l'abattre à bout portant. Cendre s'agita sur le sol :

— Ne… la tue… pas…

Jasmine ricana. Sa cuisse était en bouillie. À travers les muscles déchiquetés, Lucie aperçut le blanc humide d'un os.

— J'ai pas le choix, murmura Lucie en pointant son arme vers le visage de la femme haletante.

Les yeux plissés, cette dernière fixait l'index de la jeune fille, crispé sur la détente. Dans sa main, le couteau ne bougeait plus, prêt à frapper. Un voile de souffrance passa dans le regard de Jasmine. Sa main libre remonta vers son flanc pour appuyer sur sa seconde blessure. Les étoffes précieuses de sa tenue étaient poissées de sang. Elle était salement touchée. Terrorisée, Lucie commença à la dépasser au ralenti, le souffle court :

— Cendre, tu peux te lever et venir jusqu'à moi ?

— … Non, je ne crois pas…

Il essaya de relever la tête, eut un spasme nerveux et retomba en arrière.

— Si tu m'aides à me relever, ça ira mieux, marmonna-t-il en tremblant.

— Tiens bon, j'arrive.

Lucie fit encore un pas. Elle était presque en face de Jasmine maintenant, appuyée sur le mur opposé. Seule la largeur du couloir les séparait encore.

— Je vais ramener Cendre avec moi. Laisse-nous passer et je ne tirerai pas.

— Pas question, dit la femme en secouant la tête. Le coin va pas tarder à grouiller de soldats, tu n'as aucune chance, laisse tomber.

— Laisse-nous passer et je ne tirerai pas, répéta Lucie en la dépassant lentement.

Collée contre le mur, incapable de se tenir debout sans appui, Jasmine ferma les paupières pour effacer la douleur :

— Je vous retrouverai, où que vous alliez... C'est une promesse...

Se propulsant avec sa jambe valide, elle se jeta en avant sans rouvrir les yeux. Son couteau siffla dans l'air à la recherche de sa victime. Lucie n'eut que le temps de se baisser. La lame frappa le vide, mais le genou de Jasmine lui heurta violemment la pommette droite. Étourdie, elle lâcha le pistolet, recula à quatre pattes pour se dégager de l'étreinte mortelle. Son regard croisa celui de Jasmine. Ses traits n'avaient plus rien d'humain, un rictus féroce lui tordait la bouche :

— Oh, tu es tellement déjà morte !

Appuyée contre elle de tout son poids, la gardienne leva le bras pour frapper encore. De toutes ses forces, Lucie lui attrapa la cuisse blessée pour saisir et arracher muscles ou tendons. Aveuglée par la souffrance, Jasmine glapit et frappa à côté. L'estomac retourné, la jeune fille battit en retraite pour retrouver son pistolet. Jasmine lui prit la cheville pour la retenir, encaissa sans broncher deux coups de pied qui lui éclatèrent le nez et les lèvres, sourit en bavant un mélange de sang et d'incisives brisées :

— T'as perdu !

La balle lui fit gicler la cervelle en la faisant basculer en arrière. Assourdie par la détonation, Lucie se retourna vers Cendre, allongé près d'elle sur le ventre, qui serrait à deux mains le pistolet. Incapable de proférer une parole, Lucie rampa vers lui pour le serrer contre elle. Prudemment, elle lui retira l'arme des mains. L'enfant avait toujours du mal à respirer.

— Finissons-en, grelotta-t-il. Il faut descendre…

— J'ai des amis en bas, ils vont nous aider à nous enfuir d'ici.

Lucie caressa son front pâle, recouvert de mèches collées de sueur.

— Qu'est-ce qu'il t'a dit ?

— Qui ?

— Peter. Qu'est-ce qu'il t'a dit ?

— Emmène-moi voir Khaleel…

— Tu vas rester avec lui ? C'est ça que tu as décidé ?

Il ne répondit pas. Son regard clair et résigné, aux pupilles trop larges, cillait au rythme de sa respiration hachée. « Je crois que nous allons mourir », disaient ses yeux. Dans la main de Lucie, le lourd pistolet. Elle se releva péniblement, traîna le corps inerte de Cendre vers le monte-charge. Revint vers le cadavre de Jasmine pour ramasser son poignard. La cabine obéit à sa commande quand elle appuya sur le bouton.

La descente commença vers le sanctuaire du Premier Magistrat.

*

L'effondrement du plafond avait failli réduire Gemini à l'état de pulpe. Le plus gros bloc s'était écrasé à moins de cinquante centimètres de ses pieds. Moins d'un mètre : c'était peu, pour faire la différence entre un corps en deux ou trois dimensions. Ébranlé par les hurlements et la poussière, les flots d'adrénaline lui crispant douloureusement les reins et les épaules, il resta quelques secondes, ou quelques minutes, immobile, à regarder une main broyée dépassant des décombres. Tellement détaché qu'il aurait aussi bien pu être mort, contemplant son cadavre depuis son corps astral planté au-dessus de sa dépouille.

Autour de lui, dans le brouillard affolé des combats, un semblant de logique. Une froide évolution, en spirale, des corps qui tombaient ou se relevaient. Arcs de cercle de lames cherchant des chairs à déchirer. Crochets et fulgurances de poings cherchant des gorges. Arches de cuisses en tension, pour encaisser des assauts ou les lancer. Encore quelques secondes de répit avant de reprendre le cours de sa vie. Toujours pas de coup porté contre lui. Il fallait se ressaisir.

À ses pieds, la main ensanglantée avait la peau noire. Ce n'était pas lui, sous ce bloc. Cet aveu le rendit visible au reste du monde. La supercherie s'effrita. Un corps lancé à vive allure le percuta par la gauche. Il bascula instinctivement vers le sol, laissa passer l'intrus sûrement désireux de changer d'air. Changer d'air, ce n'était pas une si mauvaise idée.

Gemini se releva à tâtons, privé de force. Entre ses doigts crispés, un débris de ciment, d'une taille respectable. *Homo erectus* meurt mais ne se rend pas. Il s'abandonna à un rire sans joie. Des jappements vaguement familiers se firent entendre dans le lointain. Devant ses yeux, la poussière devenait moins dense. Un léger souffle commençait à la chasser en un lent tourbillon abrasif. Sans lâcher son casse-tête improvisé, il marcha vers la sortie, vers la source d'un air moins vicié. À aucun autre survivant ne vint l'idée de l'en empêcher.

Une déflagration éloignée se propagea à travers l'ossature du palais. Hurlements suraigus. Gemini faillit trébucher, zigzagua d'un mur à l'autre du couloir déserté. Il avait perdu Justine. Était-elle restée sous les gravats, dans la salle de réception ?

— L'arroseur arrosé, grinça-t-il avec le cœur malade.

La vieille sorcière n'avait pas fait les choses à moitié. Pas son style, de toute façon. Le tapis de bombes : une solution testée et approuvée, toujours d'actualité. Vous reprendrez bien un peu de roquette ? C'est fait maison, garanti sans phosphate. Non, sans phosphore… Gemini ne savait plus très bien, mais ça le faisait rire quand même. De la main droite, serrée autour de son petit rocher défensif, il raclait le plâtre immaculé de la cloison. Encore ces jappements et hurlements vaguement reconnaissables, quelque part devant lui. Son estomac se serra. Les anges de la mort en personne venaient le cueillir ? C'était trop d'honneur. Une simple balle dans la nuque, quelque chose de rapide et d'indolore, ça aurait largement suffi.

— Justine, maudite garce, s'entendit-il brailler.

Où pouvait-elle être passée ? Ce n'était pas le genre à crever sous un plafond qui tombe. L'ex-madame Lerner avait trop de classe pour ça. Que ferait-il sans elle, de toute façon ? À quoi aurait servi cette absolue, cette totale dégueulasserie, si elle n'était plus là pour en tirer les conclusions ou les bénéfices nécessaires ? Elle était sûrement dans le palais, un plan de rechange ou de secours en tête, pour ramener un peu d'ordre dans ce foutoir. Il ne pouvait pas en être autrement. D'ici là, il tâcherait de faire au mieux. Rester vivant, ce n'était pas si difficile. Il suffisait d'atteindre la prochaine porte, de faire encore dix pas, de rester sourd aux élancements qui cisaillaient de manière de plus en plus insistante son genou gauche.

— Pas de bol, gloussa-t-il, *Homo erectus* a bobo à la guibole.

Quelques mètres plus loin, il vit un homme blessé qui se tenait le ventre, assis contre un renfoncement du mur. En s'approchant, Gemini reconnut un des noctivores qui, la veille, avaient discuté avec Justine sur le port. Malgré l'horrible blessure, ses traits mous gardaient leur air légèrement idiot. La douleur devait être atroce. Gemini se pencha vers lui, incapable de réagir. Dans les yeux gris de l'homme, on lisait la terreur muette des bêtes trop hébétées pour exprimer leur souffrance. Dans la corbeille improvisée de ses mains, il tenait un amas de tripes et d'humeurs sanguinolentes non identifiées.

— Oh, merde, murmura Gemini, je suis désolé…

Il se demanda si les condisciples du noctivore percevaient son agonie en ce moment. Si elle parasitait leurs pensées. Peut-être que, s'il en avait eu l'assurance, il n'aurait pas fait ce qu'il allait faire. Sa frappe partit violemment en oblique, droit vers la joue molle de l'homme. La masse de ciment lui fracassa la tempe. Ses yeux s'éteignirent quand il roula sur le sol.

— Je suis désolé, répéta Gemini.

Il allait se relever quand il entendit un sifflement caractéristique, en provenance de l'entrée du palais. Sa mémoire instinctive prit le relais de ses sens saturés pour identifier le sinistre bruit. Un crachotement dévorant de feu liquide, immédiatement suivi de l'odeur inimitable de chair brûlée. Un Corbeau…

Les jappements entendus plus tôt… Son cœur manqua un battement.

— Keltiks, par ici, beugla-t-il.

Des larmes de joie idiote envahirent l'orée de ses paupières. Justine était la meilleure, tout simplement la meilleure. Avant d'avoir eu le temps de faire trois pas, ils l'avaient trouvé et le tiraient sans ménagement vers leurs positions.

*

Pour la première fois depuis leur départ de l'île, Bleiz était vraiment heureux, plein d'une joie sauvage et zélée. C'était même plus fort que de manier son *bran du* flambant neuf. Et pourtant, il vénérait son arme. Des mois qu'il rêvait de s'en servir. La totale justification de jours et de semaines d'apprentissage et d'exercices pénibles sous l'œil sévère de la *mammgoz* et des ingénieurs venus du Maroc qui avaient opéré ce petit miracle : reproduire des versions viables de l'arme des seigneurs. Certes, ces copies prototypes, aux formes lourdes, n'avaient pas l'élégance racée de l'original arraché à la tombe de Teitomo. Mais quand même : quelle merveille ! Chaque occasion de tirer était un délice, dégustée à l'avance. Entre ses mains, il y avait la mort domptée, prête à fondre sur ses cibles.

S'il avait été un peu bête, et un peu moins préoccupé, l'officier keltik aurait pu sourire à son jeu de mots involontaire. Mais il avait d'autres priorités que de suivre le fil chaotique de ses pensées annexes. Le long saut en parachute, sanglé comme un paquet au ventre fétide d'un Chaman extatique, lui avait laissé une furieuse envie de se gratter jusqu'aux os pour arracher tout risque d'infection. Ces vomissures puantes étaient une offense au bon goût et à l'honnêteté corporelle. Heureusement, leurs ordres différaient dès qu'ils avaient touché le sol et chaque groupe avait filé vers ses objectifs.

Ceux de Bleiz étaient simples : investir le palais ennemi, éliminer toute résistance, brûler tout ce qui dépasserait, piétiner les cadavres et éparpiller les cendres. Si, dans la foulée, il parvenait à récupérer vivants la *mamm-goz* ou Gemini, il avait la permission de veiller à leur extraction, mais seulement si ça ne compromettait pas sa mission principale. « Adieu, guerrier, nous allons tous dépendre de toi », lui avait-elle dit avant de lui remettre les clefs des entrepôts où dormait l'armement ultra-moderne de l'île.

Depuis trois minutes, il avait rempli à moitié la coupe de la victoire : entre ses mains, il tenait le visage affaissé de Gemini. Certes, sa rotule gauche ne survivrait sans doute pas à la bataille, mais ces retrouvailles le faisaient désormais rêver de grand chelem. Retrouver Gemini en vie, c'était soudain retrouver le goût du *possible*. C'était se souvenir que Justine pouvait être vivante, au bout du prochain corridor.

Autour de lui, ses hommes se regroupaient en espérant ne pas subir un nouvel assaut. Ils avaient déjà encaissé trois vagues depuis qu'ils avaient investi le périmètre du palais, des meutes hurlantes qui venaient s'écraser sur les murs de feu de leurs *bran du*. Les Keltiks devenaient nerveux. Personne n'aime massacrer trop longtemps des adversaires incapables de résister.

Bleiz agrippa l'épaule de son protégé allongé devant lui :

— Il faut bouger avant qu'ils se reprennent.

Gemini accepta la gourde rouillée que lui tendait un guerrier, avala une gorgée d'eau-de-vie brûlante comme une braise. L'air déterminé des Keltiks l'impressionnait plus qu'il ne voulait l'admettre. Dans le demi-jour du grand hall désert, leurs Corbeaux couvraient chaque sortie de leur bec profilé. Il eut une désagréable sensation de déjà-vu en posant sa question :

— Où va-t-on ?

— Là où nous devons aller, grogna Bleiz. Tuer ceux qui doivent mourir.

Lueurs fugitives de salive brillant sur des dents blanches. Même passés sous l'autorité exclusive de Justine, les Keltiks n'apprendraient jamais à cacher leur nature féroce. C'était leur valeur première, en sus d'une obéissance zélée. Ils étaient sa garde rapprochée et ses outils préférés. Gemini rendit la gourde, hocha la tête lentement :

— Je sais comment y aller.

— C'est ce que je voulais entendre, rugit Bleiz en l'aidant à se relever.

Une clameur sauvage retentit hors du palais, faisant tiquer chaque combattant présent.

— Il te faudrait une arme, dit le guerrier sur un ton pressant.

— Si on doit se battre contre ce qui rôde ici, ce n'est pas moi qui ferai la différence. Je vous mène à eux, vous ferez le reste.

Jappements satisfaits du petit groupe rassemblé autour de lui. Ils étaient quoi ? Une vingtaine ? Avec ce qu'ils serraient entre leurs mains, Gemini ne doutait pas que ce serait largement suffisant pour atteindre les sous-sols vivants. Ce qui arriverait ensuite, seule Justine devait le savoir, et encore : à cette heure, Gemini doutait que quiconque puisse imaginer ce qui allait résulter de la rencontre des plus épouvantables brochettes de cinglés fanatiques qui respiraient de ce côté-ci de la planète.

— Par ici, messieurs...

Son premier pas lui déchira le corps du talon au sommet du crâne. Après une dizaine d'enjambées prudentes, c'était redevenu plus supportable. Deux Keltiks furent nommés porteurs, le temps de monter les larges escaliers encombrés de cadavres fumants. Ils atteignirent la cage d'ascenseur sans rencontrer de résistance. Appuyer sur le bouton d'appel ne provoqua rien de plus qu'une sirène stridente et le claquement d'un treuil bloqué. Le monte-charge ne fonctionnait plus.

— Je ne connais pas d'autre moyen de descendre, grimaça Gemini.

— Trop long d'en chercher un autre, sourit Bleiz. Reculez tous !

Le bec du Corbeau se posa contre le verrou de la grille de sécurité. L'arme bourdonna brièvement avant de cracher un torrent de feu liquide. Le métal porté au rouge céda aussitôt. Deux autres guerriers firent de même en d'autres points vitaux de la grille. Elle céda en quelques secondes. Les instructeurs de Derb Ghallef avaient bien fait leur travail : les Keltiks maniaient leur nouvel armement à la perfection.

Vaguement éclairé par les scories rougeoyantes nées de ce mauvais traitement, le puits vertical attendait un volontaire. Bleiz saisit l'épais câble le plus proche et tourna la tête vers Gemini :

— Combien d'étages ?

— Trois, je crois…

— Vous le laisserez descendre au milieu de vous, même s'il est lent, ordonna l'officier avant d'entamer sa descente.

Regardant les premiers Keltiks suivre leur chef dans le boyau obscur, Gemini se surprit à comparer ses maigres bras avec leurs biceps épais et couverts de tatouages. Une furieuse envie de rire enfla dans sa poitrine.

— Décidément, la guerre est formidable, murmura-t-il en se lançant à son tour dans la descente acrobatique.

Jamais il n'aurait pensé que ça le soulagerait autant de ne plus avoir à se servir de sa jambe estropiée pendant plusieurs minutes.

## *Nous sommes tous des expériences ratées*

Lucie et Cendre se présentèrent à l'entrée du sanctuaire de Khaleel sans être inquiétés. La lourde porte blindée bourdonnait de toute sa vigueur électromagnétique. La jeune fille aida son compagnon à s'asseoir contre le mur pour se reposer. Sa propre épaule lui faisait mal, maintenant. Elle redoutait de s'être vraiment blessée gravement.

De son bras valide, elle frappa violemment contre le métal du sas, sans produire plus qu'un vague écho.

— Ouvrez, cria-t-elle, je ramène Cendre.

Aucune réaction. Derrière elle, le garçon eut un hoquet bizarre. Elle revint vers lui, lui maintint la tête droite pour l'empêcher de s'étouffer. Sous ses doigts, elle sentit les palpitations frénétiques du sang et du cœur dans son organisme épuisé. Il n'allait plus tenir très longtemps.

— Ouvrez, répéta-t-elle, il a besoin d'aide… Nous sommes seuls.

Tout dérisoire qu'il soit, ce dernier argument eut l'air d'emporter la décision. Les verrous de l'entrée claquèrent et la porte commença à pivoter vers eux.

Lucie souleva Cendre pour le faire entrer dans le bunker.

À l'intérieur de la grande salle plongée dans une chiche lumière bleue, le corps décharné de Khaleel avait été sorti de son bassin. Vautré dans un lourd fauteuil, reconverti en tuteur de fortune, le vieillard les regardait claudiquer vers lui en évitant les cascades de plantes grimpantes suspendues au plafond. Il avait troqué son masque respiratoire garni de tuyaux contre des entrelacs de fibres et de câbles usés, directement raccordés à son corps. Pour la première fois, on pouvait voir sa bouche fripée et meurtrie par le port constant des filtres respiratoires. Sans l'effet déformant de l'eau, ses membres paraissaient plus maigres et fragiles. Il était nu, complètement enfoncé dans son siège au dossier modelé pour maintenir sa tête droite. Devant lui, posé sur un cube de pierre noire, un écran muet et une caméra.

Malgré sa décrépitude physique avancée, tout le corps de Khaleel exprimait une fureur dévorante. Il leur fit signe d'avancer. La porte se referma lentement derrière eux. Il écarta les bras pour les accueillir :

— Voilà ce qui arrive quand on dépend trop de la machine : elle finit toujours par vous trahir. Heureusement qu'il me restait mon premier harnais et mes vieux pièges à vents. On n'arrête pas un courant d'air.

Sans le masque et les haut-parleurs, sa voix était plus aigrelette, ponctuée de grasseyements inquiétant. Ses mains retombèrent sur les accoudoirs. La peau flétrie de son torse se soulevait à chaque question :

— Que s'est-il passé là-haut ? Pourquoi êtes-vous seuls ?

Lucie ne répondit pas immédiatement, préférant aider Cendre à s'asseoir en face du vieil homme, mais le garçon préféra rester debout. Haussant — douloureusement — les épaules, elle le laissa tranquille et prit le temps d'observer les changements intervenus dans le bunker avant de répondre :

— Il y a eu une explosion. Tout le palais…

— Je sais ça ! Ce qui m'intéresse, c'est ce qui se passe maintenant.

Lucie remarqua le matériel vidéo silencieux installé sur l'autel noir près du fauteuil. L'attaque avait certainement privé Khaleel de ses outils de communication sophistiqués. Ce dernier intercepta son regard, tapa du poing sur l'accoudoir, faisant cliqueter la masse des câblages qui le reliaient au plafond. La faible lumière, diffusée par des globes dissimulés dans les plantes suspendues, creusaient des sillons cruels dans son visage :

— Où est Jasmine ?

— Elle est morte. Nous avons fui.

Lucie se tut. Son voisin n'ajouta rien. La mâchoire de Khaleel commença à s'agiter sous sa peau parcheminée, comme s'il mâchait ou ruminait quelque chose. Sa mine se fit matoise :

— Qu'est-ce que Peter t'a dit ? Qu'allais-tu prendre comme décision, avant l'attaque ?

Cendre avait retrouvé un semblant de santé. Sa respiration était moins haletante, son teint plus frais :

— À votre avis ?

Rire asthmatique du vieillard amusé :

— Je constate seulement que tu es revenu jusqu'à moi… C'est un choix judicieux.

Cendre lui sourit faiblement :

— Il m'a dit la même chose que vous.

Une lueur froide passa dans le regard de Khaleel. Il trouva la force de se redresser légèrement pour mieux saisir la réponse :

— C'est-à-dire ?

— Il m'a dit qu'il allait me révéler la vérité... Que j'étais le Sauveur qu'il attendait. Que je vais l'aider à guérir tous ceux qui sont malades. Et que le monde ne sera plus jamais pareil. Il faut en finir avec la violence...

Lucie écoutait le garçon répéter consciencieusement les propos de Peter. Il n'y avait ni bravade ni dédain dans son ton. Seulement une énumération de promesses auxquelles il ne semblait pas croire. Tandis que Cendre parlait, elle remarqua un mouvement en provenance de l'extrémité opposée de la pièce, derrière Khaleel. Un rectangle de lumière blanche se dessina dans l'obscurité. Une porte dissimulée s'ouvrit pour laisser passer un homme. Passage dérobé. Lucie se souvint de la manière dont le Roméo était intervenu dans la conversation la première fois qu'ils étaient venus ici, surgissant hors de l'ombre de manière identique. À bien y réfléchir, c'était normal : il eut été bien imprudent de la part de Khaleel de s'enfermer dans une salle ne proposant qu'une seule issue. Lentement, le Roméo marcha vers son maître, un lourd revolver chromé dans la main, pour s'immobiliser à gauche du fauteuil.

Pendant ce temps, Cendre continuait de parler sans faire grand cas de cette intrusion.

— Pour la première fois de ma vie, j'ai su ce que j'étais. Une expérience. Un vaccin. Une erreur. Il me l'a dit. Ma mère aussi. Pour la première fois de ma vie, ma mère m'a dit la vérité.

La voix de Cendre s'était brisée. Dans son fauteuil, Khaleel s'agita faiblement, hocha la tête d'un air compatissant :

— Nous sommes tous des expériences ratées. Regarde Roméo. Regarde-moi. Regarde mon attirail. Ils m'ont transformé à leur convenance, mais j'ai su me choisir un destin.

Ce faisant, il avait saisi une poignée de câbles et les tirait vers le haut en tirant la langue de côté, comme s'il voulait se pendre. L'effet aurait pu être comique, sans les caoutchoucs rongés par le temps et l'aspect usé du matériel. Il avait l'air d'une relique sous perfusion.

— Non, poursuivit Cendre, vous ne comprenez pas. J'ai vu la vérité. Ils me l'ont montrée... Je sais que ma mère n'est pas ma mère. Et que mon père n'est pas mon père. Ils étaient des chercheurs Zentech, je n'étais que leur dernier projet en cours. Ils m'ont dérobé dans les laboratoires et vendu aux Maîtres de Lourdes en échange d'un asile. Je l'ai *vu* !

Cendre se frappa le front de l'index :

— C'était si clair dans ma tête... Je ne savais pas que la vérité pouvait être aussi simple. Maintenant, je sais que Peter a raison. Ma place est auprès de lui. Ce n'est pas une option, c'est une évidence. C'est ainsi...

— Roméo, dit Khaleel posément, écrase cette petite merde !

L'intéressé braqua son arme lentement vers l'enfant. Lucie dégaina à son tour. Cendre leva la main :

— Je pourrais vous tuer, là, maintenant. J'en ai toujours eu le pouvoir, mais cela aussi m'avait été caché. Désormais je sais comment faire… J'ai été fabriqué pour ça.

— Ce ne sera pas la peine, sourit le Roméo.

Son bras pivota légèrement, puis il appuya sur la détente. La détonation précéda de peu l'explosion de la boîte crânienne de Khaleel. Le vieil homme n'eut pas le temps de réaliser, qu'il était déjà mort. Comme Jasmine. Lucie ne cessa pas de tenir le traître en joue, mais ce dernier rengaina son arme.

— J'imagine qu'il était temps de me trouver un nouveau patron, minauda-t-il. Je me demande s'il s'est douté que je lui désobéirais…

Lucie ne bougea pas. Ce salaud venait d'abattre celui dont il avait la garde et la charge depuis des années, et sa trahison ne lui provoquait rien de plus qu'un ricanement minable. Il méritait de mourir.

— Lucie, dit Cendre, ne le tue pas.

Puis, comme elle ne réagissait pas, il continua :

— Il va nous aider à déplacer le corps.

*

Arracher Khaleel à son harnachement ne fut pas trop difficile. Lucie laissa le Roméo retirer les sangles et les tuyaux. Une fois décrochés, les embouts caoutchouteux laissèrent échapper des petits sifflements d'aspiration.

Puis elle l'aida à porter le cadavre hors du bunker, en passant par la porte escamotée. L'effort lui déchira l'épaule mais elle tint bon. Au-delà du passage, il y avait un ensemble de galeries d'entretien en mauvais état, dont l'une d'elles menait au sommet du bassin via un escalier humide et rouillé. Ils poussèrent la dépouille par la trappe. Le corps s'enfonça lentement jusqu'au fond. Lucie aurait cru qu'il serait resté flotter à la surface, tant il avait paru léger et fragile. Quand ils redescendirent vers le bunker, Cendre avait eu le temps de prendre la place de Khaleel dans le fauteuil. Le Roméo referma consciencieusement la porte du passage secret derrière eux.

Les yeux brillants, le front moite, le garçon avait saisi à deux mains une large poignée de câbles ensanglantés et de tuyaux chuintants pour les amener devant son visage. Lucie prit peur :

— Que fais-tu ?

Il ne répondit pas. Son regard était celui qu'il avait eu dans la chambre, la nuit précédente. « Je crois que nous allons mourir. » « Je suis content de t'avoir rencontrée. »

— Ce n'est pas fini, murmura-t-elle en faisant semblant d'y croire.

— Quelqu'un approche, dit le Roméo.

Lucie tourna la tête vers l'entrée :

— Comment on ferme la porte ?

— On ne peut pas. Tout ce qui était contrôlé par les ordinateurs est en rade. Il n'y avait que Khaleel pour y parvenir encore, en utilisant son harnais.

En disant cela, il désigna en souriant le plafond d'où tombaient les câbles que tenait Cendre. Lucie le soupçonna d'avoir aussi tué Khaleel pour l'empêcher d'ordonner la fermeture du sas. Les bruits de pas se firent plus proches dans le couloir, précédés par les cliquetis nerveux des tueurs d'Orage aux doigts agiles.

Peter et sa clique entrèrent dans la lumière bleue du sanctuaire.

Parmi eux, Justine, un air épouvantable plaqué sur le visage.

Ceux qui portaient des armes prirent position autour de l'entrée. Les autres noctivores s'immobilisèrent en carré parfait autour de leur leader. Peter prit la parole comme on s'adresse à ses ouailles :

— La ville est orpheline. Dans les foyers, au-dessus des avenues, dans l'âme de chacun des Marseillais, la musique de Khaleel s'est tue. Ceci est un jour de deuil.

Le Roméo salua gravement les nouveaux venus, montra le cadavre qui flottait dans le bassin :

— C'était un vieil homme usé. Le poids de ses fautes l'a achevé.

Des larmes roulaient sur les joues de celui qui avait été autrefois transformé à l'image de Peter Lerner. Ce dernier hocha la tête :

— C'est la seconde fois que nous nous voyons.

— Conneries, cracha Lucie, il lui a tiré une balle dans la tête !

— Faut reconnaître, gloussa Justine en écho, que question remède c'est nettement plus souverain que le poids de ses fautes.

Le Roméo allait répliquer, mais Peter leva la main pour faire taire l'assemblée. Docilement, sa copie conforme baissa la tête pour le laisser parler. Celle qui pendant des années avait joué le rôle de la mère de Cendre prit la parole. Sa voix était plus douce et sucrée qu'un rayon de miel.

— Cendre, dis-nous ce que tu fais.

Tous les regards convergèrent vers la petite silhouette enfoncée dans le fauteuil trop grand, vers le faisceau de liens usés qu'il serrait entre ses doigts.

— Rien…

La femme se détacha du groupe des noctivores, fit quelques pas vers le garçon, qui se tassa un peu plus :

— Non, n'avance pas.

Lucie se plaça entre la femme et l'enfant. Il y eut un instant de flottement, comme si les nouveaux venus cherchaient la meilleure attitude à adopter. Puis la noctivore recula lentement jusqu'à sa place initiale parmi les siens. Peter prit la parole :

— Nous avons besoin de toi, Cendre. Nous t'avons dit la vérité.

— Je sais, sanglota l'enfant sans lâcher les câbles.

— Ne fais pas ça, dirent les noctivores à l'unisson.

Cendre sursauta en écarquillant les yeux.

— Ne fais pas ça, répéta le chœur inhumain.

— Taisez-vous, murmura l'enfant épouvanté.

Lucie sentit monter la colère. Au lieu de dominer le garçon en lui parlant tous ensemble, les noctivores ne réussissaient qu'à le terrifier davantage. Il n'avait pas besoin de ça.

— Arrêtez ça, dit-elle mal assurée, vous n'arrangez rien.

— Lucie a raison, enchaîna Justine, ça nous colle la chiasse. À tous.

Sans répondre, la masse des fidèles de Peter connut un instant de flottement, certains d'entre eux pivotèrent pour observer l'entrée du bunker. Ceux qui tenaient des armes, parmi lesquels plusieurs exmembres d'Orage, se postèrent en avant. Puis Gemini se présenta en claudiquant dans le cercle sombre du sas, les mains ouvertes en signe de paix :

— Messieurs... bonjour. Personne ne bougea.

— Des amateurs pour un poker tueur ? ajouta-t-il malicieusement.

Justine profita de cet instant d'hésitation pour rejoindre prestement son allié dans l'entrée. Les noctivores reculèrent lentement. Leurs gorges émirent à l'unisson une mélopée poignante, comme s'ils pressentaient l'imminence de leur mise à mort, comme s'ils suppliaient leurs bourreaux de se souvenir d'eux. Le cœur de Lucie se serra. Leur chant lui froissait l'âme. Elle vit tituber Gemini, le visage marqué par la tristesse. Près d'elle, Cendre ne bougeait plus, fasciné par le spectacle.

Justine frappa dans ses mains pour attirer l'attention vers elle. Elle avait le regard brillant des bons jours :

— Oubliez ça, tas de branleurs, ça prendra pas.

Justine s'écarta. Derrière elle s'afficha le rougeoiement des Corbeaux sous tension entre les mains des Keltiks silencieux. Les gorges des noctivores se turent. Près de Lucie, le Roméo pouffa.

— La salope, l'entendit-elle siffler.

Elle tourna la tête vers lui. Il lui accorda un clin d'œil complice :

— Un joli pat, dans les règles de l'art.

Peter éclata de rire. Un rire enthousiaste, plein de vie et de satisfaction, qui lui haussait les épaules et lui pliait le ventre. Un rire qui ne laissait personne indifférent, sauf les noctivores, immobiles et silencieux :

— Comment as-tu compris ?

Justine grimaça :

— C'est Khaleel qui m'a mise sur la voie. Il avait tellement dépensé d'énergie pour éliminer Teitomo. Lequel, tout cinglé qu'il fût, était sorti presque sain d'esprit du foyer de l'infection. Comme s'il était immunisé aux effets du Chromozone. Suffisait d'additionner deux et deux.

— Mithridatisation, dirent les noctivores en écho.

— Tu l'as dit, bouffi. Souviens-toi de mes leçons d'autrefois...

Seule la voix de Peter l'interrompit pour compléter son propos :

— ... toujours laisser l'autre croire que la victoire est à sa portée pour qu'il n'échafaude pas une stratégie plus dangereuse.

Justine sourit à son tour, appréciant le piquant de la situation :

— Bref, on a la quincaillerie nécessaire pour contester vos prétentions. En conséquence, le gosse repart avec nous. Le premier qui proteste se fait flamber, vu ?

Dans les poings des Keltiks, les Corbeaux cliquetèrent. Justine se tourna vers Lucie :

— Occupe-toi du petit, on s'en va.

Dans son fauteuil, Cendre étouffa un sanglot. Lucie sentit la panique l'envahir :

— Nous avons un petit problème, dit-elle.

Elle montra le garçon du menton.

— Elle a raison, renchérit aimablement le Roméo, Cendre est en passe de dénouer la situation à sa façon... Radicalement, si je puis dire.

Les yeux de Justine se posèrent sur l'enfant, puis sur les câbles reliés au plafond qu'il serrait entre ses doigts. Ses traits se durcirent :

— Ne fais pas ça, petit. Tout va s'arranger…

Derrière elle, Gemini marmonna un juron. Peter fit un unique pas en avant, plaqua un air contrit sur son visage. Quand il parla, les autres noctivores demeurèrent silencieux et immobiles.

— Cendre, dit Peter calmement, regarde-nous bien. Regarde chacun d'entre nous.

De la main, il désigna successivement Justine, Gemini, Lucie, le Roméo, Tacio et enfin la mère de Cendre. Ce dernier suivit ses gestes avec méfiance.

— La colère… La jalousie… La peur… La source de trop d'erreurs. Avec toi, il existe une chance de mettre un terme à tout ceci. Souviens-toi de ce que je t'ai dit quand nous nous sommes rencontrés. Tu te rappelles ce que je t'ai dit ?

Cendre hocha la tête lentement :

— Oui…

— Dis-le pour tous ceux qui sont là… S'il te plaît.

L'enfant regarda sa mère. Ses yeux brillants de larmes la fixèrent pendant qu'il récitait le discours de Peter :

— Je dois venir avec vous parce qu'il est temps d'en finir avec la violence. Avec mon aide, vous construirez un monde meilleur pour tous.

— Pitié, se moqua Justine.

— Cendre, continua Peter sans réagir à la remarque de sa voisine, crois-tu ce que je t'ai dit ? As-tu confiance en moi ?

— Oui.

— Pourquoi ?

— Parce que vous m'avez expliqué comment j'ai fait pour appeler la colère de Dieu. Et que je sais maintenant qu'il n'existe pas.

— Alors viens avec moi. Laisse-nous une chance de réparer ce désastre. Laisse-nous une chance de réparer le mal que nous t'avons fait.

Peter tendit la main vers l'enfant.

— Laisse-nous vivre.

Cendre relâcha un peu sa prise sur le faisceau de câbles qui le reliait au monde. Les respirations se firent moins oppressées, exhalant un soulagement presque palpable. Justine se racla ostensiblement la gorge. Peter la coupa avant qu'elle prononçât un mot :

— Je sais : tu n'es pas venue jusqu'ici pour perdre maintenant.

À part lui, tous les noctivores s'assirent en un seul mouvement élégant. De leur nouveau point de vue, ils s'adressèrent à Justine d'une seule voix :

— Nous aurions dû penser à surveiller de plus près les circuits du marché noir technologique. Tu as donné le meilleur de toi-même et tu as su déjouer nos prévisions. Nous n'en attendions pas moins de toi…

Justine pouvait presque percevoir les schémas de pensées des noctivores. Si ce n'était pas déjà fait, ils ne tarderaient pas à identifier par quelle filière elle était passée pour faire fabriquer ses copies du Corbeau original. *Allez-y, encore un effort, et vous comprendrez aussi que nos alliés disposent forcément du même arsenal. Voilà qui va foutrement vous compliquer la donne, tas de crevards !*

— Néanmoins, poursuivit Peter, nous demeurons la meilleure solution pour l'avenir. L'enfant sera des nôtres et nous offrirons sa nature unique au monde. Ceci est la vérité. Vous devez accepter de la voir en face.

Ils tendirent les mains vers Justine. Quelques Keltiks braquèrent leur arme. Gemini les stoppa d'un signe de la main.

— Accepte, dit Peter. Tu sais que tu n'as rien à craindre.

La vue de Justine perdit brièvement de son acuité. Elle secoua la tête pour chasser son trouble. Il commençait à faire très chaud dans le bunker.

— Qu'est-ce que tu proposes ?

— Comme la dernière fois. Laisse-nous te faire partager notre vision. Prends conscience du bien-fondé de notre postulat. Si au terme de l'expérience, tu es convaincue, tu nous laisseras partir avec Cendre.

— Et si je ne suis pas convaincue ?

— Tu pourras faire ce que tu veux. Nous tuer. Tuer l'enfant. Nous te laisserons essayer, du moins.

Justine demeura silencieuse une poignée de secondes. « Tu es déjà contaminée, depuis longtemps », disait la chanson sous son crâne. Plus de temps pour la subtilité et les contre-mesures. La prise de décision, là, en cet instant, lui incombait pleinement. Peut-être parce que aucune autre option viable ne lui vint à l'esprit, ou bien peut-être qu'elle était aussi épuisée que tous ceux qui étaient présents, elle finit par se décider :

— Très bien, dit-elle, il est temps d'ouvrir les portes de la perception.

Le noctivore le plus proche se tendit pour lui saisir les mains. D'un geste sec, Gemini retint Bleiz et ses hommes de se précipiter. La *mamm-goz* ferma les yeux et se laissa toucher.

# Interface #5

Sphères du non-monde. Fragments de cathédrales mentales poussées par la faim jusqu'aux lèvres closes de Justine. Émoustillés par la vision, les orbes de guidage plongent en spirales chaînées vers les tores replets de la conscience. Obscènes, des tulipes vaginales éclosent quand elle les frôle de ses pensées éparpillées tout au long de sa descente. Leurs pistils épais se tendent pour freiner sa chute. Des filaments invisibles lui déchirent la peau, percent son front, ses reins, les chevilles. Elle sent la glace de ses os qui se tassent contre ses ongles et ses mâchoires fermées. Délice de la douleur.

Tout au fond du puits de gravité, le noyau grésillant de la conscience lui ouvre ses ventricules. « Justine ! » clament les orbes de guidage soucieux d'arriver les premiers. Au contact de l'étoile flamboyante, elles se reconfigurent puis filent souligner l'avalanche d'autres versions lointaines, déformées, altérées, de Justine. Fragmentations blêmes en cascades. Elle sent son esprit s'étirer jusqu'à l'horizon. Son enveloppe se déchire. Le temps bégaie. Elle enrobe la conscience. La conscience l'enlace. Le plaisir s'accroît.

Fluidité. Nations synchrones jaillissant en bouquets hypothétiques contre les flancs de la conviction. La pensée est d'abord un son liquide. Une onde. Un écho Doppler sur le grésillement des insondables flots informatifs. Pour la première fois, Justine perçoit l'effrayante totalité du monde. Des marées montantes de concepts corrodent ses convictions. Partout, des épiphénomènes, des micro-tourbillons, postulats réfractaires qui se noient sous le poids de leur partialité, ou diffusent leur éclatante hérésie jusqu'à devenir le courant dominant. À chaque seconde, des potentialités sont écartées, des décisions s'imposent. Sereine, la synthèse puise ses certitudes jusqu'aux racines des dents serrées de Justine. La plénitude de la sphère humaine, insaisissable et intégralement accessible, à portée d'âme. L'équilibre, dans le mouvement toujours réinitialisé.

Tout est là, simplement.

Elle laisse le flot envahir sa gorge jusqu'à l'ivresse. D'autres sensations se font connaître. Paix. Joie. Chaleur. Indicible extase de la vérité dévoilée. Puis, enfin, un baume de conviction pure vient volatiliser la ciguë de ses errances.

Justine sait.

Une note joyeuse salue son entrée dans le saisissant chœur du monde.

## *Vanités*

Justine rouvrit les yeux sur le bosquet de corps plantés autour d'elle. L'impatience avait reflué. Elle sentit l'embrasement du genou blessé de Gemini. Le feu, coagulé, dans l'épaule percée de Lucie. Son propre dos lui rappela qu'elle aussi avait saigné. Influencée par sa vision, elle voyait flamboyer chaque plaie comme autant d'angles d'attaque. Des schémas de manœuvres fleurissaient avant de s'évanouir en rémanences baveuses. Gemini l'observait en silence.

— Vanités, sourit-elle amèrement.

Peter avait raison. Ils n'avaient aucune chance. Pire : ils n'avaient aucun droit. Comment saurait-elle en convaincre son camp ?

— Cendre peut partir avec les noctivores, dit-elle.

Bleiz et les autres s'agitèrent. Méfiance innée. « Quelle nouvelle diablerie est-ce là ? », disaient leurs corps tendus. Les Corbeaux se déployèrent. Elle le savait avant même de rendre son jugement : ils n'accepteraient pas de la croire.

— Non !

Lucie s'était dressée, furieuse. Entre elle et Cendre brûlait le feu invisible d'un amour naissant. La vision magnifiée de Justine perçut la terreur qui alimentait leur lien. Ils étaient tellement jeunes. Son vieux cœur de chienne désabusée en fut plus léger :

— Lucie, j'ai vu ce que les noctivores peuvent faire. Ils ont raison. Il… Il est temps d'en finir avec la violence.

La citation cingla à travers l'air saturé de méfiance du sanctuaire.

Dans son fauteuil, Cendre relâcha lentement sa prise. Le danger d'éradication de l'espèce humaine recula en statistiques probantes. Gemini toussa :

— Qu'est-ce que tu dis ?

— Je dis qu'il n'y a plus de place en ce monde pour la bêtise. Regardez-nous, là, tous. De quoi avons-nous l'air ? Chacun avec nos petits arrangements, nos petits ou nos grands plans, nos mystères et nos culpabilités. Des minables qui ont tellement pris goût aux conflits qu'ils en ont oublié la raison. Regarde nos blessures. Et notre envie d'en causer d'autres. À quel moment avons-nous cessé de nous interroger sur la finalité de nos actes ? Est-il seulement possible d'empêcher ce constant amoindrissement de notre horizon ?

Elle s'arrêta pour reprendre son souffle. Sa vue se troublait de nouveau, mais le fil de ses pensées était encore lumineux. En filigrane, elle distinguait toujours la trame des possibilités. Les noctivores la laissèrent continuer.

— Je suis infectée. C'était un risque valable. Les seigneurs de Derb Ghallef le savaient depuis le début. Ils n'étaient que les héritiers des technologies pourries d'avant le virus. La filiation des brevets remontait tout droit jusqu'à Zentech. Le Corbeau avait été inventé par leurs prédécesseurs. Khaleel le savait. Procédés et protocoles compatibles. Lui aussi était passé entre leurs mains pour devenir un prototype. En dealant avec eux, je nous ai tous exposés. Sciemment. En me convainquant que nous garderions le contrôle. En m'empêchant d'y penser. Chaque jour, une petite dose en plus pour nous rapprocher de nos objectifs ! Je me suis offert les outils de la victoire… De la victoire, bordel !

Sa voix se fêla. Elle se tut.

— Je le sais, dit Gemini. Je le savais depuis que tu avais ordonné l'exhumation de Tei pour récupérer son arme chérie. Je crois que lui aussi avait compris ça, tout au fond de sa tête cassée. C'est pour l'éviter qu'il m'avait demandé de l'enterrer avec son Corbeau. Ça l'avait bouffé peu à peu, jusqu'à devenir dingue… Il ne voulait pas que ça recommence.

— Gem, dit Justine comme si elle ne l'écoutait plus, ça fait des années que ma couenne est pourrie, même si je n'ai rien fait pour l'arranger. Et la tienne, aussi. Tous. Le virus est en nous. Regarde-nous ! Quelle différence entre Marseillc et Ouessant ? Partout les mêmes astuces et les mêmes coups fourrés. Deux rats sans pattes dans une baignoire qui déborde, trop occupés à se grimper l'un sur l'autre pour penser à tirer la bonde… Il est temps d'en finir avec la violence.

Lucie écoutait Justine se confesser, le regard vitreux, le corps agité de spasmes. Leur chef inflexible était allée trop loin. Maintenant, ici, elle payait le prix. La jeune fille regarda Cendre, souverain dans son fauteuil trop grand pour lui. Tant de gens l'avaient berné. Comment pourrait-il encore écouter un seul discours ?

Justine désigna l'assemblée silencieuse massée autour de Peter :

— Ils sont la solution. Cendre ira avec eux. Et en faisant ce choix, je deviens meilleure que tout ce que j'ai été depuis des années. Tu avais raison, Gem. Nous nous sommes perdus en route.

Cendre choisit cet instant pour s'extraire de son siège. S'échappant de ses mains, les tuyaux serpentèrent mollement. Lucie l'aida à rester debout. Ses jambes le soutenaient à peine :

— Je n'irai avec personne, dit-il simplement.

Réévaluations des potentialités. Paramètres tombant en rafales dans l'esprit embrumé de Justine. Vecteurs physiques du bunker réactualisés en vue d'une manœuvre d'attaque.

— Il va quitter cet endroit, ajouta Lucie, et je pars avec lui.

Elle s'adressa à Peter :

— Si tout ce que vous avez dit est vrai, vous le laisserez partir en attendant mon retour. Si vous le forcez à rester maintenant, vous ne valez pas mieux que les autres.

Cendre posa sa main dans celle de la jeune fille :

— Lucie a raison. Nous allons partir tous les deux.

Justine opina farouchement :

— Tu as gagné ce droit, petit. Fais ce que tu veux.

Dociles, les Keltiks se déplacèrent légèrement pour libérer l'accès vers la sortie. La mère du garçon fit deux pas pour se détacher de la grappe des noctivores. Justine eut un hoquet en devinant les routines invisibles qui se mettaient en place.

— Cendre, dit la femme, tu ne peux pas partir ainsi, dans une ville qui risque d'être livrée dans quelques heures au chaos. C'est trop dangereux. Nous ne pouvons pas risquer de te perdre.

— Vous m'avez déjà perdu, répondit le garçon. Si je devais vous rejoindre maintenant, je serais capable d'exiger ta mort et celle des Maîtres du château. Pour tout ce que vous m'avez fait. Et ce ne serait pas un si grand prix à payer, n'est-ce pas ?

Gemini hocha la tête, épaté : le piège moral était d'une simplicité redoutable. Les noctivores s'abstinrent de réagir. Celle qui avait été la mère de Cendre rejoignit son groupe.

— Tout est dit, murmura le garçon. Nous partons maintenant.

Le duo épuisé entama sa progression vers le sas ouvert, main dans la main. Une dernière voix s'éleva :

— Tu savais que Lucie avait reçu l'ordre de te tuer ?

Le ton paisible du Roméo n'ôta rien à l'horreur des mots. Cendre tourna la tête vers l'homme.

— Sur la plage, continua le traître, elle avait l'ordre dc tc tuer. Jasmine vous surveillait et avait tout vu.

Un feu glacial enveloppa Lucie, jusqu'à lui dévorer le visage. Cet homme n'était qu'une glaire sur deux pattes. Cendre s'éloigna imperceptiblement de sa compagne :

— C'est vrai ?

— Ça ne s'est pas passé comme ça, souffla-t-elle. Mais si on avait dû en arriver là, c'était à moi de le faire. C'était une question de… d'honnêteté.

— Ce n'est pas grave, dit le garçon, ce n'est pas grave.

Dans ses yeux usés avant l'âge brûlait encore la même certitude : « Je crois que nous allons mourir. »

Rien n'avait plus d'importance, maintenant. Certainement pas une trahison de plus ou de moins. Battu, le Roméo n'ajouta rien.

Au moment de quitter le bunker, l'enfant se retourna :

— Je n'existais pas. Toute ma vie a été un mensonge. Ma mère n'est pas ma mère. Je n'ai jamais eu d'ami. Nul ne connaît mon âge véritable. Je… Je n'ai même pas de véritable prénom… Mais désormais, je vais vivre et apprendre. Quand je serai prêt, vous viendrez à moi. Je vous attendrai. Et vous tâcherez de me convaincre que vous pouvez m'être utiles.

Les noctivores ne bougèrent pas. Justine sentait toujours se remodeler des pans de leur conscience. Des propositions refluèrent en vagues prudentes. Dans son esprit, la vision s'évanouit. La blessure dans son dos se réveilla. Elle se sentit mieux.

Gemini réalisa soudain que Lucie allait s'en aller loin d'eux. Elle allait partir avec ce quasi-inconnu parce que trop d'épreuves les liaient, désormais. Il se racla la gorge :

— Où irez-vous ?

Lucie regarda l'enfant, tellement faible et déterminé, près d'elle. Puis elle dévisagea son ami :

— Je ne sais pas.

— Soyez prudents.

Elle eut un faible sourire, en guise de salut pour tout ce qu'il avait fait pour elle depuis tant d'années, pour tout ce qu'il lui avait appris :

— Tu peux venir, si tu veux.

Il sourit tendrement, grimaça en montrant son genou blessé :

— Je n'irais pas bien loin. Et je dois encore m'occuper de l'île.

— Je t'ai toujours aimé, rajouta-t-elle en guise d'adieu.

— Je sais, princesse…

Au-delà du couloir, il y avait un ascenseur cassé. Puis une ville à traverser. Elle n'avait pas peur.

— Attendez, dit Justine.

La vieille gredine fouilla dans sa poche. Délicatement, elle en sortit une petite boule en verre remplie d'eau, avec un peu de neige en suspension.

— Cendre l'avait oubliée sur l'île, bredouilla-t-elle. Je l'avais amenée ici parce que c'était la seule chose qui soit vraiment à lui.

Lucie saisit la babiole avec précaution avant de la passer à son jeune protégé. Les doigts de l'enfant se serrèrent sur le globe comme on étreint le cœur du monde.

— En route, dit-elle tout simplement.

Personne ne pensa à les retenir.

# AVANCE RAPIDE

La ville était paisible. Les rives sombres du fleuve recueillaient la fraîcheur illusoire du soir dans la chaleur de l'été naissant. Dressés sur la berge, les étendards territoriaux claquaient sous un ciel immaculé.

Cendre huma l'air jauni par les travaux qui frappaient la cité. Il y décela l'odeur morte des choses d'autrefois, les restes poussiéreux d'une gloire urbaine déchue.

Près de lui, Lucie remarqua son air pensif. Elle saisit délicatement son bras pour l'attirer vers elle. Sous leurs pieds s'étirait le long chemin des pèlerins.

— Alors, dit-elle, satisfait ?

— Je m'attendais à quelque chose de plus grand, dit le garçon.

Entre ses doigts, la boule à neige scintillait de mille reflets de mica tourbillonnants. En face d'eux, majestueuse dans ses proportions et ses formes, la véritable tour Eiffel s'étirait vers la voûte céleste sans avoir l'air d'y penser.

Lucie sourit :

— On est souvent déçu par ce qu'on a attendu trop longtemps.

— Ça ferait une bonne introduction à mon oraison de ce soir.

De l'autre côté du pont, entre les arches grêles de la tour, la nombreuse délégation du pape Michel attendait l'arrivée de l'enfant. Les messagers avaient bien fait leur travail : toutes les bannières et les tabards chrétiens avaient été retirés du monument. Ainsi dévêtue, la vénérable flèche exposait avec orgueil la puissance de son squelette d'acier.

— Je leur parlerai depuis le sommet, décida Cendre.

— Ils n'attendent plus que toi, confirma Lucie. Tu as peur ?

Il lui sourit :

— Non. Je suis né pour ça. J'ai été formé pour ça. Ceci est mon accomplissement. Ils vont éprouver la véritable épiphanie.

Quand il fit le premier pas sur le pont, vers la délégation papale, un délicieux murmure agita la foule de convertis massés autour d'eux sur la berge.

— L'extase vient, murmura le Sauveur.

*Rembobinage rapide* 13

LIVRE UN
CENDRE

La justice des faibles ne connaît pas la compassion 23
Le mensonge d'un fils dispense une part d'amour 39
*Interface #1* 55
Le fret reste toujours à sa place 57
Prière de soutenir la dictature la plus proche 89
Prison sur catalogue 111
*Interface #2* 123
Mémoire révulsée par un contenu frauduleux 125
Baptême mortel 149

LIVRE DEUX
JUSTINE

Dernier pique-nique avant l'exécution 159
*Interface #3* 173
Négociations du bout du canon 175

Puzzle face cachée 197
Silence haut de gamme 211
*I stick my neck out for nobody* 227
L'opulence rassasiée des vers nécrophages 251
Il faut vomir ou avaler 267
*Interface #4* 279
C'est l'histoire de l'image de l'homme qui flottait dans l'eau qui flottait dans les airs 287

LIVRE TROIS

## LUCIE

Jeune femme cherche rivale à détester 299
Ta-clang ! Ta-clang ! 315
Une légende vivante annonce sa mort 329
Post-humanité triomphante 345
*Homo erectus* meurt mais ne se rend pas 361
Nous sommes tous des expériences ratées 377
*Interface #5* 391
Vanités 393

*Avance rapide* 401

## DU MÊME AUTEUR

*Aux Éditions La Volte*

LA TRILOGIE CHROMOZONE :

CHROMOZONE (Folio Science-Fiction nº 317)

LES NOCTIVORES (Folio Science-Fiction nº 330)

LA CITÉ NYMPHALE

LE DÉCHRONOLOGUE

*Dans la même collection*

158. Harlan Ellison — *Dérapages*
159. Isaac Asimov — *Moi, Asimov*
160. Philip K. Dick — *Le voyage gelé*
161. Federico Andahazi — *La Villa des mystères*
162. Jean-Pierre Andrevon — *Le travail du Furet*
163. Isaac Asimov — *Flûte, flûte et flûtes !*
164. Philip K. Dick — *Paycheck*
165. Cordwainer Smith — *Les Sondeurs vivent en vain* (Les Seigneurs de l'Instrumentalité, I)
166. Cordwainer Smith — *La Planète Shayol* (Les Seigneurs de l'Instrumentalité, II)
167. Cordwainer Smith — *Nostrilia* (Les Seigneurs de l'Instrumentalité, III)
168. Cordwainer Smith — *Légendes et glossaire du futur* (Les Seigneurs de l'Instrumentalité, IV)
169. Douglas Adams — *Fonds de tiroir*
170. Poul Anderson — *Les croisés du Cosmos*
171. Neil Gaiman — *Pas de panique !*
172. S. P. Somtow — *Mallworld*
173. Matt Ruff — *Un requin sous la lune*
174. Michael Moorcock — *Une chaleur venue d'ailleurs* (Les Danseurs de la Fin des Temps, I)
175. Thierry di Rollo — *La lumière des morts*
176. John Gregory Betancourt — *Les Neuf Princes du Chaos*
177. Donald Kingsbury — *Psychohistoire en péril*, I
178. Donald Kingsbury — *Psychohistoire en péril*, II
179. Michael Moorcock — *Les Terres creuses* (Les Danseurs de la Fin des Temps, II)

| | | |
|---|---|---|
| 180. | Joe Haldeman | *Pontesprit* |
| 181. | Michael Moorcock | *La fin de tous les chants* (Les Danseurs de la Fin des Temps, III) |
| 182. | John Varley | *Le Canal Ophite* |
| 183. | Serge Brussolo | *Mange-Monde* |
| 184. | Michael Moorcock | *Légendes de la Fin des Temps* (Les Danseurs de la Fin des Temps, IV) |
| 185. | Robert Holdstock | *La forêt des Mythagos* |
| 186. | Robert Holdstock | *Lavondyss* (La forêt des Mythagos, II) |
| 187. | Christopher Priest | *Les Extrêmes* |
| 188. | Thomas Day | *L'Instinct de l'équarrisseur* |
| 189. | Maurice G. Dantec | *Villa Vortex* |
| 190. | Franck M. Robinson | *Le Pouvoir* |
| 191. | Robert Holdstock | *Le Passe-broussaille* (La forêt des Mythagos, III) |
| 192. | Robert Holdstock | *La Porte d'ivoire* (La forêt des Mythagos, IV) |
| 193. | Stanislas Lem | *La Cybériade* |
| 194. | Paul J. Mc Auley | *Les conjurés de Florence* |
| 195. | Roger Zelazny | *Toi l'immortel* |
| 196. | Isaac Asimov | *Au prix du papyrus* |
| 197. | Philip K. Dick | *Immunité* |
| 198. | Stephen R. Donaldson | *Le miroir de ses rêves* (L'appel de Mordant, I) |
| 199. | Robert Charles Wilson | *Les fils du vent* |
| 200. | Greg Bear | *La musique du sang* |
| 201. | Dan Simmons | *Le chant de Kali* |
| 202. | Thierry Di Rollo | *La profondeur des tombes* |
| 203. | Stephen R. Donaldson | *Un cavalier passe* (L'appel de Mordant, II) |
| 204. | Thomas Burnett Swann | *La trilogie du Minotaure* |

| | |
|---|---|
| 205. Jack Vance | *Croisades* |
| 206. Thomas Day | *L'homme qui voulait tuer l'Empereur* |
| 207. Robert Heinlein | *L'homme qui vendit la lune* (Histoire du futur, I) |
| 208. Robert Heinlein | *Les vertes collines de la Terre* (Histoire du futur, II) |
| 209. Robert Heinlein | *Révolte en 2100* (Histoire du futur, III) |
| 210. Robert Heinlein | *Les enfants de Mathusalem* (Histoire du futur, IV) |
| 211. Stephen R. Donaldson | *Le feu de ses passions* (L'appel de Mordant, III) |
| 212. Roger Zelazny | *L'enfant de nulle part* |
| 213. Philip K. Dick | *Un vaisseau fabuleux* |
| 214. John Gregory Betancourt | *Ambre et Chaos* |
| 215. Ugo Bellagamba | *La Cité du Soleil* |
| 216. Walter Tevis | *L'oiseau d'Amérique* |
| 217. Isaac Asimov | *Dangereuse Callisto* |
| 218. Ray Bradbury | *L'homme illustré* |
| 219. Douglas Adams | *Le Guide du voyageur galactique* |
| 220. Philip K. Dick | *Dans le jardin* |
| 221. Johan Héliot | *Faerie Hackers* |
| 222. Ian R. MacLeod | *Les Îles du Soleil* |
| 223. Robert Heinlein | *Marionnettes humaines* |
| 224. Bernard Simonay | *Phénix* (La trilogie de Phénix, I) |
| 225. Francis Berthelot | *Bibliothèque de l'Entre-Mondes* |
| 226. Christopher Priest | *Futur intérieur* |
| 227. Karl Schroeder | *Ventus* |
| 228. Jack Vance | *La Planète Géante* |
| 229. Jack Vance | *Les baladins de la Planète Géante* |

| | |
|---|---|
| 230. Michael Bishop | *Visages volés* |
| 231. James Blish | *Un cas de conscience* |
| 232. Serge Brussolo | *L'homme aux yeux de napalm* |
| 233. Arthur C. Clarke | *Les fontaines du Paradis* |
| 234. John Gregory Betancourt | *La naissance d'Ambre* |
| 235. Philippe Curval | *La forteresse de coton* |
| 236. Bernard Simonay | *Graal* |
| 237. Philip K. Dick | *Radio Libre Albemuth* |
| 238. Poul Anderson | *La saga de Hrolf Kraki* |
| 239. Norman Spinrad | *Rêve de fer* |
| 240. Robert Charles Wilson | *Le vaisseau des Voyageurs* |
| 241. Philip K. Dick | *SIVA* (La trilogie divine, I) |
| 242. Bernard Simonay | *La malédiction de la Licorne* |
| 243. Roger Zelazny | *Le maître des rêves* |
| 244. Joe Haldeman | *En mémoire de mes péchés* |
| 245. Kim Newman | *Hollywood Blues* |
| 246. Neal Stephenson | *Zodiac* |
| 247. Andrew Weiner | *Boulevard des disparus* |
| 248. James Blish | *Semailles humaines* |
| 249. Philip K. Dick | *L'invasion divine* |
| 250. Robert Silverberg | *Né avec les morts* |
| 251. Ray Bradbury | *De la poussière à la chair* |
| 252. Robert Heinlein | *En route pour la gloire* |
| 253. Thomas Burnett Swann | *La forêt d'Envers-Monde* |
| 254. David Brin | *Élévation* |
| 255. Philip K. Dick | *La transmigration de Timothy Archer* (La trilogie divine, III) |
| 256. Georges Foveau | *Les Chroniques de l'Empire, I* |

| | | |
|---|---|---|
| | | *La Marche du Nord — Un Port au Sud* |
| 257. | Georges Foveau | *Les Chroniques de l'Empire,* II |
| | | *Les Falaises de l'Ouest — Les Mines de l'Est* |
| 258. | Tom Piccirilli | *Un chœur d'enfants maudits* |
| 259. | S. P. Somtow | *Vampire Junction* |
| 260. | Christopher Priest | *Le prestige* |
| 261. | Poppy Z. Brite | *Âmes perdues* |
| 262. | Ray Bradbury | *La foire des ténèbres* |
| 263. | Sean Russell | *Le Royaume Unique* |
| 264. | Robert Silverberg | *En un autre pays* |
| 265. | Robert Silverberg | *L'oreille interne* |
| 266. | S. P. Somtow | *Valentine* |
| 267. | John Wyndham | *Le jour des triffides* |
| 268. | Philip José Farmer | *Les amants étrangers* |
| 269. | Garry Kilworth | *La compagnie des fées* |
| 270. | Johan Heliot | *La Lune n'est pas pour nous* |
| 271. | Alain Damasio | *La Horde du Contrevent* |
| 272. | Sean Russell | *L'île de la Bataille* |
| 273. | S. P. Somtow | *Vanitas* |
| 274. | Michael Moorcock | *Mother London* |
| 275. | Jack Williamson | *La Légion de l'Espace* (Ceux de la légion, I) |
| 276. | Barbara Hambly | *Les forces de la nuit* (Le cycle de Darwath, I) |
| 277. | Christopher Priest | *Une femme sans histoires* |
| 278. | Ugo Bellagamba et Thomas Day | *Le double corps du roi* |
| 279. | Melvin Burgess | *Rouge sang* |
| 280. | Fredric Brown | *Lune de miel en enfer* |
| 281. | Robert Silverberg | *Un jeu cruel* |
| 282. | Barbara Hambly | *Les murs des Ténèbres (Le cycle de Darwath, II)* |

| | | |
|---|---|---|
| 283. | Serge Brussolo | *La nuit du bombardier* |
| 284. | Francis Berthelot | *Hadès Palace* |
| 285. | Jack Williamson | *Les Cométaires* (Ceux de la légion, II) |
| 286. | Roger Zelazny et Robert Sheckley | *Le concours du Millénaire* |
| 287. | Barbara Hambly | *Les armées du jour* (Le cycle de Darwath, III) |
| 288. | Sean Russell | *Les routes de l'ombre* (La guerre des cygnes, III) |
| 289. | Stefan Wul | *Rayons pour Sidar* |
| 290. | Brian Aldiss | *Croisière sans escale* |
| 291. | Alexander Jablokov | *Sculpteurs de ciel* |
| 292. | Jack Williamson | *Seul contre la Légion* (Ceux de la Légion, III) |
| 293. | Robert Charles Wilson | *Les Chronolithes* |
| 294. | Robert Heinlein | *Double étoile* |
| 295. | Robert Silverberg | *L'homme programmé* |
| 296. | Bernard Simonay | *La porte de bronze* |
| 297. | Karl Schroeder | *Permanence* |
| 298. | Jean-Pierre Andrevon | *Šukran* |
| 299. | Robert Heinlein | *Sixième colonne* |
| 300. | Steven Brust | *Jhereg* |
| 301. | C.S. Lewis | *Au-delà de la planète silencieuse* |
| 302. | Jack Vance | *Les langages de Pao* |
| 303. | Robert Charles Wilson | *Ange mémoire* |
| 304. | Steven Brust | *Yendi* |
| 305. | David Brin | *Jusqu'au cœur du Soleil* (Le cycle de l'Élévation, I) |
| 306. | James A. Hetley | *Le Royaume de l'été* |
| 307. | Thierry Di Rollo | *Meddik* |
| 308. | Cory Doctorow | *Dans la dèche au Royaume Enchanté* |

| | | |
|---|---|---|
| 309. | C. S. Lewis | *Perelandra* |
| 310. | Christopher Priest | *La séparation* |
| 311. | David Brin | *Marée stellaire* |
| 312. | Ray Bradbury | *Les machines à bonheur* |
| 313. | Jack Vance | *Emphyrio* |
| 314. | C. S. Lewis | *Cette hideuse puissance* |
| 315. | Frederik Pohl et C.M. Kornbluth | *Planète à gogos* |
| 316. | Robert Holdstock | *Le souffle du temps* |
| 317. | Stéphane Beauverger | *Chromozone* (La trilogie Chromozone, I) |
| 318. | Michael Moorcock | *Le nomade du Temps* |
| 319. | John Varley | *Gens de la Lune* |
| 320. | Robert Heinlein | *Révolte sur la Lune* |
| 321. | John Kessel | *Lune et l'autre* |
| 322. | Steven Brust | *Teckla* |
| 323. | Mary Gentle | *La guerrière oubliée* (Le livre de Cendres, I) |
| 324. | Mary Gentle | *La puissance de Carthage* (Le livre de Cendres, II) |
| 325. | Mary Gentle | *Les Machines sauvages* (Le Livre de Cendres, III) |
| 326. | Mary Gentle | *La dispersion des ténèbres* (Le Livre de Cendres, IV) |
| 327. | Charles Dickinson | *Quinze minutes* |
| 328. | Brian Aldiss | *Le Monde Vert* |
| 329. | Elizabeth Moon | *La vitesse de l'obscurité* |
| 330. | Stéphane Beauverger | *Les noctivores* |
| 331. | Thomas Day | *La maison aux fenêtres de papier* |
| 332. | Jean-Philippe Jaworski | *Janua vera* |
| 333. | Laurent Kloetzer | *Le royaume blessé* |
| 334. | Steven Brust | *Les Gardes Phénix* |

*Composition IGS.*
*Impression CPI Firmin Didot*
*à Mesnil-sur-l'Estrée, le 2 février 2009.*
*Dépôt légal : février 2009.*
*Numéro d'imprimeur : 93400.*

ISBN 978-2-07-035773-4/Imprimé en France.

158769